きたきた捕物帖

宮部みゆき

kitakita
torimonochou
miyabe miyuki

PHP

目次

きたきた捕物帖絵図
本所深川
下谷
佐竹右京大夫
郡代屋敷
柳原土手
御籾蔵
浅草御門
柳橋
両国橋
回向院
御舟蔵
相生町
一ツ目橋
松坂町
御蔵橋
御米蔵
西福寺
浅草
田原町
本所
御竹蔵
石原町
駒形町
浅草寺
弥勒寺
二ツ目橋
津軽越中守
吾妻橋
向島
竪川
西
南
北
東
三ツ目橋
横川町
横川
新辻橋
業平橋
西尾隠岐守
津軽越中守
霊山寺
押上村
猿江
御材木蔵
四ツ目橋

佃島
石川島
八丁堀
霊岸島
湊橋
銀座
豊海橋
田安殿
永代橋
御船手組
秋元但馬守
佐賀町
大川（隅田川）
中洲
富勘長屋
永代寺門前仲町
上ノ橋
新大橋
北永堀町
仙台堀
富久町
海辺新田
永代寺
海辺大工町
深川元町
御籾蔵
相生橋
常盤町
正覚寺
冬木町
高橋
北森下町
富岡八幡宮
浄心寺
霊巌寺
おかみさんの家
小名木川
田安殿
洲崎
深川
土屋采女正
木置場
木置場
木置場
松平伊賀守
扇橋町
新高橋
猿江橋
扇橋
欅屋敷
細川越中守
一橋殿
猿江町
猿江神社
長命湯
細川越中守
六万坪
十万坪
小名木川橋
五本松

装幀——こやまたかこ
画————三木謙次

きたきた捕物帖

第一話

ふぐと福笑い

一

深川元町《ふかがわもとまち》の岡っ引き、文庫屋《ぶんこや》の千吉《せんきち》親分は、初春の戻り寒《さぶ》で小雪がちらつく昼下がり、馴染《なじ》みの小唄《こうた》の師匠《ししょう》のところで熱燗《あつかん》をやりながらふぐ鍋《なべ》を食って、中毒《あた》って死んだ。

いい女と旨《うま》い酒肴《しゅこう》に目がなかった人だから、これは大往生《だいおうじょう》だ。いちばん下の子分だった北一《きたいち》はそう思う。おまえみたいな半人前にそんなことを言われてたまるかと、あの世の親分は笑うだろうけれど。

享年《きょうねん》四十六。親分は役者のようないい男で、若いころからもちろん女たちに好かれたが、四十路《よそじ》を過ぎて渋みが増してきてからは、さらにもてはやされるようになったとか。本人もわかりやすい女好きだったから、艶《つや》っぽい噂《うわさ》が切れることはなかった。

「千吉親分は本物の女たらしだよ。女だったら赤ん坊からババアまでなびかせちまうんだから」

親分と昵懇《じっこん》だった深川の差配人《さはいにん》の勘右衛門《かんえもん》、通称〈富勘《とみかん》〉がそう言っていたことがある。その富勘本人も妙に長い羽織《はおり》の紐《ひも》を変わり結びにしているのが目印の洒落者《しゃれもの》で、色町《いろまち》通いが好きだという噂があるから、類は友を呼ぶとはこういうことなのだろう。

親分は岡っ引きとしても強面《こわもて》ではなく、十手《じって》を振り回すのは野暮《やぼ》だと嫌《いや》がり、そのかわりに弁が立って仲裁上手《ちゅうさいじょうず》だった。揉《も》める人びとのなかに入り込んであちらを宥《なだ》めこちらを賺《すか》し、いつの間にか落としどころを見つけてしまうのだ。

それもまた女たらしの力さ――と、富勘は言う。

「世間の揉め事のおおかたは金か女が原因だし、金の揉め事でも大声を出して騒ぐのはたいてい女と決まっているから、女あしらいが上手《うま》ければ揉め事をあしらうのも上手いのは理にかなってる」

親分の通り名〈文庫屋〉の由来はそのまんまだ。本業が暦本《こよみぼん》や戯作《げさく》本、読本《よみほん》を入れる文庫（厚紙製の箱）売りだったのである。店と住まいは深川元町にあり、北一は住み込みで、振り売り（行商）が役目だ。日々「ぶんこやぁ、ぶんこ」と売り歩く。

北一は三歳の夏に四ツ目の夕市でおっかさんとはぐれて迷子《まいご》になり、「とりあえずうちに来い」と親分のところに引き取ってもらい、そのまんま居着いてしまって、新しい年を迎えて十六になった。だから親分が親代わりで、はぐれてしまったおっかさんのことは、顔もろくすっぽ覚えていない。迷子にしては永すぎる年月だから、そもそもはぐれたのではなく、捨てられたのかもしれなかった。

千吉親分が倒れたときも、北一は文庫を積んだ天秤棒《てんびんぼう》を担《かつ》いで、小名木川《おなぎがわ》沿いに猿江《さるえ》の御材《おざい》木蔵《もくぐら》の近くを流しているところだった。そのあたりはまだ田畑が多い深川の外《はず》れだが、旗本屋敷や大名屋敷がいくつか集まっているし、地元の名主《なぬし》の住まいや大きな商家の寮（別宅）も散らばっているので、そこのお女中や奉公人《ほうこうにん》たちが文庫をお買い上げしてくれるのである。

普通、文庫には蓋《ふた》の部分に種々の家紋を描きつけるもので、お客は自分のところの家紋が入った文庫を買う。だが数年前、千吉親分が思いつきで季節の花や縁起物《えんぎもの》の絵を貼ったのを作って売り始めたら、これが当たった。華やかな色柄の文庫は、男前の親分の売り物としてもぴったりで、親分が特別にいただいていた十手にちなみ、〈朱房《しゅぶさ》の文庫〉と呼ばれてたいそうな人気を保っている。

絵を切り貼りにしたのは、それなら絵師に頼まなくても、多少の絵心のある者に内職に出してたくさん描いておいてもらい、こっちで切って貼れば安上がりだからだ。絵柄の組み合わせを好きにできるから、融通《ゆうずう》が利《き》いて種類も豊富になる。

初売りでは宝船や富士山の絵を貼った文庫を売った。これからは梅と鶯《うぐいす》が旬《しゅん》だ。商家の注文に応じて、屋号や看板を描いたものを作ることもある。そうやってこまめに工夫《くふう》してきたら、近頃では「本をしまう用はないけど、朱房の文庫だけ買い集めたい」というお客も増えてきて、つくづく親分は商《あきな》い上手だと北一は思う。

「ええ～、おなじみ、しゅぶさのぶんこでござぁい。はくばいこうばい、うめのはなさ～く、ぶんこはいかがでござぁい」

北一はあいにく親分のような伊達男《だておとこ》ではないし、小柄《こがら》で痩《や》せっぽちだ。なのに不思議と声はよく通る。それと鳥や犬猫の鳴き真似《まね》が得意なので、その日は口上《こうじょう》のあいまに鶯の音《ね》を挟みながらゆっくりと歩いていた。

ここらのお屋敷は武家屋敷でも下《しも》屋敷や抱《かか》え屋敷だから、いかめしい長屋門や冠木門《かぶきもん》ではなく、生《い》け垣《がき》に木戸門を付けただけの造りになっている。屋根も茅葺《かやぶ》きの方が多いくらいだ。

そんななかに一軒、北一の気に入っている屋敷があった。こぢんまりした茅葺きの二階家で、建物の西側に見上げるような欅《けやき》の大木が立っており、屋敷を守るように枝を張り伸ばしている眺めが好いたらしい。

この季節には庭に椿が咲いているから武家屋敷ではなかろうが、家紋や屋号の入った提灯《ちょうちん》や暖簾《のれん》が全《まつた》く見当たらないので、そこまでしか見当がつかない。

名もなく貧しく、立派な親代わりの親分はいてもどこの馬の骨かわからない北一は、どう頑張ったってこんな屋敷に住まう身分にはなれっこない。いいなあ……と思いながらちょっと一休み、ここで踵《きびす》を返して来た道を戻るようにしていた。

残念ながら、何度張り切って口上をしても、この〈欅屋敷〉は文庫のお客になってくれたことがない。そもそも人が出入りするのを見かけたこともなく、ひっそりとした風情《ふぜい》を漂わせている。

だが、その日は違った。

北一が休んでいると、欅屋敷の裏手から人が出てきて、大木の下を大急ぎで回り、表の木戸門へと近づいてきたのだ。羽織袴《はかま》の侍《さむらい》である。で、生け垣の手前で足を止めると、

「おおい、文庫屋」

と、口元に筒《つつ》のように両手をあてて呼びかけてきた。野太《のぶと》い声だった。

「おぬし、岡っ引きの千吉のところの者だろう」

生け垣の上に、四角い顔がぬぼっと飛び出している。耳が冷たいのでほっかむりしていた手ぬぐいを取り、北一は「へい」と頭を下げた。

「毎度ありがとうございます」

すると侍は忙《せわ》しなく北一を手招きした。ひどく急《せ》いている様子なので、北一も中腰のまま生け垣のところまで小走りで行った。

間近に見ると、その侍はぜんたいに肉付きがよく、精悍《せいかん》な顔つきをしていた。歳《とし》は三十過ぎぐらい——もう少し若いかもしれない。

「すまぬが、呼びつけたのは商いの用ではない。私はつい先ほど高橋《たかばし》の方から戻ったところなのだが」

歯切れよく言って、なぜか侍は大真面目《おおまじめ》に北一の顔を見据《みす》えた。

「おぬし、急いで家に帰れ。千吉がふぐに中毒って重篤《じゅうとく》だと、あちらの町筋では大変な騒ぎになっておった」

高橋のあたりなら、深川元町の近所である。「え！」と言って、北一は息が詰まったみたいになってしまった。

棒立ちの北一を気の毒そうに見守りながら、侍はせかせかと木戸に近づき、閂《かんぬき》を引いて門を開けた。

「走って帰るのに、天秤棒を担いだままでは邪魔だろう。預かってやるから、あとで引き取りに来るがいい」

北一を促《うなが》し、荷物を寄越《よこ》せと、丸太ん棒のような腕を差し伸べてくる。

文庫は紙箱だから、山ほど積んでも重くはない。だから非力な北一でも振り売りが務まる。ぐいと曲げれば立派な力こぶができそうなこの侍の腕と肩ならば、力が余るくらいだろう。

こんな急場なのに、それがかえって気が引けた。自分が惨《みじ》めなような気もして、腰も引けた。

「近隣のあの騒ぎようから推《お》して、気の毒だが千吉はもう危ないようだった。しかし、ふぐ毒ではたちまち死んでしまうわけではないから、おぬしが急いで帰れば間に合うかもしれん。遠慮《い》は要らぬ、さあ」

北一を急かし、侍はちょっと焦《じ》れてきたようだ。

「この屋敷は、小普請組支配組頭《こぶしんぐみくみがしら》・椿山勝元《つばきやまかつもと》様の別邸だ。私は用人《ようにん》の青海新兵衛《おうみしんべえ》と申す。おぬしの商い物を騙《かた》り盗《と》ろうというのではないから安心せい」

そこまで言われて、やっと北一の呪縛《じゅばく》が解けた。

「わ、わかりました。あい済みません！」

天秤棒を渡すと、もういっぺん深々と頭を下げて、後ろも見ずに駆け出した。あとあと、その走る様をたまたま見かけたお得意さんの一人から、

「あンときの北さん、土煙《つちけむり》をあげてたよ」

と言われたほどの勢いだった。体格が貧相な分、北一は足だけは速いのだ。

その甲斐《かい》はあって、北一はまだ親分の息があるうちに家に帰り着くことができた。だが話はできない。親分は幽霊《ゆうれい》のように青ざめて眠っているだけで、呼吸《いき》も弱っていた。

近所のおばさんたちや、急を聞いて集まってきた兄《あに》いたちから、手当てに必要なあれこれを調達するよう言いつけられてまた走り回り、戻れば寝間《ねま》の敷居の外に控えて、親分の本復《ほんぷく》を祈りながら、北一はまんじりともせずに夜を過ごした。

ふぐ毒に中毒ったときには、樟脳《しょうのう》を飲ませるといいという。藍汁《あいじる》も効《き》くという。スルメを炙《あぶ》ってその煙を嗅《か》がせろともいう。富勘が呼んできた町医者が、

「ともかく胃の腑《ふ》の中身を全部吐《は》き出させるのがいい」

と命じたので、横向きに寝かせた親分の口のなかに湯冷ましをどんどん注《そそ》ぎ込むようにした。親分は木偶《でく》人形のようにぐったりしているだけだから、これはひどく難しかった。修羅場《しゅらば》の一夜だった。

結局、千吉親分は明け方に息を引き取った。

河岸《かし》からふぐを買ってきたのも、おろしたのも親分だったたから、誰を恨《うら》むわけにもいかない。一緒にふぐ鍋をつついた小唄の師匠は梅香《ばいか》という洒落た芸名で通っていて、弟子《でし》も多い人気者だが、うわばみだということでも知られていた。そのときも酒ばかり飲んで、ふぐはあんまり食べず、中毒が軽くて済んだのは何とも皮肉だった。

集まった人たちの前で、梅香師匠は申し訳ないとさめざめ泣いたが、こういうこともあるか

らふぐを（あたると死ぬ）「鉄砲」というのだ、ここが親分の寿命だったんだと思うしかないと、富勘が慰《なぐさ》めていた。

　親分と師匠はかつてはわりない仲だったけれど、一年ほど前に師匠に新しい情夫《いろ》ができてからは、ただの酒飲み仲間になっていたようだ。今日も親分の方からふぐを提《さ》げてふらりと顔を見せて、台所と鍋を貸せと言うから、師匠は小女《こおんな》に葱《ねぎ》と酒を買いに行かせたのだという。

「あたしは親分に、ふぐは冬のもので、お正月を過ぎて食べるものじゃないだろって言ったんだけど」

　――こんだけ寒けりゃ真冬と同じだ、おあつらえ向きに雪も舞ってらぁ。

「それで、そうだね乙《おつ》だねえって思ってしまったんだよう」

　親分のこしらえたふぐ鍋は、たいそう旨かったそうである。それを聞いたとき、初めて北一はちょっと泣いた。ちょっとだけだ。男は泣くもんじゃねえと、親分に教わったから。


　岡っ引きの跡目《あとめ》をどうするか。

　千吉親分が手札《てふだ》を受けていたのは、本所《ほんじょ》深川方同心《どうしん》・沢井蓮太郎《さわいれんたろう》という人である。十六から見習いを始めて、今年二十二歳になったはずだ。八丁堀《はっちょうぼり》の同心は、表向きは一代限りだが、実は世襲《せしゅう》がほとんどで、沢井の旦那《だんな》も千吉親分とは先代からのお付き合いである。だから北一たちは、つい「沢井の若旦那」と呼んでしまう。

　先代は隠居して、八丁堀の組屋敷を出て町なかに住み、俳諧《はいかい》の師匠をして呑気《のんき》に暮らしているのだが、親分の急死を聞いて、父子《おやこ》揃《そろ》って弔《とむら》いに来てくれた。そして親分の納まった早桶《はやおけ》が深川元町の家を出てゆくのを見送ると、さっそく今後のもろもろの相談が始まった。

親分の一の子分は万作《まんさく》という三十過ぎの男で、女房のおたまと一緒に住み込みで、生業《なりわい》の文庫屋に携《たずさ》わってきた。北一が物心ついたころには、もうこの夫婦が当たり前のようにいて、ぽこぽこ子どもを増やし続け、今では十二の男の子を頭《かしら》に六人の子持ちで、長男は振り売りを手伝っている。

朱房の文庫が当たって金回りがよくなったのを機会《しお》に、親分は商いの方は万作夫婦に任せるようになっていたから、文庫屋はこの夫婦が引き継ぐしか道がない。貸家の大家《おおや》（牛込《うしごめ》の大きな古着屋だ）に承諾《しょうだく》をもらえれば、証文《しょうもん》を万作の名前で作り直すだけでいい。仲立ちの差配人は富勘なので、手続きに手間もかからない。

面倒なのは、岡っ引きの跡目の方だった。

まず万作は無理だ。ずっと文庫屋一筋《ひとすじ》で、千吉親分も万作に岡っ引きの子分としての働きをさせたことはなかったし、あてにもしていなさらなかった。大男だがまったくの無口で愛想《あいそ》がなく、陰気なのもいけない。で、万作の女房のおたまは亭主と打って変わっておしゃべりだが、生前の親分が、

——頭ンなかが年じゅうお花畑だ。

と愚痴《ぐち》っていたほどにおつむりが軽い。

となると二の子分、四人いる兄ぃたちの誰かになるわけで、やっぱり歳の順だろうが、これ

までの手柄を考えると揉めるかなぁ――なんて北一は思っていたのだが、沢井の若旦那は膝《ひざ》に手を置いてこう言い放った。

「私は千吉の子分らの誰にも手札を渡すつもりはない。朱房の十手は返してもらう」

座は墓場のように静かになった。いや、墓場だって彼岸《ひがん》にはもうちっと賑《にぎ》やかか。

二重にびっくりしたことに、沢井のご隠居までこの台詞《せりふ》にたじろいでいる。

「蓮太郎、そなた何を言い出すのだ」

顔を真っ赤にして叱りつけるのに、若旦那の方は端正《たんせい》な顔の眉毛《まゆげ》一本動かさない。

「父上に申し上げておかなかったことはお詫《わ》びいたします。しかし、これは千吉とも話し合って決め置いたことなのですよ」

――親分も承知だってぇの？

「人の命は儚《はかな》いもの。ですから、見習いから正役《せいやく》に上がったとき、私は千吉に万に一つの際の腹づもりを問うてみました」

そしたら、親分がはっきり言ったんだとさ。うちの子分らには十手を継がせられません、と。

「千吉は進んで一筆記してくれました。お目にかけましょうか」

兄ぃたちは赤くなったり青くなったりしているが、だんだんその色が抜けて白くなってきた。沢井の若旦那は揺るがぬだけでなく、何となくおっかない。

――死人《しびと》がしゃべってるみたいだ。

やがて、いちばん年かさの兄ぃが絞《しぼ》り出すように言った。

「そこまではっきり親分に見限られていたなんざ、お恥ずかしい。情けない限りでござんす」

がくりと頭《こうべ》を垂《た》れたら、みんなしおしおとうなだれてしまった。

北一は悲しかった。

親分は本人が出来物《できぶつ》だったから、自分で何でもできて、使いっ走り以上のことをする本物の子分は要らなかった、だから育てても育ちもしなかった。そうと承知の上だった。

——おいらたち、みんなクズだ。

北一なんか、そのクズの切れっ端だ。

そのとき、沢井のご隠居が一喝《いっかつ》した。

「ならば、誰が松葉《まつば》を守ってやるのじゃ！」

松葉というのは、他でもない千吉親分のおかみさんの名前である。ただの「松」ではない小《こ》洒落《じゃれ》た名前は、ご隠居と同じ俳人だったおかみさんの父親がつけたそうな。

おかみさんは亡き親分と同い歳。誰も聞いたことがないのでどういう馴《な》れ初《そ》めだったかわからないが、親分が一人前の岡っ引きになる前に所帯を持ち、ずっと仲睦《なかむつ》まじく添ってきたらしい。らしいというのは、万作夫婦から北一まで、子分たちはみんな、おかみさんとは日々の関《かか》わりがなかったからである。

おかみさんは目が悪い。子どものころに疱瘡《ほうそう》にかかり、命は拾ったし痘痕《あばた》も残らずに済んだが、両目をやられてしまったのだという。だからほとんど外に出ず、家の奥の一室に引っ込んで、そこに出入りするのは千吉親分と、おかみさん付きのおみつという女中の二人だけだった。

なんというか、北一にとっては、おかみさんは雲の上のお人だった（兄ぃたちも似たようなものだろう）。親分の弔いでも、おかみさんは置物というか飾り物。今こんな大事な話し合いも蚊帳《かや》の外で、忘れられかけているのも、ちょっとしょうがない節はある。

――けど、誰が守るも何も、この家はおかみさんの家だろうがよ。

話の輪のいちばん端で、北一がほりほり顎《あご》を搔《か》いていると、火の粉が飛んできた。

「呑気な顔をしておるが、北一よ。おまえは、今後どうするのだ」

北一が「へ？」と目を瞠《みは》ると、沢井のご隠居は呆《あき》れたように顔を歪《ゆが》めた。

「万作がこの文庫屋の主人になるならば、おまえも今までどおりに暮らせるかどうか覚束《おぼつか》ぬのだぞ」

その台詞を待っていたかのように、おたまが甲高《かんだか》い声で応じた。「そりゃあ、北さんにも出ていってもらいますよ。文庫作りも振り売りも、うちの人と子どもらだけで充分にやっていかれるんですから」

――え？　そういうことなの？　おいら、お払い箱なのか。

今までだって、北一はこの貸家に「住んで」いたとは言い難い。台所のそばの狭い板の間で寝起きして、残り物と冷《ひ》や飯《めし》を食い、月に一度親分から給金というよりは駄賃にすぎない銭《ぜに》をもらって、それでもいつかはもうちっとましな子分になれる日も来るだろうと（漫然とではあるが）侍《たの》んできたのに。

おたまの耳障《みみざわ》りな言に、ご隠居はますます怒った。

「おたま、北一もとはどういう了見じゃ。松葉も追い出すという意味か」

その剣幕《けんまく》に、おたまはちっと身を縮めたが、元来がおつむりの軽い人なので、芯《しん》からは応《こた》えない。亭主の万作の背中に隠れながら、きぃきぃと言い返した。

「だって、あたしらは文庫屋を続けるだけでも親分には立派な恩返しですよ。墓参りは欠かしませんし供養《くよう》もしますから」

「何が恩返しだ。それは乗っ取りじゃ！」

沢井のご隠居は真っ赤になっているし、万作は地蔵のように固まっているし、おたまは引《ひ》き攣《つ》りながらも後に引くふうはないし、兄ぃたちは揃ってだんまりだ。みんな、おかみさんを引き受ける気はないし、それだけの器量もないのである。もちろん、北一も同じ穴の狢《むじな》だけど。

沢井の若旦那が、宥めるように平らな声音《こわね》で言った。「父上、落ち着いてください」

「これが落ち着いていられるか！」

「千吉がこんなふうに急死してしまった以上、情がないように見えても、収まりのいい形に捌《さば》いていくしかないでしょう」

そして、おい万作と呼びかけた。万作は地蔵のまんまである。

「おまえがこの文庫屋をそっくり受け継ぐ形にして、看板料を松葉に支払ってはどうか。松葉はその金で住まいを借り、女中と一緒にここを出て暮らせばいい」

おたまがまた喚《わめ》きそうになったが、若旦那が一瞥《いちべつ》をくれるとひゅっと黙った。さっきのあの死人の眼差《まなざ》しだ。魂《たましい》が縮み上がる。

と、北一の後ろで声がした。

「よござんす。そういたしましょう」

振り仰《あお》ぐと、富勘が立っていた。焼き場まで早桶にくっついていったのに、いつの間にか戻っていたらしい。今日は黒紋付《くろもんつき》を着ているが、その紐もぞろりと長い。

「手前が証文を作ります。沢井の旦那に連署をお願いできましょうか」

若旦那は「もとより、そのつもりだ」と応じた。

「看板料は、いくつかの商家に聞き合わせて、相場の金額に定めましょう。いいね、万作さん」

その声に、万作はようやく身じろぎし、黙ったまんま深々と身を折って頭を下げた。承知いたしましたということなのだろう。

「……まったく」

低く呻《うめ》いて、沢井のご隠居が懐紙《かいし》で顔を拭《ぬぐ》う。目の縁《ふち》と鼻の頭が赤い。

「北さんよ」

しゃっきりと立ったまま、顔だけ下に向けて富勘が呼びかけてきた。長いしゃくれ顎である。

「あんたは兄《あに》さんたちと違って、ほかに生計《たつき》の道がない。先々どうするかはともかく、当面は文庫売りを続けさせてもらわないと、干上《ひあ》がっちまうよ」

「へ、へえ」

「それも承知するね、万作さん」

今度は万作は、北一を見てうなずいた。おたまは大いに不満そうで、ひょっとこみたいに口を尖《とが》らせる。

「今までだって、親分とおかみさんとこの役立たずをあたしらが養ってきたんだ」

ぶつくさと毒を吐くが、沢井の若旦那がまたそっちを見ると、みるみる寒天みたいな顔色になった。

「ソンじゃ、そっちもついでに証文にしとこう」富勘がぱんと手を打った。「北さん、あたしが預かってる裏店《うらだな》に空《あ》きがある。ちょうどいいからそこに住みな。北永堀町《きたながほりちょう》にある『富勘長屋』だよ」

有り難いだろう、と言う。富勘は深川周辺でいくつもの貸家や長屋の差配をしており、それらにはみんな〈富〉の字がついているのだが、ずばり〈富勘〉はそこだけだ。それを有り難がれというのだろう。

残念だ……と、沢井のご隠居が深い溜息《ためいき》を吐《つ》いた。倅《せがれ》の若旦那が懐《ふところ》から扇子《せんす》を取り出し、その顔を扇《あお》ぎ始める。

――沢井の若旦那ってこういう人柄だったんだなあ。

何だか狐《きつね》につままれたようだったけれど、大事な相談にはけりがついたのだった。

二

富勘がきりきり立ち回ったので、おかみさんの新しい住まいは早々に見つかった。冬木町《ふゆきちょう》の一角にある町家《まちや》で、平屋《ひらや》だが仙台堀《せんだいぼり》が近くて風通しも日当たりもいい。五右衛門風呂《ごえもんぶろ》ではなく、ちゃんと焚《た》き口《ぐち》のついた内風呂がある贅沢《ぜいたく》な造りだった。

ここらには、商人《あきんど》にしろ職人にしろその日暮らしの貧乏人にしろ、千吉親分に世話になった者は大勢いるから、家移《やうつ》りにも助《すけ》っ人《と》が来てくれたし、木箱や荷車も「そんなに要らねえ」というほど調達することができた。

その反対に、兄ぃたちはすげなかった。死んだ親分にはもう忠義を尽くす必要はなく、弔いが終われば義理はない。もともとの生業一本に戻るか、他の岡っ引きの親分のところへ寄りつくか、好き勝手に散ってしまったのだ。

女中のおみつは歳も近いので、北一とそこそこやりとりがあり、普段から洗い物なんかを手伝うこともあった。その流れで、当たり前のように荷造りから一緒にやっていたら、急におみつが泣き出した。

「おかみさんが気の毒で」

おかみさん付きの女中は何度も出替《でがわ》っていて、北一が知る限り、おみつは四代目である。雇《やと》われて二年かそこらだったはずだ。だからそんなに思い入れが深いこともなかろうに、声を詰まらせて泣きむせぶ。

「お上《かみ》の御用は引き継がなくっても、文庫屋は継いだんだから、万作さんとおたまさんはおかみさんを主人と戴《いただ》いて、大事にするのが筋でしょ。なのに追い出すなんて」

おみつの実家は浅草御門《あさくさごもん》の近くにある一膳飯屋《いちぜんめしや》で、両親《ふたおや》が達者に切り回して繁盛《はんじょう》しているらしい。ただ、おみつの姉さんが婿《むこ》をとり、夫婦のあいだに子どもが生まれると、何かと邪険にされるようになって、居づらくて飛び出してきてしまったんだと、先《せん》に聞かされたことがある。

そういう自分の身の上と、親分を亡くして寄《よ》る辺《べ》ないおかみさんを重ね合わせて胸が痛いのかな――なんて思うのは気を回しすぎかもしれない。

「おたまさんの肚《はら》は知らねえけど、万作さんはそういうつもりだったと思うよ」

来《こ》し方《かた》を思うに、万作は強欲《ごうよく》でも性悪《しょうわる》でも恩知らずでもない。ただ、歯がゆいほどに口が重いだけである。

「だけど、いつものとおり万作さんが地蔵みたいに黙ってるうちに、沢井の若旦那が、おかみさんがこの家を出るようにつるつるっと話をまとめちまったんだ」

おみつは腫《は》れぼったい目をしばたたかせる。「ふうん、そうだったの……」

「あの富勘さんも、すぐ若旦那に調子を合わせてた。だって、おたまさんはああいう人だからな」

親分抜きのおかみさんを大事にするとは思えない。しっかり金を取る約定《やくじょう》をして、離れた方がいいのだ。あれから気持ちが落ち着いてくると、北一にもそうわかってきた。それであらためて、沢井の若旦那ってなかなかのお人なんじゃねえかな、とも思っている。

「それにしてもこの木箱は重いなあ。中身は何だい?」

五つもある。全部載《の》っけたら、荷車が沈みそうだ。

「おかみさんがお好きな読み物よ」

まさかと思った。「へ?」

するとおみつはにっこりした。今泣いた烏《からす》がもう笑う。

「あたしが声に出して読んでさしあげるの。それが大事な仕事なんだけど、北さん、知らなかったのねえ」

そんなところを見かける折はなかった。

「おみつさん、字がよく読めるのか。えらいねえ」

「難しいものは無理だけど、黄表紙《きびょうし》や絵双紙《えぞうし》なら何とかなる。同じ本を何度も読み返すことも多いしね」

読みあぐねたときは、「村田屋《むらたや》」さんに行って教えてもらうのだ、と言う。

「村田屋って」

「佐賀町《さがちょう》にある貸本屋さん。あるじの治兵衛《じへえ》さんがいい人で、頼めば写本も作ってくれるの。たまにおかみさんのところにも顔を出してたけど、北さんは会ったことないかしら」

北一は朝から日暮れまで振り売りに出ているし、帰れば飯を食って寝るだけだった。

「いっぺん会ったら忘れられない顔だけどね。炭団《たどん》みたいな眉毛で、どんぐり眼《まなこ》だから」

荷物をすっかり運び、おみつが台所を使えるように整えたところで、おかみさんは駕籠《かご》に乗って移ってきた。富勘が付き添ってきて、新しい家の敷居をまたぐところまで手を添えた。好天で暖かく、家移りには験《げん》がいい感じがする。

人前に出ることがないからだろう、おかみさんは髪を結《ゆ》わずに櫛巻《くしま》きにしている。今日はよろけ縞《じま》の着物の上に若草色の長羽織を着て、手に巾着袋《きんちゃくぶくろ》を提げていた。

北一は黙って控えていたのに、おかみさんは上《あ》がり框《かまち》のところで足を止め、こっちを振り返った。

「——北一かえ」

驚いた。何でわかるんだ？　おいらなんか、年にいっぺん元旦に、兄ぃたちにまじってご挨《あい》拶《さつ》するだけだったのに。

「へい、おかみさん」

あんまりびっくりしたので、声がへんてこに裏返ってしまった。

しみじみと顔を拝むと、おかみさんは細面《ほそおもて》で、鼻がちょっぴり長めだ。肌《はだ》は白く、髪はまだ豊かで白髪《しらが》も目立たない。女にしてはかなり背が高く、腰が細く、こういうのを柳腰《やなぎごし》というのだろう。

——親分が見初《みそ》めたんだろうな。

何て言って口説《くど》いたのかな。北一があらぬことを考えていると、閉じた瞼《まぶた》を軽く震《ふる》わせ、おかみさんは言った。

「こんなことになって、あんたには気の毒だ。まったくそそっかしい親分で済まないね」

ふぐに中毒るなんてさ――と、うっすら笑う。おかみさんの声には独特のしゃがれたようなクセがあった。

頭を下げて、北一は一息に言った。「とんでもねえ。拾って育てていただいて、このご恩は死ぬまで忘れません。おいらはこれからも文庫売りに励みます。身の振り方も、てめえでちゃんと算段します」

富勘がするりと口を入れた。「北さんの住まいも決まってますんで、ご安心ください。あたしが差配してる富勘長屋ですよ」

そうかい、とうなずいて、おかみさんはまた瞼を震わせ、小首《こくび》をかしげた。

「ねえ北一、あんた、どこぞに商い物を預けたまんまにしちゃいないかえ」

問いかけの意味がわかると、北一は口から心《しん》の臓《ぞう》が飛び出しそうになった。

そうなのだ。親分の死からこっち、あまりにいろいろ忙しなくて、振り売りも休んでいたから、ころっと忘れていた。

「お、おかみさん」

「当たりかね」

おかみさんは微笑《ほほえ》み、富勘とおみつは目を丸くする。

「ホントかね、北さん」

た。

「どこに預けてあるの？」

「すぐ引き取りに行ってきます！」

尻《しり》っ端《ぱ》折《しょ》りをして駆け出す後ろから、「気をつけてね～」というおみつの声が追っかけてきた。


「おお、来た来た」

欅屋敷の青海新兵衛は、今日は着流しの袖を襷《たすき》でくくって生け垣の手入れをしていた。傍《かたわ》らには竹箒《たけぼうき》を立てかけてある。用人というのは、植木屋の真似事までするものなのか。

「あれっきりおっぽらかしで、あい済みません、おいら――」

息を切らして詫びる北一を押しとどめ、新兵衛は生け垣の裏手の方を指さした。

「あっちへ回ってくれ」

屋敷の裏側は生け垣が切れていて、広い裏庭になっており、近くの掘割から水を引っ張ってきて、細い用水路をこしらえてある。境目の土手は傾斜が急で、平たい石を段々に置いてある。水際《みずぎわ》に下りるときの足がかりだ。洗い物には便利そうである。

勝手口の木戸から新兵衛が顔を覗《のぞ》かせた。

「慌《あわ》てて来たのだろう。まあ、粗茶《そちゃ》の一杯もしんぜよう」

また手招きされて、北一は欅屋敷のなかに足を踏み入れた。台所の眺めなどどの家でも似たようなものだろうが、この屋敷の水瓶《みずがめ》はやたらとでっかい。土間《どま》はきれいに掃《は》き清められており、竈《かまど》の脇の台の上の笊《ざる》に、ふきのとうが山盛りになっていた。摘《つ》んできたか、買ったばかりなのだろう。ほのかに青い匂《にお》いがする。

土間から上がってすぐの板の間の壁《かべ》に寄せて、北一が預けた商売道具がそっくり置いてあった。荷台は天秤棒から外され、文庫もその脇に積み上げてある。ほっとした。

青海新兵衛は本当に番茶を淹《い》れてくれて、湯飲みをわしづかみに、上がり框に腰を据えた。北一は立ったままかしこまる。素焼きの湯飲みが掌《てのひら》に熱い。

「千吉は気の毒だった。遅まきながらお悔やみを申し上げる」

振り売りなんかにも丁重《ていちょう》な口をきく新兵衛は、最初に思ったよりは年長に見えてきた。物腰が落ち着いている。

「青海様は親分をご存じで」

「幸い千吉の手を借りたことはないが、高橋のたもとの碁会所《ごかいしょ》で顔見知りになってな」

あの日も、その碁会所から帰ったところだったのだという。

「私は、評判の朱房の文庫の売り出し元に興味があったから、千吉に会う度《たび》に、なぜあの趣向を思いついたのかと不躾《ぶしつけ》に問うたが、嫌な顔もせず相手をしてくれた。練《ね》れた人柄だったな、おぬしの親分は」

そんなことを言われて親分の顔を思い出すと、北一は鼻先がツンとなる。それをごまかすために番茶をがぶりと飲んでむせてしまって、また新兵衛が笑う。その笑い声が響くほかは屋敷のなかは物音がせず、人の気配《けはい》もない。

竈の鉄瓶《てつびん》がちんちんと湯気を吐く。

「あのぉ、こちらには、あんまり人がいないんですか」

確か「別邸」と言っていた。小普請組支配何とかって、屋敷の主人はお旗本なのだ。

新兵衛は気さくにうなずいた。「この数日は、私が一人で留守居《るすい》をしている。普段はもう少し賑やかなのだが、本邸で行事があって、皆あちらに出払っておるのでな」

言って、鼻の下を指でこすった。

「瀬戸殿《せと》がおられるときでは、この粗茶でも横領することはできなんだ」

「瀬戸殿」というのは青海様の上役なんだろう。用人って、番茶も好きに飲むことができないくらいの下っ端なんだろうか。だから下っ端同士、おいらみたいな振り売りにも親切にしてくれるのかな。

「後先になったが、おぬしの名を訊《き》いてよいか」

そういえば、こっちは名乗ってなかった。

「北一と申します」

「北さんか。以後、よしなに頼む」

はい、文庫買ってください。

「立ち入ったことを訊《たず》ねるが、朱房の文庫はどうなるのだ。私は気になってなあ」

買ってくれないのに気にするのかと、こだわる北一は恨みがましいか。

「商いは今までどおりです。親分の一の子分の――」

万作夫婦のことを話すと、新兵衛は太い眉毛を寄せた。

「では、朱房の十手は誰が継ぐのだ」

「誰も継ぎません。岡っ引きの手札は返上するんです」

すると新兵衛は機嫌《きげん》を損《そこ》ねたみたいに口の端をひん曲げた。なぜか寄せた眉根も元に戻らない。

「北さんも振り売りを続けるのかい」

「へい。おいらは他に食っていく手がありませんから」

新兵衛は湯飲みを下に置き、懐手《ふところで》をした。

「そんなら、ますます立ち入ったことを言おう。こいつは北さんの手間賃《てまちん》の多寡《たか》にも関わることだから、聞いてもらっていいだろう」

落ち着かんからそのへんに座れ。そこの空樽《あきだる》が手頃だ。そうそう。

「私の覚えに間違いがないなら、朱房の文庫を売り出したのは、三年前の元日だったはずだ」

宝船の絵を貼ったのと、富士山の絵を貼ったものの二《ふた》種類。

「まだ口上では〈しゅぶさのぶんこ～〉と言ってはいなかった。口上が変わったのは、その月の半ばぐらいだったように思う」

何でこの人、そんな細かいことを覚えてるんだろう。

「あれを朱房の文庫と名付けたのは千吉ではなかったのかな」

北一はよく覚えていない。「えっとぉ」

「お客の誰かが言い出したのかな」

「……おかみさんだったかもしれません」

ある朝、今日からはそう口上しろと、親分が上機嫌で言ってきたのだ。万作やおたまの思いつきではありそうにないし、おみつは商いのことには口を挟まない。

「そうか。ふむふむ」

新兵衛は四角い顎の先をひねる。

「あれから今日まで、他所《よそ》の文庫屋に朱房の文庫の趣向を真似られることはなかったろう?」

言って、北一の返答を待たずに続けた。

「少なくとも本所深川界隈《かいわい》では、私は見かけたことがない。文庫屋によっては、商家から直《じか》に注文を受けて屋号を描くようなことはあろうが、広く市中を振り歩く品で、季節の花や風物、縁起物の絵柄をつけた文庫は朱房の文庫だけだった」

だったらそうなのだろう。

「しかし、今後はそうはいかんと思うぞ」

——何で?

「他所の文庫屋が猿真似を控えていたのは、十手持ちの千吉の趣向を盗《ぬす》むのは憚《はばか》られたからだよ」

千吉親分の顔を立てたのであり、怒らせるのはまずいと恐れたのだ。だが親分が死に、跡目もいない以上、地元の文庫屋は、その気になればもう遠慮なく朱房の文庫の偽《にせ》ものを作ることができる。

「千吉のおかみは、こういうことに目を光らせていて、きっちり文句を言える女か？」

そりゃ無理だ。「おかみさんは目が見えないんです」

新兵衛は顎を引いた。「おっと」

そこから新兵衛に問われるままに、北一は跡目と金の証文やおかみさんの家移りなどの経緯《いきさつ》を打ち明けてしまった。このことで外の人としゃべる折はなかったし、北一の心の隅《すみ》には、自分がもうちっとしっかりしていれば別の道があったんじゃないかという慚愧《ざんき》の念が（綿埃《わたぼこり》ほどには）積もっていたので、しゃべり出したら止まらなかった。

「……そういうことか」

新兵衛が呟《つぶや》き、鉄瓶がちんちんと鳴る。さっきからずっとだから、いいかげん湯がなくなってしまうのではないか。

「あの、鉄瓶に水を足しましょうか」

「ん？　ああ、済まんな」

木蓋《きぶた》をとると、やたらとでっかい水瓶の底には砂利《じゃり》が敷き詰めてあった。この屋敷は用水路の水を汲《く》んで、漉《こ》して使っているのだろう。

水瓶の面《おもて》に自分の痩せた顔が映《うつ》るのを見て、北一はふっと我に返ったというか、よく知りもしない青海様にこんなことをしゃべるのはよくねえんじゃないか——と思ったけれど、もう遅い。

「そうすると、ますますこの策が要るな」

新兵衛は独り言《ひとごと》のように言っている。

「早急に、これが千吉の朱房の文庫だということが一目でわかる印《しるし》を作って、これから万作が作る文庫には、全てその印を付けるといい」

それで偽ものの出回りを防ぐことはできないが、見分けはつけられる。

「おかみには無理でも、差配人の富勘という男は頼りになりそうだから、相談してみてはどうだね」

もしも富勘のわかりが悪ければ、ここへ連れてこいと言う。

「私からよく話して聞かせよう」

「ありがとうございます」

しかしお節介焼きなお侍さんである。

「青海様は、よっぽど親分の文庫を贔屓《ひいき》にしてくださってたんですね」

「風流なことを考えるものだなあと感心しておったのさ。まあ、私以上に若が気に入っておられたのだが」

「若？」

新兵衛は、口を滑《すべ》らせたという顔になった。「ともかく、早く富勘に相談してみることだ」

「そうします。荷のこともお世話になりました」

「いろいろ紛《まぎ》れて、おぬしが放念していたとしても無理はない。屋敷に誰かおったら、私の方から届けに行ってやれたのだが、あいにく留守居になってしまったものだから」

思い出してくれてよかった、と笑う。

「おかみさんに言われたんです。そうでなかったら忘れっぱなしになるところでした」

北一が言うと、新兵衛はちょっと目を瞠った。「おかみが何と言ったのだ？」

「どっかに商い物を忘れてきてねえかって」

「目の見えぬおかみが、どうしてそんなことを察したのだろうな」

言われてみれば妙である。

「手間をかけさせて済まんが、私は興味がある。北さん、一つおかみに問うてみて、理由が知れたら教えてくれんか」

礼にはまた粗茶をふるまおう。

「瀬戸殿の目を盗むことがかなえば、羊羹《ようかん》の一切れぐらいは付けられるかもしれん」

用人のなんたるかはともかく、青海新兵衛については、細かいことにすぐ興味を持ち、瀬戸殿に頭が上がらない御仁《ごじん》だということはわかった。

富勘はわかりが早かった。というか、自分もまさに同じ心配をしていたのだと言った。

「偽ものについちゃ、あたしができる限り目を光らせるつもりだったけど、それにも限りがあるからね。印っていう案をいただこう」

ちゃんとした花押《かおう》にした方がいいから、職人に頼もうと言う。

「そのお武家様、切れ者だねえ」

そうは思えねえ。

「なにしろ暇《ひま》そうでしたよ」

「用人というのは、大名家なら家老にあたる立派な役目だ。内証《ないしょう》を仕切って、奉公人を指図《さしず》するお立場だよ。暇なわけはない」

「じゃあ、本当の用人じゃなくって、ただの留守番なんじゃないですかねえ」

立派なのはきっと瀬戸殿の方だ。

「なんにせよ、印ができたらお礼を申し上げに伺《うかが》おう。じゃ北さん、行こうか」

おかみさんの家移りが済んだので、次は北一の番なのである。といっても風呂敷包《ふろしきづつ》み一つ背負うだけだ。富勘と二人で北永堀町までぶらぶら歩く。

裏店には文庫を買ってくれるお客はいないので、北一は富勘長屋に商いに行ったことはない。ただ一昨年《おととし》の夏、この長屋の木戸の並びにある小さいお稲荷《いなり》さんで見ず知らずの浪人が腹を切って死に、その後始末に奔走《ほんそう》した富勘を少しばかり手伝ったことがある。自害なのは明らかだったので、千吉親分が出張《でば》るまでもなかったのだ。

その後、富勘長屋では、今度は店子《たなこ》の若い浪人が闇討《やみう》ちに遭《あ》って命を落とし、何かに祟《たた》られてるんじゃねえかと北一は思った。このときはさすがに千吉親分も危《あや》ぶみ、富勘と話をしたらしいが、

——町場のいざこざじゃねえ。知らん顔しててていいぞ。

というわけで沙汰止《さたや》みだった。

その長屋に自分が住むことになるとは思わなかった。祟りだなんてのは笑い話にしても、いい気分はしない。その分、店賃《たなちん》をまけてくれないかなあと思う北一はみみっちいか。

もう日暮れどきだったから、長屋の住人たちはみんな揃っていた。木戸から二軒目の一間《ひとま》に住んでいるという母子《おやこ》が、戸口の前に七輪《しちりん》を据えて魚を焼いている。その煙がもうもうと立ちのぼるので、

「新しくここに住むことになった文庫売りの北一だ。ごほんごほん」

「よしなにしてやっておくんなさい。ゲホ！」

「あら、こっちこそよろしくね、北さんでいいのかしら。ケホンケホン、煙たいわねえ」

あんたらの魚のせいだろうという、この母子はお秀《ひで》とおかよ。お秀は仕立ての内職をしている。その向かいが魚の棒手振《ぼてふり》の寅蔵《とらぞう》と娘のおきんと倅の太一《たいち》。おきんはおみつと同じくらいの年頃だろう。太一は北一より年下に見えるが、体つきはずっとがっちりしている。

――おいらが貧弱だからな。

と思うと目を合わせられない。

北一のすぐ隣は青物《あおもの》売りの鹿蔵《しかぞう》とおしか。爺《じい》さんと婆《ばあ》さんの夫婦だ。あともう一軒、いちばん奥に天道《てんとう》ぼしの辰吉《たつきち》とおたつという母子。母子といっても辰吉は四十過ぎ、おたつは干からびたような婆さんである。

北一は人の名前と顔を覚えるのが得意だ。煙に邪魔されても、このくらいの人数ならいっぺ

んで大丈夫。それに、道ばたに古道具を並べて売る天道ぼしの辰吉は、町なかで何度か見かけたことがある。

深川のこのあたりで、富勘長屋だけが格別おんぼろなのではない。歯抜けのように部屋が空いているのは、川っぷちで湿気《しっけ》が多いせいだろう。口うるさいかみさん連中とガキどもがみっしり住んでいて、うるさくてしょうがないより気楽でいい。

さくりと挨拶して、あてがわれた一間に入ろうとしたら、おきんが富勘に話しかけるのが耳に入った。

「笙《しょう》さんが住んでたところは、もう貸さないと思ってたのに」

富勘が応じる。「根太《ねだ》や床板《ゆかいた》が傷《いた》んでないのはここだけなんだよ。今まで空いていたのは、たまたまさ」

先の住人が「しょうさん」と呼ばれていたのか――って、闇討ちで斬《き》り殺された若い浪人のことかなあ。

「姉ちゃん、懐かしいのはわかるけど、いつまでもそんなこと言っててんじゃねえよ」

たしなめる声は太一だろう。弟の方がしっかり者なのかな、と思った。

三

文庫屋のあるじになっても、万作はやっぱり無口で愛想がなかった。仕事ぶりも変わらない。

でも、案《あん》の定《じょう》おたまは変わった。やたらと威張《いば》り散らすのだ。今のところ相手は北一だけだが、店先を広くして振り売りも奉公人も増やすとか言って、口入屋《くちいれや》に日参している。親分の四十九日もまだなのに、店が手に入って浮かれているのだ。

件《くだん》の朱房の文庫の印はまだできない。親分の趣向は守りたいけれど、おたまが損するだけなら偽ものを放っておいたっていいと、北一は投げやりな気持ちになってきた。

文庫の振り売りの口上にも、前みたいに熱が入らない。朝起きて、深川元町へ行くのを億劫《おっくう》に感じる。「岡っ引きの千吉の文庫屋」というだけで屋号も要らなかった店なのに、いつの間にか「千吉屋」という看板が上がり、それをおたまが、

「本当は『万作屋』なのにねえ」と、こぼすところがまた憎々《にくにく》しい。

兄ぃたちの誰かが釘《くぎ》をさしてくれないか。そんなの今更《いまさら》なのか——と思っているときに、兄ぃの一人が店に角樽《つのだる》を抱えてやってきた。つるっとした顔で笑いながら、

「俺は本所の政五郎《まさごろう》親分の手下《てか》になったから、挨拶に寄ったよ。こっちの方は縄張《しま》じゃねえが、親分は面倒見《めんどうみ》のいい人だから、困ったことがあったらいつでも言ってこいや」

いけしゃあしゃあと言うので、殴《なぐ》ってやろうかと思った。思っただけだ。

冬木町のおかみさんの家には、毎日顔を出している。最初の数日は朝の挨拶に行っていたのだが、おみつから、できたら夕どき、商いが終わってから寄ってくれないかと頼まれた。

「大家さんがお風呂の焚き付けをくださるの。三日に一度はおかみさんにお風呂をたててさし

あげたいから、北さんに頼めないかしら」

この家の大家は、同じ冬木町に屋敷のある「福富屋《ふくとみや》」という大きな材木問屋である。なるほど、焚き付けになる木っ端《こっぱ》なら余っているだろう。

誰か付き添っていても、湯屋《ゆや》は滑って足下《あしもと》が危ない。深川元町の家では、おかみさんはもっぱら行水《ぎょうずい》ばかりだった。だけどこの家には内風呂があるのだから、好きなだけ浸《つ》かってほしいというのがおみつの思いだ。

「いいよ。風呂焚きだけじゃなく、水汲みからおいらがやるよ」

「助かるわ。お駄賃の代わりに、夕ご飯はこっちで食べてってよ」

おかみさんの許しはもらっているという。

「北一はちゃんとご飯を食べてるんだろうかって、案じてらしたからさ」

この有り難い取り決めのおかげで、北一はひもじい思いをせずに済み、ついでに、青海新兵衛に頼まれていた謎解きも早々にかなうことになった。

おかみさんは風呂がお気に召した。熱い湯が好きだ。おみつが世話して風呂を使っているあいだは北一は焚き口にいて、湯加減を按配《あんばい》する。で、湯気抜きの小窓ごしにおかみさんといろいろしゃべる。そのときに、北一の商い物預けっぱなし話を持ち出すことができたのだ。

「別に難しいことじゃないよ」と、おかみさんは言った。「親分が倒れちまったあの日、走って帰ってきたあんたの足音しか聞こえなかったからね」

天秤棒を担いでいるなら、そうはいかない。

「どこかに預けてきたんだろうと思ったのさ。で、あの前の日におたまが、天秤棒と荷台が一組足りない、文庫の数も合わないと騒いでいたから」

北一が引き取るのを忘れているのだろうと思ったのだそうだ。

「大事な売り物を、あんたが粗末に扱うわけはない。おたまは万事にずぼらだけれど、抜け目ないから商い物に関わることで勘違いはしない」

一足す一は二だよ、と言った。

北一は焚き口の炎に顔をさらしつつも冷汗《ひやあせ》をかいた。振り売りも店《たな》売りもしばらく休んでいたから、おたまも手元にある文庫の数を確かめずにいたのだろう。おかみさんより先においらの不始末を質《ただ》されていたら、どんな羽目《はめ》になったか知れたものではない。泥棒《どろぼう》呼ばわりだって、大いにあり得た。

それにしても驚いた。

「おかみさん、奥にいておいらの足音が聞こえたんですかい」

「ああ、聞こえたよ」

「おかみさんは耳がいいの。足音だけで、それが誰かもわかるんだから」と、おみつが言う。自分のことのように自慢げだ。

「音だけじゃなくて、匂いや気配で、何でもお見通しよ。いろんなことに長《た》けてらして、あたし何度もたまげたんだから」

湯がちゃぽんと鳴り、おかみさんが笑った。

「お湯も自慢もこのくらいにしとかないと、逆上《のぼ》せちまう」

そのあとの夕餉《ゆうげ》の膳《ぜん》には、ふきのとうの天ぷらが載っていた。豪勢《ごうせい》だなあ……と味わって、青海様はあんなたくさんのふきのとうをどうやって食ったんだろうと思った。


さて、翌日の午《ひる》過ぎのことである。

朝から調子がよくって文庫がさばけたから、いっぺん長屋に戻って湯漬《ゆづ》けでも食おうかと歩《ある》っていると、道の向こうから富勘がやってきた。腕組みをして渋面《じゅうめん》で、しゃくれ顎まで潰《つぶ》れたみたいになっている。

「富勘さん」

声をかけたのに、北一に気付かず通り過ぎようとする。もういっぺん呼びかけると、はっとして飛び上がった。

「なんだ、北さんかい」

「おっかない顔して、どうかしたんですか」

富勘が来た道の先には福富屋の屋敷がある。大家に叱られでもしたのだろうか。

富勘は狐みたいな目をさらに吊《つ》り上げて、何か言いたげなふうである。その様子がただ事ではないので、北一はちょっと声を落とした。

「揉め事ですかい」

富勘はまだ答えず、じいっと北一の顔を見つめると、溜息を吐いた。

「千吉親分がいてくれりゃあ、こんな話はお茶の子さいさいで丸く収めてくれたんだが」

確かに親分は口上手だったけど、富勘だって人を諭《さと》したり仲を取り持ったりするのは得手《えて》なはずだ。それが生業《なりわい》なんだから。

「もういないんだよな。ようやくそれが身に染《し》みてきて、頼りなくって心細いよ」

おっしゃるとおりと北一も思う。

「すいません」

富勘はふっと顔を和《やわ》らげた。「いや、詮無《せんな》いことを言っちまった。蕎麦《そば》でもたぐろう。付き合っておくれよ」

表通りに出ると、二八《にはち》蕎麦の屋台が長腰掛けを据えて商いをしていた。

「親父《おやじ》、かけ二つ。蕎麦団子《だんご》があるのか。一皿おくれ」

並んで長腰掛けに座ると、すぐ蕎麦団子と蕎麦茶が出てきた。食え食えと勧《すす》めながら、富勘が小さな声で言い出した。

「北さんは、呪《のろ》いだの祟りだのってもんを信じる方かい？」

藪《やぶ》から棒《ぼう》である。

「そういうのに遭ったことはねえです」

「あたしもないよ。まあ噂話くらいは聞いたことがあるが、そんなのはたいてい尾ひれがついてるし、本物じゃない」

蕎麦団子を頬張《ほおば》りながら横目で見ると、富勘はまた渋面に戻っている。

「だけど、これは本物らしいんで、どうしたもんかと困《こう》じてるんだ」

頼りにならない北一でも、相づちぐらいは打てる。

「坊さんや禰宜《ねぎ》さんに祓《はら》ってもらったらいいんじゃねえですか」

親父が熱いかけ蕎麦の器《うつわ》を出してきた。さっそくたぐると、この屋台は当たりだった。出汁《だし》が香り、蕎麦に腰があって旨い。

「それがなあ、祓い方というか、収め方はわかってる祟りなんだよ」

富勘もせっせと蕎麦をたぐる。こんなに旨いのに、渋い顔のまんま食べるんじゃもったいない。

「だけども、それが難しくって」

聞き出してみると、ざっとこんな話だった。

福富屋の遠縁《とおえん》の材木屋に、代々伝わっている「呪いの福笑い」というものがある。福笑いといったら、紙でできたのっぺらぼうのお多福《たふく》の面《めん》の上に、遊び手が目隠しをして目・鼻・口を置いていき、へんてこな顔になるのをみんなで楽しむという、正月の遊びである。

しかしこの呪いの福笑いは、出して遊ぶと必ず祟る。その家の誰かが顔に大きな怪我《けが》をしたり、火傷《やけど》を負《お》ったり、眼病を患《わずら》ったりするのだ。だからずっとしまい込んであったのだが、この正月、家の子どもが何も知らずに持ち出して、近所の子どもらと一緒に遊んでしまった。気づいた家人《かじん》がすぐに福笑いを取り上げ、またしまい込んだのだけれど、遅かりし由良之助《ゆらのすけ》で祟りは起こった。

まずは三日もしないうちに、その子どもが鉄瓶の湯をかぶって顔の半面に大火傷。その手当てに右往左往《うおうさおう》しているうちに、その子の祖母《ばあ》さんにあたる大おかみの右目にものもらいが生じて、数日でいちじくほどの大きさに腫れ上がって、一向《いっこう》に治らない。さらにその子の父親が歯痛《はいた》に苦しむようになり、膏薬《こうやく》を塗ろうが痛み止めを飲まそうが夜も眠れない。一月《ひとつき》足らずのうちに、骸骨《がいこつ》のように痩せさらばえてしまったという。

「その福笑いにはさ、三代前の嫁さんの怨念《おんねん》がこもっているんだと」

ひどい嫁いびりにあって、首を吊って死んだのだそうだ。

「この嫁さんがお多福顔でな。何かといっちゃあ不細工《ぶさいく》だ、目鼻のあるところがちぐはぐで福笑いみたいだと、舅姑《しゅうとしゅうとめ》はもとより、旦那まで口を合わせて笑いものにしたのが仇《あだ》になったんだとさ」

富勘は渋柿《しぶがき》を噛《か》んだような口つきになり、北一は呆れかえる。

「つまんねえ嫁いびりをしたもんですね。福富屋さんの親戚筋ならちゃんとした商家でしょうに、おたまさんみてぇな人ばっかが寄ったもんだ」

富勘は苦笑した。「こんなところでまで引き合いに出すんだから、北さんもよっぽどおたまには腹を立ててンだね」

「あの人はお多福じゃなくて、たぬき顔ですけどね」

いったん呪いが現れてしまったら、誰かがこの福笑いで遊んで、一発で正しい場所に目鼻口を置かねばならない。

「一発でって、置き直ししちゃ駄目なんですか？」

「そうだよ。ずらすだけならいいが、いっぺん置いて手を離したら動かしちゃいけない」

えらく気難しい祟りである。

「首尾よくできたら、今度はそのお多福を褒《ほ》めるんだ」

美人だ、美人だとたっぷり褒めそやしてから箱に入れて封《ふう》じる。

造作《ぞうさ》もない？　いやいや、目隠しして——つまり目で見ずに、ちゃんとしたお多福の顔を作るのは難しい。

「先に祟りが起きたときには、運頼みで福笑いをやり続けて、二月《ふたつき》かかって何とかできたんだそうだ」

それまでに二人死んだという。

「今度もそうなっちまうよ。もう一日だってぐずぐずしちゃいられない」

火傷の子は起きられないままだし、大おかみのものもらいは左目にもできてしまった。

「そもそも、その福笑いを焼き捨てちまわなかったのがいけませんね」

蕎麦の出汁《だし》を飲み干して、北一は言った。

「今からだって、そうしちまえばいいのに」

「あたしもそう思うよ。火は邪気《じゃき》を浄《きよ》めてくれるからね。けども、どう説《と》きつけたって、皆さんその気になってくれないんだ」

——もっと恐ろしいことになったらどうします？

そうか。そのへんの説得を、千吉親分なら上手にやってくれたろうと、富勘は惜《お》しんでいるのである。

「というかさ、千吉親分なら、呪いの福笑いの顔をちゃんとできなくたって、あの面《つら》とあの声で」

──こりゃいい女だ、惚《ほ》れっちまうねえ、たまらないよ。

「とかなんとか褒めそやしてさ、死んだ嫁さんの怨念そのものを散らしてくれたんじゃないかと思うんだよ。女を口説かせたら天下一品の男だったからねえ」

なぁるほど。

「その福笑い、今はどこにあるんですか？」

「福富屋さんに持ち込まれてるんだ。本家だからね。こういういざこざも引き受けなくっちゃならない」

そンで富勘が相談に呼びつけられて、困ってござるわけですか。

「富勘さん、いつもおいらに言ってるけど、世間は広いんだから、親分と同じくらい口説き上手の男とか、福笑いをやらせたら百発百中の子どもとか、探せばどっかにいるでしょうよ。おいらも振り売り先で気をつけてみます」

「やっぱり、それしか手がないかねえ」

北一は頭の隅で、沢井の若旦那にお願いして、跡目の話し合いでおたまを黙らせたときのあの顔──死人みたいな冷たい目つきをしてもらえば、祟ってる嫁さんも畏《おそ》れをなして退散するんじゃないかと思ったが、さすがに口には出さなかった。八丁堀の旦那に、こんなことでご足労いただくなんてとんでもない。

その日はたまたま、冬木町のおかみさんの風呂を焚く日にあたっていた。

「鱈《たら》のいいのが買えたから、お夕飯は鱈ちりよ。おかみさんが、北さんも一緒にって」

こんな嬉《うれ》しいことはなく、北一は天にも昇る心地で焚き口に陣取った。ぐうぐう鳴る腹を宥めながら今日の商いの話なんかをしていて、富勘の渋面を思い出した。鱈ちりが嬉しくって口が軽くなっていて、

「昼間、富勘さんに蕎麦をおごってもらったんですけども」

呪いの福笑いのことを語ったら、途中から風呂のなかが静かになってしまった。

「おかみさん？」

「聞いてるよ」と、おかみさんの声が応じた。

「それで、福笑いの名人は見つかったのかえ」

「まだだと思いますけど……」

なぜかしら、おみつがくすくす笑っている。「北さん、そういうことなら真っ先におかみさんにお願いするべきだわよ」

「へ？」

北一が曖昧《あいまい》にへろへろ笑うと、湯気抜きの小窓からおみつが顔を覗かせる。

「言ったでしょ？　目が見えなくたって、いろんなことが上手なんだって。福笑いなんか朝飯《あさめし》

前《まえ》だわよ」

　ちゃぽん。

「富勘さんに言って、あたしを福富屋さんに連れていっておくれ」と、おかみさんは言った。

「早い方がいい。明日でもいいよ。火傷もものもらいも歯痛も痛ましいじゃないか。火傷の子がいちばん哀《あわ》れだけどね。元通りには治らないから」

「おかみさん、呪いや祟りを信じるんですか」

「あたしが信じる信じないより、その家の人たちと福富屋さんが信じてるってことが肝《きも》なんだよ。それと北一」

「へえ」

「女を顔かたちでくさすなんて、いちばんやっちゃいけないことだ。そういう話を軽《かろ》んじるのもいけない」

　千吉親分は、そのへんの機微《きび》をよく心得《こころえ》ている男だった――

「あんたも親分の養《やしな》い子《ご》なら、親分が恥《は》じるようなふるまいは慎《つつし》んでおくれ」

　北一はその場で居住まいを正した。

「わかりました。肝に銘《めい》じておきます」

　善は急げだ。明くる朝いちばんで富勘をつかまえてかくかくしかじか。

「おかみさんができるとおっしゃるなら、できるんだろう」

富勘もすぐ福富屋さんに飛んでいった。

おかみさんからは、いくつか注文が出された。福笑いをする場所はどこでもいいが、静かなところがいい。自分一人ではなく、立会人がほしい。富勘、おみつ、北一の三人に、福富屋さんからはどなたでもいいが、子どもはいけないし、あんまり大勢でも困る。そして、福笑いのあいだは一同静かにしていること。

その日の午後の八ツ《や》（午後二時）には支度《したく》が調《ととの》って、おかみさんは福富屋の奥の客間に通った。花鳥風月を彫《ほ》り込んだ見事な欄間《らんま》のある八畳間で、ほのかに香《こう》が薫《かお》っていた。

若草色の長羽織は、この季節のおかみさんのお気に入りらしい。今日もそれを羽織《はお》っている。髪は婀娜《あだ》っぽい布天神《きれてんじん》に結って、同じ若草色の布をかけ、銀の櫛と珊瑚玉《さんごだま》の簪《かんざし》をさしていた。

北一なんか、ホントなら福富屋のような大店《おおだな》の奥へ通ることなど許されない身分である。縁《えん》先《さき》に座るだけだってもったいない。顔と手足を洗い、着物の埃をはたいてきたが、できるだけ息を細くするよう努めた。自分の息で、このきれいな客間を汚《よご》してしまうような気がしたからである。

福富屋からは、呪いの福笑いの出所である親戚筋の主人と、福富屋の大番頭が座に連《つら》なった。富勘とこの二人は羽織を着ている。おみつは着物の襟《えり》を替えて前掛けを外しただけの普段《ふだん》着《ぎ》だが、髷《まげ》は整えてあった。

挨拶は短く済ませ、おみつがおかみさんに目隠しをした。濃い紫色の絹の布だ。おかみさんの顔がいっそう白く見える。

「それでは始めさせてもらいます」

呪いの福笑いは、黒漆《くろうるし》の艶《あで》やかな文箱《ふばこ》に収められていた。親戚筋の主人がその蓋を開け、土台となる顔と、ばらばらの目鼻口を取り出した。この福笑いは、くちびるも上下二つに分かれていた。その分、難しい。

「おみつ」

おかみさんが声をかけると、おみつが進み出て一礼し、福笑いの顔をおかみさんの膝の前に置いた。そしておかみさんの右手を取って導く。

「ここに顔があります」

おかみさんは指をしなやかに動かし、お多福の輪郭《りんかく》をそっとなぞって、うなずいた。

「目鼻と口は、あたしの膝の上に載せておくれ」

言われたとおりにして、おみつはそっと膝を滑らせて下座《しもざ》に戻った。

葬式か法事でもしているみたいな雰囲気《ふんいき》で、皆で福笑いを囲む。話で聞かされたら笑ってしまうような場面だが、今は誰も笑うどころか、頰を強《こわ》ばらせている。

おかみさんは、何かいい音色でも聴いているような顔をして、するりするりと手先を動かした。右目、左目。下くちびる。一つ一つ左手で取り上げては、右手の指先で輪郭をなぞる。

最初に顔の上に置いたのは、鼻だ。ちょっと上すぎた。と思ったら下にずらし、そのまま指を置いて動きを止め、やがてほんの気持ちだけ右にずらした。

次が右目だ。これは迷わず一発だった。右目の縁から指で間を測《はか》って左目を置く。いったん手を止め、おかみさんは閉じた瞼《まぶた》の下で目玉を動かしている。

で、指先で左目をほんの少しだけ横に滑らせた。福富屋の大番頭が押し殺したように細い息を吐いた。さっきの左目の位置では寄り目になっていたのだ。

この福笑いに呪われている親戚筋の主人は、恰幅《かっぷく》がいいし大黒様みたいな福顔だが、今はしとどに汗をかいていた。怯《おび》えているし、一縷《いちる》の望みにすがって固唾《かたず》を呑《の》んで見守っている。

——笑い事じゃねえんだ。火傷の子どもが苦しんでる。

事の重大さが北一の胸にも迫ってきた。

仕上げはくちびるだ。無造作に、おかみさんはさっさとそれを置いた。物言いたげに半開きになったのを、指先で揃えて口を閉じさせる。

そして膝の上に手を重ねると、

「出来あがりましたが、いかがでしょう」

途端に、親戚筋の主人がたまりかねたように身を折っておかみさんを拝《おが》んだ。

「畏れ入りましたぁ〜」

福笑いのお多福は、目鼻口があるべき位置に収まっている。まっとうな、どこにでもある、普通のお多福の出来あがり。

顔をうつむけてそれに微笑みかけ、おかみさんは言った。

「まあ、お美しいこと」

福富屋の大番頭がはっとして、まことにまことにと唱和《しようわ》した。

「絵双紙になりそうな美人ですなあ」

富勘は「うううううう～ん」と唸《うな》る。具合が悪くなったのかと見やれば、しゃくれ顎を撫《な》でながら、

「ああ、いい女だねえ」

満面の笑みである。おみつに肘《ひじ》でつっつかれ、北一もがくがくと口を開いた。

「こんなべっぴんさん、そうはお目にかかれねえ」

「ホントよね、あたし羨《うらや》ましい」

おみつは目が泳いでいて、調子っぱずれに声が高い。

「――お多福さん」と、おかみさんは福笑いに話しかける。「あたしは三十年も連れ添った亭主を亡くしたばかりの寡婦《やもめ》でございます。この亭主がいい男で、そりゃあ女出入りの多い人でございました」

クセのあるかすれ声が、聴く者の耳に快《こころよ》い。

「ずいぶん恨んだこともありますが、死なれてみたら、いい事ばかりを思い出します。あの人が今日ここにいなくてようございました。だって貴女《あなた》を見たらたちまち口説くに決まってますから、あたしはまた悋気《りんき》の火の玉になっちまう。美人は罪作りなものでございますよ」

親戚筋の主人は手放しで泣き始めた。

「ご勘弁《かんべん》ください、ご勘弁ください」

「いやいや、これこそが目の宝というものでございますねえ、皆様」

晴れやかな声でそう言いつつ、富勘が膝でにじり出て、両手でそろりそろりと福笑いを持ち上げた。紙っぺら一枚を扱う手つきではない。福富屋の大番頭も手伝って、二人がかりで福笑いを文箱に戻した。

富勘を残し、おかみさんはさっさと福富屋を後にした。同じ町内だから、おみつの肘につかまって、歩きだ。北一は女二人の後ろをついてゆく。

「おみつ、どうしたのか言ってごらん」

おかみさんが優《やさ》しく問いかけたら、おみつはどっと息を吐いて震えだした。顔から血《ち》の気《け》が引いてゆく。

「な、何だよ」

「北さん、見なかったの？」

おかみさんが「美人は罪作りだ」と言ったとき、福笑いの口元が笑ったのだという。

「確かに笑った。あたしの目の迷いじゃないわよ！」

北一は気づかなかった。ホントかよ。おみつは雰囲気に呑まれてたンじゃねえのか。

「おかみさんの手つきが鮮《あざ》やかなんで、おいらはそっちに見惚《みと》れてました」

どうしてあんな巧《たく》みにできるのか。

おかみさんはつと首をすくめて、言った。

「大したことじゃないよ。あたしには見えないけど、あんたらには福笑いが見えているから――」

座敷にいた一同の気配や様子を感じ取りながら、正しい位置に目鼻を置いていったのだという。

「あたしが正しく目鼻を置けば、みんなほっとする。ずれると息を呑んだり、身動きしたりするだろ。そしたらそれに合わせて、みんなが安堵《あんど》の気配をさせるところまで動かすわけさ」

「たったそれだけで？」

あんな小さいものの加減を按配できるのか。おいら、信じらンねえ。

「だから、そこがおかみさんの凄《すご》いところなんだってば」

青ざめちゃってるくせに、やっぱりおみつは自分のことのように自慢しやがる。

「うるさい場所だったり、あんまり人が大勢いると、気配が入り乱れてしまう。気心が知れない人ばかりだと、感じ取れても解釈《よみ》を間違う。だからああいう注文をつけて、あんたたちについてきてもらったんだ」

そして北一に笑いかけた。「あんた、最初のうちはバカに息を殺しておいでだったたね。少しやりにくかったよ」

うへえ！

「す、すいません」

「いいさ、上手《うま》くいったんだから。帰って美味《おい》しいものでも食べよう」

おかみさんは楽しげだ。おみつも、まだ半分顔色《がんしょく》を失くしながらも笑っている。すぐお酒にしましょう、鰆《さわら》を焼きます、ぬたにしようと思ってアサリの砂を吐かせてるんですよ。

おかみさんって、いったい。
――こういうのを千里眼《せんりがん》っていうんじゃねえのか？
北一は、魂がでんぐりがえったみたいな心地なのだった。

第二話

双六《すごろく》神隠し

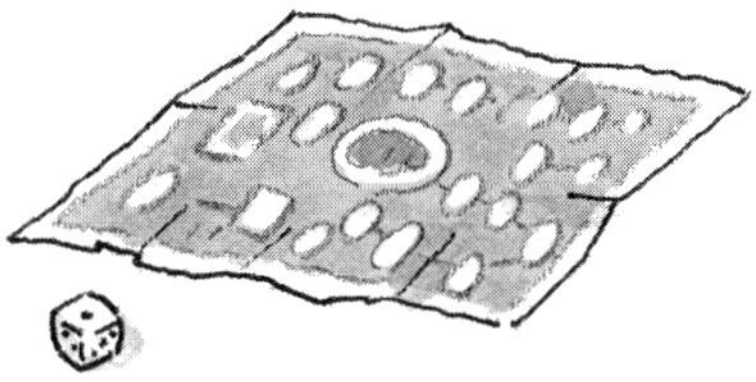

一

北一《きたいち》は髪が薄い。

歳《とし》は十六だから、まだ禿《は》げているのではない。髪の生《は》え方が、同じ年頃の男たちと比べるとかなり薄いのである。髪そのものも細くて、髷《まげ》を結《ゆ》っても貧弱で恰好《かっこう》がつかない上に、しばしば髪油で頭が痒《かゆ》くなる。しょうがないから、半端《はんぱ》に伸ばした坊主頭《ぼうずあたま》で年じゅう暮らしている。

深川元町《ふかがわもとまち》の髪結床《かみゆいどこ》は、店主の宇多次《うたじ》の名前と丁髷《ちょんまげ》からとって「うた丁《ちょん》」といい、それがまた店主の通り名にもなっている。髪結床で髪をいじってもらいながら、あるいは順番待ちをしている人たちと四方山話《よもやまばなし》をして、縄張《しま》の内で変わったことが起きていないか気をつけておくのは岡っ引きの仕事だから、千吉《せんきち》親分はちょいちょいうた丁に通っており、二人は気心の知れた間柄《あいだがら》だった。

迷子《まいご》の北一が親分のもとに引き取られたのは三歳のときだが、その年頃なら髪はたいがい奴《やっこ》にしているものなのに、北一はつるつるで、盆《ぼん》の窪《くぼ》にかろうじて和毛《にこげ》が生えているだけだった。その時点で、うた丁は既《すで》に「この子は薄毛だよ」と見抜いていたという。

「たまにいるんだよね。生まれついての体質《たち》もあるし、赤ん坊のときにおっぱいが足りなかったせいもある」

うた丁の眼力は正しく、五つ六つになって、近くの商家や職人の子どもらが芥子《けし》坊主や角大《つのだい》師《し》に結うようになっても、北一は丸坊主にうっすら苔《こけ》がついたくらいの頭をしていた。これが裏長屋の子どもなら、親たちだって親父《おやじ》は月代《さかやき》ぼうぼう、おふくろさんは丸髷も銀杏《いちょう》もあさってのじれったい結びでいるのだから誰も気にしやしないところだが、町を仕切る岡っ引きの親分の養《やしな》い子《ご》の髪が貧相なのでは、ちゃんと飯《めし》を食わせてもらってないみたいで見てくれがよくない。うた丁も気の毒がってくれて、おかげで北一は、当時はしょっちゅう頭に何か塗《ぬ》りつけられていた。

うた丁いわく「髪の素《もと》」であるそれは、ぬかるんだ泥みたいにベタベタしていて薬臭《くさ》かった。いい気持ちがしなくて、北一は塗りつけられるといつもすぐに井戸端で頭を洗ってしまい、そのときはそれで清々《せいせい》したもんだったけれど、今となってはおとなしく塗りつけられたままにしておけばよかったと後悔しきりだ。

うた丁は、千吉親分の早桶《はやおけ》を見送るときには袖《そで》を絞《しぼ》って泣きに泣いたが、手下《てか》の誰も親分の朱房《しゅぶさ》の十手《じって》を引き継がないと知ったときには、あんがい平然としていた。

「ここらに、千ちゃんの代わりが務まる男なんかいやしないからさ」

親分を「千ちゃん」と呼んでいたのはこの人だけである。うた丁が熊みたいな大男ではなく、髪結いによくいるちょっと柳腰《やなぎごし》の優男《やさおとこ》だったなら、誰かしらが二人のあいだを疑ったことだろう。話に聞くに、衆道《しゅどう》（男色）のちぎりというのは男女のそれよりも深いものだそうだから。

　さて、もう岡っ引きの手下ではなくなり、髪もそんなふうにお寒い北一だけれど、うた丁との繋《つな》がりは切れなかった。うた丁が文庫《ぶんこ》の上客だからだ。髪油や元結《もっとい》、髱《かもじ》などをしまっておく容《い》れ物として、文庫がちょうど使い勝手がいいのだという。もちろん全《すべ》て〈朱房の文庫〉だ。絵柄のきれいな文庫を並べて置くと、店の見栄《みば》えもぐっとあがって一挙両得だとうた丁は言う。

　猿江《さるえ》の〈欅屋敷《けやき》〉の用人《ようにん》・青海新兵衛《おうみしんべえ》から助言をもらい、それを差配人《さはいにん》の富勘《とみかん》が段取りしたので、万作《まんさく》があとを継いだ文庫屋の絵付き文庫には、偽《にせ》ものよけに、親分のしるしの印判《いんばん》がつくようになった。職人が玉を手彫りした立派な印で、〈千吉〉と二文字。これが蓋《ふた》の裏側に捺《お》されている。

　こういうことになったとき、万作の女房のおたまは、北一が文庫の振り売りを続けるのは仕方ない（この言い方からしてずいぶんだが）としても、朱房の文庫はうちが一手に売るのが筋《すじ》なんだから、千吉印のあるものを北一には卸《おろ》さないと言いだした。

「印も絵もない、ただの文庫なら卸しますよ。気に入らないっていうなら、北さんはどっかよそで仕入れりゃいいじゃないの」

　無口でおとなしい万作は女房に言わせっぱなしだから、富勘があいだに入って宥《なだ》めて言い聞かせた。

「つまらない意地悪をしなさんな。北さんは親分の倅《せがれ》みたいなもんだったんだよ」

「みたいなものでしょ。血を分けた倅じゃありませんよ」

収まらないおたまの矛先《ほこさき》を、とりあえずそらしてくれたのがうた丁だった。

「あんたがそんな性悪《しょうわる》な了見なら、うちのお客に言いふらしてやる。万作とおたまの文庫は、親分の遺志をないがしろにする恩知らずの文庫だってね」

髪結床は世間の噂《うわさ》の問屋場《とんやば》だから、これをやられたら悪評が千里を走る。おたまも、歯がみして悔《くや》しがりつつも折れぬわけにはいかない。さらにうた丁は、

「今後は、うちは北さんからしか買わないよ。その儲《もう》けだってあんたらのお店《たな》にも回るんだから、親分の線香《せんこう》を切らしたら承知しないからね」

と、たたみかけてもくれた。

うた丁では文庫は道具箱だから、出し入れが多いし、職人が髪油のついた手で触《さわ》り、そこに埃《ほこり》や汚《よご》れがつく。置き場所によっては文庫の蓋が日焼けして傷《いた》みが早い。また、飾り物としては、時期が過ぎたら旬《しゅん》の絵柄に取り替えないと、かえって野暮《やぼ》な眺めになってしまう。だから買い替えが早いので、うた丁は上客なのである。おたまは北一に意地悪しようとしたばっかりに、大きな魚を逃《のが》してしまったわけだ。

ごたごたが一段落してすぐに、北一はうた丁に礼を言いに行った。うた丁は笑って、

「おまえさん、律儀《りちぎ》だね。さすがは千ちゃんに育てられた倅だ。あたしゃ鼻が高いよ」

目を細めると、半分はまた泣いているみたいに見えた。

親代わりの千吉親分を亡《な》くし、よくいえば「雲の上」、悪くいえば「蚊帳《かや》の外」のお人だったおかみさんとはにわかに親《ちか》しくなって、自分は「富勘長屋」の店子《たなこ》に収まり、実は生まれて初めての一人暮らし。北一の春は心身ともに慌《あわ》ただしかった。もろもろがどうにか落ち着いて、気づいてみたら梅はとっくに散り、市中の桜が満開を迎えていた。

盛大に咲き誇《ほこ》る花を眺めながら、北一は、偽ものよけの印を作れと勧《すす》めてくれた青海新兵衛を訪《たず》ねることにした。せっかくうた丁に褒《ほ》めてもらったのに、こういう恩への義理を欠いてはいけない。

朝飯《あさめし》を済ませると早々に爪先《つまさき》を東に向け、風に吹かれて鼻先を追い越してゆく、気の早いはぐれ者の桜の花びらを追っかける。

——桜が散り急ぐのは、しぼんで薄汚れたところを人に見られたくねえからだ。どうして気《き》位《ぐらい》の高い花じゃねえか。

親分がそんなことを言っていたのを思い出した。あれは褒めていたんだろうが、じゃあ親分が桜を好きだったのか、あんまり好きじゃなかったのかはわかんねえ。あの台詞《せりふ》からは、どっちとも受け取れる。

欅屋敷の庭の隅《すみ》には、見事なしだれ桜の古木が一本あった。しだれは開花が遅いので、まだ五分咲《ごぶざ》きというところだ。紅色《べにいろ》の簾《すだれ》を垂《た》らしたようなその風情《ふぜい》は珍《めずら》しく、北一が見惚《みと》れていると、いつものように新兵衛の方が北一を見つけて、木戸門まで出てきてくれた。

おかげさまでこういう立派な印判がつきましたと、新しい朱房の文庫を一つ差し出すと、新兵衛は大いに喜んだ。そして、

「よかったよかった。しかし北さんよ、忘れてはおらんか。私は謎解《なぞと》きを待ちかねていたんだが」

子どものように目を輝かせる。新兵衛という人は、こんな顔をすると北一とおっつかっつの年頃に見えるし、黙っていると老《ふ》けて見えるのが不思議だ。

「謎解きって、何でしたっけ」

「やはり失念しているのか。おぬしのおかみさんの話だよ」

親分がふぐに中毒《あた》って倒れたあの日、ちょうどこの欅屋敷のそばまで振り売りに来ていた北一が走って帰れるよう、新兵衛が天秤棒《てんびんぼう》を預かってくれた。その後、葬儀だなんだで気ぜわしく、北一はすっかりそのことを忘れていたのだが、おかみさんに「商《あきな》い物をどこかに預けたままにしていないか」と問われて思い出し、泡《あわ》を食って引き取りに来たとき、新兵衛にその経緯《いきさつ》を話したのだ。するとこの（暇《ひま》そうな）用人はひどく興味を引かれたふうで、なぜおかみさんにそんなことが見通せたのか、わかったら教えてくれと言った――

新兵衛が不思議がるのは、千吉親分の寡婦《かふ》、名を「松葉《まつば》」というおかみさんは、目が見えないからである。

「ああ、そうだっけ」

北一は笑ってしまった。

おかみさんは、目で見ることに頼れない分、音や匂《にお》いや気配《けはい》や物音を手掛かりにして、何でもお見通しなのだ。北一の忘れ物のこともそれで察したのだし、

「あの後、もっとびっくりするようなこともあったんですよ」

おかみさんが「呪《のろ》いの福笑い」をあっさりこなしたこと、その際、まわりにいる者の気配や呼吸《いき》をはかって手掛かりにしていたということまでを話すと、新兵衛はまさに感じ入ったようである。

「なるほど、なるほど……」

太い首に筋を浮かせ、四角い顎《あご》を胸元《むなもと》に埋《うず》めて、何度も何度もうなずいた。

「おぬしのおかみさんは大した人物だ。実に興味深い。また何か面白《おもしろ》いことに出くわしたら、いつでもいいから聞かせに来てくれ」

そう言って、ちょっと屋敷の方を気にした。

「今日は瀬戸《せと》殿の目が光っておるので、粗茶も菓子も出せずに済まぬ。この次は何とかするからの」

「いえ、めったにねえ見事なしだれ桜が目のご馳走《ちそう》でした」

新兵衛はまた感心した。

「洒落《しゃれ》たことを言うなあ。北さんはなかなかの粋人《すいじん》なのだな」

とんでもない。「目の馳走」なんて台詞も、千吉親分が何かの折に口にしたのを思い出しただけだ。あれもやっぱり桜のころだったような覚えがある。

いつかは親分みたいな岡っ引きになりたいと思っていた北一は、お手本を失って、ただのその日暮らしになった。親分の台詞をなぞって口真似《くちまね》はできても、どうやったら親分のような男になれるのかはわからなくなってしまった。

花に浮かれる町筋で、出歩く人たちも財布《さいふ》の紐《ひも》が緩《ゆる》くなっているのか、その日の振り売りの上がりは上々だった。天秤棒をおろしてから冬木町《ふゆきちょう》のおかみさんのところへ行こうと思って、早めに富勘長屋に戻ると、木戸のそばで女が三人、何となく剣呑《けんのん》な感じで額《ひたい》を寄せ合っている。

「あら北さん、おかえりなさい」

声をかけてきたのは、店子仲間で、仕立物《したてもの》の内職をしているお秀《ひで》である。おかよという女の子と母一人子一人、こんな貧乏長屋にいるのに、どういうわけかいつも元気がいい。何を食ってるんだろうと思っちまうほどだ。

そんなお秀が、今はちょっと眉《まゆ》をひそめている。で、おっそろしくわかりやすい「わけありなのよ、聞いて聞いて」という目つきで北一の方につつっと寄ってきた。

北一は、人がいいのか気が弱いのかその両方なのか、こういうのをやり過ごせない。

「なんかあったんスか」

水を向けると、お秀は、さらにわかりやすく「待ってました」という顔になる。

「あのねえ、うちのおかよと同じ手習所《てならいじょ》に通ってる男の子がね――」

勢いよくしゃべり出したら、あと二人の女たちが顔を見合わせた。この長屋の店子ではない。一人はぴんしゃんしているがけっこうな婆《ばあ》さんで、もう一人はお秀よりも若く、働き者らしい荒れた手をしたおかみさんだ。で、婆さんの方がお秀の袖を引っ張った。

「ちょいとお秀さん、やたらと言いふらしたらいけないよ」

お秀は心外そうに軽く目を剝《む》いた。「言いふらすんじゃありませんよ。相談するのよ。だってこの北さんは、千吉親分の手下だったんだから」

――おいら言ってねえのに、バレてる。

千吉親分の名前は葵《あおい》の御紋《ごもん》の印籠《いんろう》みたいなもので、途端に二人の女の表情《かお》が変わった。若い方はまあと目を瞠《みは》ったが、婆さんはかえって怪《あや》しんでいる。北一が若いし、貧相だからだろう。

「千吉親分って、あの文庫屋の？」と、不躾《ぶしつけ》に北一を眺め回す。

「ほかにどの千吉親分がいるんですよ」

「鉄砲で亡くなったんでしょう。お気の毒でしたね」

若い方が言って、ぺこりと頭を下げた。

「あたしは上ノ橋《かみのはし》のそばの魚屋、『魚勢《うおせい》』の嫁です。うちは親分とはご縁がなかったんですけど、ふぐに中毒《あた》ったって聞いたときには、うちの人がずいぶん悔しがってました」

北一も黙《だま》って頭を下げ返した。

「おれんさんもバカ丁寧《ていねい》だねえ」

婆さんは嫌《いや》な目つきで北一を見て、お秀に言い返した。「あんたもだよ、お秀さん。親分はもういないんだから、こんな三下《さんした》をあてにしたってしょうがないじゃないか」

おっしゃるとおりで、北一は一言もない。

「男の子はうっかり遠っ走りするもんなんだから、待ってりゃそのうち帰ってくるさ。そしたらうんと叱ってやりゃいいだけのことだよ」

つっけんどんに言い置いて、ぷいと行ってしまった。

「あの人、あたしの内職仲間なの」お秀が言う。「口が悪くてごめんね」

「いいえ、そんなのはいいんですけど、男の子がどうかしたんですかい？」

お秀と魚勢の嫁、おれんはうなずき合うと、

「海辺大工町《うみべだいくちよう》の『富士富店《ふじとみだな》』に住んでる松吉《まつきち》っていう子が、朝からどっかへ行ったきりで、ぜんぜん姿が見えないんです」

「松坊はうちのおかよと一緒で、武部《ぶべ》先生の手習所に通ってるの。今朝《けさ》も先生のところへ行くってうちを出て、だけど手習所には来てなくってさ」

今もまだ帰ってこないのだという。

「いくつの子ですか」

「十一。しっかりしてて、いい子よ」

「おかよちゃんの手習所って、この近所に看板を出してるところですか」

北一が見当の方角を指さすと、お秀は忙《せわ》しく応じた。

「そうそうそうそう。武部先生も北さんの文庫のお客さんかしら」

店の方はわからないが、振り売りで買ってもらった覚えはない。近所だから、がっちりと体格のいい浪人者の師匠《ししょう》の姿なら、何度か見かけたことがある。習子《ならいご》たちを甘やかす先生ではなさそうに思えた。

「おおかた、手習いを怠《なま》けちまって帰りにくくなってるんでしょう。親にも先生にも叱られるに決まってテンだし」

男の子は手習いなんて好きな方が珍しい。

「しっかり者なら、案外ちょっとした駄賃仕事にありついて、時を忘れて稼《かせ》いでるのかもしれませんよ」

今は一年でも日が長い時期だから、夕空はまだ明るい。

「そんなに案じなくても、おっつけ帰ってくるでしょうよ」

「そうかしら。そうよね」

お秀は気を取り直したようだが、おれんは乗ってこない。

「だったらいいんだけど――うちの子は松坊と仲良しだから、すごく案じて怖《こわ》がってて、何かおかしなことを言ってるし」

「おかしなこと？」

北一が問い返すと、打ち消すみたいに慌てて笑《え》みを浮かべた。「ううん、うちの子が臆病《おくびょう》なだけですよ。一人っ子だから、あたしもつい甘やかしちゃって」

「丸助《まるすけ》ちゃんは優しいのよ。おかよもよくそう言ってる」

「あら、嬉《うれ》しい。あたしも油を売ってたら叱られちゃうわ。じゃあ、ごめんください」

愛想《あいそ》笑いして、おれんはそそくさと富勘長屋の木戸を出ていってしまった。

何だか気になる。

「おかしなことって、お秀さんは聞いてますかい」

うなずいて、「ホントにおかしいのよ」と、お秀は軽く笑った。

「だからおれんさんも、北さんの耳に入れるのは恥ずかしかったみたいね」

北一はただの文庫売りなのになあ。

「だってさ、双六《すごろく》がどうとかこうとか」

「す、す、すごろく?」

「そう。丸坊が、松ちゃんがいなくなったのは双六のせいだとか言ってるんだって」

世の中、いろいろなもののせいで様々な事が起こるわけだが、双六のせいで子どもがいなくなるという話は聞いたことがない。

「昨日《きのう》、一緒に遊んだらしいのよね」

双六は正月の風物だが、まあ玩具《おもちゃ》だから、子どもはいつでも遊ぶんだろう。

「松坊と丸坊はうちのおかよを妹みたいに可愛《かわい》がってくれてるんだけど、昨日の双六には入れてもらえなくって、だからよくわからないんだけど、喧嘩《けんか》でもしたのかしら」

北一は首をひねった。双六のせい。時季外《はず》れの道中双六で遊んだもんで、旅心がわいてきて家出した、とか?

我ながら、感心するほどバカらしい思いつきである。

「まあ、松坊が帰ってくれれば、わけがわかるでしょ」

けろっとするお秀と別れ、北一は井戸端で手と顔を洗ってさっぱりしてから、冬木町のおかみさんの家へと足を向けた。

今日は内風呂を焚《た》く日である。水汲《みずく》みから北一の仕事だから、また一汗《ひとあせ》かくくらいの働きをして、おかみさんの風呂が済んだところで女中のおみつがこしらえてくれた夕飯のお相伴《しょうばん》にあずかった。鱒《ます》の味噌《みそ》焼《や》きがめっぽう旨《うま》く、おかみさんに勧められるままに、北一は飯を三杯もおかわりした。

「朱房の文庫の売れ行きはどうかえ」

おかみさんは色白で瓜実顔《うりざねがお》だ。目が見えないから瞼《まぶた》は閉じたきり。その瞼まですべすべで色が白い。とうに四十路《よそじ》は過ぎている大年増《おおどしま》だが、洗い髪を櫛巻《くしま》きにして桜の柄《がら》の浴衣《ゆかた》の襟元《えりもと》をくつろげ、しんなり横座りしている様《さま》は美人画のようだった。

「ずっといい調子です。そういえば昨日は、えらい丁寧なお客さんに行き会いました」

本石町《ほんごくちょう》の呉服屋の人で、四季折々の風物で飾られた朱房の文庫を集めるのを楽しみにしているのだが、商いが忙しくて、今年初めてこっちまで買いに来た。

「親分のお悔《く》やみが遅くなって済まないねって。これからもごひいきにしてくださるそうです。やっぱり、朱房の文庫には親分の印をつけてよかったですよ」

そうだね――と、おかみさんは微笑《ほほえ》んだ。

「今度そういうわざわざ買いに来てくれるお客さんに会ったら、季節ごとに新しい文庫が出たときにはこちらからお届けにあがりましょう、と言ってごらん」

お客は買いっぱぐれがないし、出かける労《はぶ》が省ける。北一には手堅《てがた》い商いになる。

「それには及ばないと断られたっていいさ。言ってみるだけなら図々《ずうずう》しいことじゃない」

「へい、わかりました」

やりとりを聞いていたおみつが、棘《とげ》のある目つきになって言い出した。

「店売りの方はどうなってるのかしらね」

万作・おたまの店である。

「お得意さんはみんな、あっちより北さんから買いたいんじゃないかしら。印も妙案だったけど、馴染《なじ》みのお客さんたちにとっては、北さんが売ってるってことが親分の文庫の証《あかし》なんだもの」

そう買いかぶられては面《おも》はゆい。北一がへどもどしていると、

「あちらはあちらで励んでるだろうさ。あんまり意地の悪いことをお言いでないよ」

おかみさんにやんわり諫《いさ》められて、おみつは舌《した》を出した。

「あい済みません」

おみつの片付けを手伝い、細かい所用もいくつか頼まれたので、明日の朝飯にと持たせてもらった握り飯の包みを懐《ふところ》に、北一が富勘長屋に戻るころには、空には星が散らばっていた。

正覚寺《しょうかくじ》の横を通っていると鐘《かね》が鳴り始め、ごぉんという響きが夜風にまじって首筋を吹き抜

ける。五ツ（午後八時）だ。

「あ、北さん、北さん！」

細い掘割《ほりわり》の向こう側に提灯《ちょうちん》が一つ、揺れながらぽつんと現れて、こっちに呼びかけてきた。誰かと目をこらしたら、富勘長屋の店子の一人、太一《たいち》だ。歳は北一の二つ下だが、体つきはもう一人前の若者に近いし、きりきりした働き者である。この子の親父さん、寅蔵《とらぞう》は酒好きの棒手振《ぼてふり》で、魚屋のくせに朝寝坊でしょうもないのだが、親が駄目だとかえって子どもは立派に育つらしい。

「こんな刻限にどうしたんだい」

問いかけて、太一が手にしている提灯に、北永堀町《きたながほりちょう》の番屋の印がついていることに気がついた。

「何かあったのか？」

「うん。武部先生の習子が一人行方《ゆくえ》知れずになっちまって、みんなで捜してるんだ」

北一はぴりっとした。

「その習子、もしかして海辺大工町の松吉って男の子じゃねえかい」

太一はびっくりしたようにうなずいた。

「知ってたんだ。さすがは千吉親分の子分だねえ」

いンや、まるっきりのたまたまだ。

「今朝、手習所に行くって長屋を出たっきりだって聞いたけど、まだ帰ってきてねえんだな?」

「そうなんだ。近所でも、誰一人姿を見かけてねえんだって。妙だろ」

ふっつり姿を消して、それっきり。

「まるで神隠しだよね」

「――家出じゃねえのかな」

「武部先生が、松吉はそんな子じゃねえって言ってる。だから、みんなしてなおさら心配してるんだよ」

太一は富勘の言いつけで、冬木町の「福富屋《ふくとみや》」に使いに行くところだという。福富屋は材木問屋で、このあたりの大地主であり、多くの貸家・長屋の大家だ。おかみさんの住んでいる貸家もそのうちの一軒である。

「福富屋さんなら男手《おとこで》も多いし、舟も出してもらえるだろうからって」

掘割が縦横《じゅうおう》に走っている深川一帯では、子どもが行方知れずになったといったら、すぐ水に落ちていることを心配する。捜索《そうさく》には舟があった方が便利だ。

「富勘さんもあっちこっち駆け回ってるけど、すぐおいらを追っかけて福富屋さんに行くって言ってたよ」

松吉の住んでいる長屋は富士富店だから、やっぱり福富屋の家作《かさく》で、富勘が差配を任されているところなのだろう。富勘にとっては、店子の子どもが行方知れずになっているという一大事なのだ。

世間には、裏店の子どもが一人ぐらい消えたって知らん顔、ほったらかしの差配人は少なくない。だが富勘は違う。千吉親分が一目《いちもく》置いていたのも、富勘が店子をえり好みせずに世話を焼く人だからだ。

――親分も、今ここにいたなら、やっぱり人手を集めて松吉を捜すよな。

家出ならそれでもいい。本人が後悔してても帰りにくくなってたら哀《あわ》れだ。どこかで怪我《けが》でもして動けなくなっていたら大変だ。拐《かど》かしならもっと一大事だ、と。

北一は夜空の星を見上げ、町筋を包み込む夜の闇《やみ》を見た。

「どれぐらい捜してるんだ？」

「日暮れどきからだよ」

たっぷり一刻《いっとき》（約二時間）は経《た》っているわけだ。おかみさんのところに長《なが》っ尻《ちり》していた自分を引っぱたきたくなった。

「よし、おいらも一緒に行こう」

二人で走った。福富屋ではおかみさんの家移《やうつ》りのときにも世話になった番頭がすぐ出てきてくれて、事情を話しているうちに、富勘が駆けつけてきた。額に汗を浮かべ、怖い顔をしている。

「町なかは大方《おおかた》捜し終わったんだが、まだ見つからないんだよ」

今は集まった男衆《おとこし》で手分けして、掘割沿いにずうっと松吉を呼び続けているという。

「まるで天狗《てんぐ》に攫《さら》われたようですなあ」

福富屋の番頭も顔を曇《くも》らせる。

「うちの連中を駆り出して、舟もありったけ出しましょう。用もないのに子どもが行くような場所じゃないが、万に一つってこともあるから、あたしらで木置場《きおきば》の方まで捜してみますよ」

冬木町より東側の広い空《あ》き地に、深川の材木商たちが共同で使っている木置場がある。地べたに材木を積み上げげたり立てかけたりしてあるだけでなく、田んぼのように水を張って、そこに筏《いかだ》に組んだ材木を浮かべてあるのだ。その筏を舟で引いて掘割から小名木川《おなぎがわ》や大川《おおかわ》へと往来するので、水深は田んぼどころではない。十《とお》やそこらの子どもでは足が立たないほどの深さがある。

そこで水に落ち、うっかり筏の下に入り込んでしまうと、水に圧《お》されて筏の裏側にへばりついてしまって、もちろん溺《おぼ》れて命はないし、ちょっとやそっとでは見つからない。それを捜すために筏の上を渡り歩くのも素人《しろうと》には難しいから、番頭は「あたしらで捜す」と言ってくれているのだ。

「お手間をかけて申し訳ない。松吉は、ふらふら危ない場所へ出かけるような子どもじゃないはずなんだが」

富勘は頰を引《ひ》き攣《つ》らせていた。

福富屋で龕灯《がんどう》を貸してくれたので、北一はそれを手に道を戻りながら捜索を始めた。富勘と太一は福富屋が出してくれた猪牙《ちょき》に乗り込んで、掘割づたいに海辺大工町の方へと戻っていった。

「おお～い、松吉」

「松吉や～い」

夜の水路を漕《こ》いでゆく猪牙や小舟の上から、松吉を呼ぶ声があがる。土手の上にも、水の上にも提灯や龕灯の明かりが飛び交《か》って、気の早い蛍《ほたる》が現れたような眺めだ。

「ま・つ・き・ち～」

北一も腹の底から大きな声を出し、夜の向こうへ呼びかけた。

「だぁれも怒ってねえぞ～。叱らねえから、帰ってこ～い」

北一は八つのときに、文庫屋のお客さんに失礼なふるまいをしたと親分に叱られて、それが辛《つら》くって家出したことがある。お客の方が「釣《つ》り銭《せん》をごまかした」と北一にからんできたのであって、こっちは何にも悪くないのに頭ごなしに叱られ、当のお客がにやにや笑っているのが腹立たしくてたまらなかった。

どこにも行くあてがないので、丸一日、近所のお稲荷《いなり》さんの床下《ゆかした》に潜《ひそ》んでいた。夜更《よふ》けに、腹が減ってどうしようもなくて、自分から這《は》い出ていって見つかった。

それまでに何度も、自分を呼ぶ親分の声を聞いていた。名前だけを呼ばれているうちは、死んでも出てゆくまいと思った。泣き泣き床下から這い出したのは、親分の「もう叱らねえ」「怒ってねえから帰ってこい」という言葉を耳にしたときだ。子どもの気持ちというのはそんなものなのである。

北一のその声が、捜索している男衆の誰かの耳にも入ったのだろう。やがて、同じ呼びかけがまじって聞こえてくるようになった。

「だぁれも、叱らねえぞ〜。ま〜つきちぃ、出てこ〜い」

しかし、松吉は見つからなかった。

二

松吉が消えたっきり一夜が明けると、魚勢の丸助が、大泣きに泣いて怯《おび》えて騒ぎ始めた。

「双六のせいだ、あんなへんてこな双六で遊ぶんじゃなかった」

「どうしよう。次は仙《せん》ちゃんが怖い目に遭《あ》うかもしれないよぉ」

仙ちゃんというのは、丸助・松吉と同い歳で仲良しの習子仲間で、名前は仙太郎《せんたろう》。弥勒寺《みろくじ》のそばにある「笹川屋《ささがわや》」の長男である。蠟燭《ろうそく》と線香を商い、このあたりのお寺さんをいくつも得意客にしている笹川屋は、手堅《てがた》く繁盛《はんじょう》して裕福なお店だ。

ほかには何の手掛かりもないし、泣き騒ぐ丸助を放っておくわけにもいかない。事情を聞こうと、富勘が手配して、子どもらの通う手習所に集まることになった。

「おまえたちを叱るつもりではない。だから、隠しだてせずに話してくれ」

手習所の師匠、武部権左衛門《ごんざえもん》は、丁寧な繕《つくろ》い跡のある袴《はかま》の膝《ひざ》に手を置いて、そう切り出した。〈赤鬼〉の通り名が似合ういかつい顔だが、声音《こわね》は穏《おだ》やかで柔《やわ》らかい。

本日、手習所はお休みだ。習子たちの机は座敷の隅に片付けてある。板の間の真ん中に武部先生と富勘が並び、その対面に男の子が二人、いささか縮こまって座っている。

右側の子が魚勢の丸助。傍《かたわ》らにはおっかさんのおれんが付き添って、倅と一緒に小さくなっている。丸助はべそべそ泣いており、おれんもちょっと突《つつ》かれたらつられて泣き出しそうだ。顔も似ているが、気性《きしょう》も似ている母子《おやこ》のようである。

一方、その隣の仙太郎は、付き添いもおらず一人できちんと正座して、やっぱり心配そうではあるが、泣いてなんかいない。見るからに利発そうで、大人びている。気質《たち》もあろうし、暮らしぶりの違いもあろう。

「うちのおとっつぁんもおっかさんも松ちゃんのことは案じていますが、急なことなんでお店を空けるわけにいきません。おいらも、差配さんがついてくださるなら心《こころじょう》丈夫《ぶ》だから、一人で参りました」

気が張っているのか、ちょっぴり声がうわずっているが、殊勝に頭を下げて挨拶《あいさつ》したのは立派なものだった。

松吉の両親《ふたおや》は来ていない。夫婦には松吉を頭《かしら》に七人の子どもがおり、手間大工《てまだいく》の父親の稼ぎでは食っていかれず、母親は賃仕事をいくつも掛け持ちしているのだという。

日々食うことに追われっぱなしで、松吉がいなくなった前後のことを、夫婦はさっぱり覚えていない。問題の双六うんぬんについても何も知らない。それより今日の稼ぎがなければ残り六人の子どもが飢《う》えてしまうから、すみませんが勝手にやっといてください。松吉の身が心配じゃないのかって？　そりゃ心配ですよ。だけど泣いて案じてたって、子どもらの食い物も銭《ぜに》も店賃《たなちん》も降ってこないもんね。そんなのは差配さんがよくよくご存じでしょうよ――などなど（嫌味《いやみ》もまぜて）まくしたてられ、富勘もお手上げだったらしい。

その日暮らしの貧乏人のことだ。しょうがねえよなと、北一は思う。精限り根限《こん》り働いて、子どもを食わそうとしているだけ上等だ。

昨日からの成り行きで、「へんてこな双六」のことが気になるから、北一はこの集まりの隅っこに加えてもらった。もしも武部先生が真っ赤になって怒鳴《どな》ったら、歳が近いのを言い訳にして、ちっとは子どもらをかばってやろうという腹づもりもあった。

しかし、こうして見ると武部先生はただの赤鬼ではなさそうだ。怒鳴るどころか、怯える丸助を辛抱《しんぼう》強く慰《なぐさ》めている。

「泣かんでいい。私も差配さんもついているんだから、何も怖いことはないぞ。おまえたちは、悪いことをして隠していたわけではないんだろう」

「はい、おいらたち、三人で、双六で、遊んだ、だけなんで」

しゃくりあげる丸助の背中を、おれんがさすってやる。その横で仙太郎が口を開いた。

「丸ちゃん、そんなに泣かなくっていいよ。松ちゃんはきっと帰ってくるし、いなくなったのは双六のせいなんかじゃないよ。だっておいらは何でもないいんだし」

丸助を慰めようと、こちらも一生懸命になっている。

「おまえさんが何でもないってのは、どういう意味だい？」

富勘が問うのを、武部先生が制した。

「順々に聞いていきましょう。仙太郎、始めから話してくれ。三人で双六をしたのはいつのことだ？」

「はい」と、一つうなずく仙太郎の頰《ほお》に血が上り、目元がひくひくした。

「一昨日《おとつい》、手習いが終わって、三人でうちに帰る途中に拾ったもんだから」

丸助も仙太郎も、家に帰れば商いの手伝いがある。いずれは親の商いを継ぐのだから、修業みたいなものだ。それでも遊びたい盛りだから、一日も休まず手伝いばっかりというわけではない。竹とんぼを飛ばしたり、竿《さお》をこしらえて掘割で釣《つ》りをしたり、ほかの男の子たちと集まって合戦《かっせん》ごっこをしたり——と遊ぶ方も忙しいのだが、

「松ちゃんだけは、そうもいかなくって」

働きづめの両親に代わって、六人の弟妹《きょうだい》たちの世話を焼き、掃除洗濯《そうじせんたく》水汲みなどの家のこともこなさなければならないからだ。

「いちばん下は双子《ふたご》で、まだはいはいですから、松ちゃん一人じゃおんぶの背中も足りません」

仲良しの丸助と仙太郎は、ちょっとでも松吉が楽なように、できるだけ助けることにしている。家事を済ませたら子守りをしながら遊ぶこともできるから、けっこう楽しい。

「遊ぶだけじゃなくって、松ちゃんのすぐ下の妹と弟に教えながら、読み書きや算盤《そろばん》の稽古《けいこ》もします」

慌てて言い添えるところがいじらしい。

「だから手習所から帰るときは、おいらたち三人で、いっぺん魚勢さんを通り越して、松ちゃんのうちへ行くんです」

北永堀町のこの手習所からは、魚勢、富士富店、笹川屋の順番で遠くにある。

ここでおれんがうなずいた。「そういうとき、丸助はいつも、通りがけにあたしに顔を見せていくんです」

おれんは行っといでと送り出し、お八《や》つがあれば持たせてやることもあるという。

「三人仲良しで、もう二年ぐらいはそうやってます。丸助にはうちの手伝いも大事なことですけど、友達思いの子になってほしいですから」

「けっこうなことだ」

と、武部先生が応じた。富勘は目を細めて二人の子どもの顔を見比べている。

褒められて安心したのか、ふうと息を継いで、仙太郎は続けた。

「一昨日も、魚勢さんでおばさんに挨拶してから富士富店まで歩《ある》っていって――」

途中で、道ばたの天水桶《てんすいおけ》の陰に、小さな紙箱が落ちているのを見つけたのだという。

「拾ってみたらボロボロで、箱の角《かど》が潰《つぶ》れてたし、字も消えてて半分ぐらい読めなかったんですけど」

かろうじて読める半分に「○○すごろく」とあった、と言う。

「だから開けてみたんです」

中身は本当に双六だった。半畳《じょう》ぐらいの大きさの紙に、「東海道五十三次」の絵図が描いてあって、街道沿いに宿場の数だけ小判《こばん》のような長丸が並んでいる。かなり古いもので傷《いた》みがひどく、手書きなのか刷《す》り物なのか、それさえよく見てとれない。虫食いだらけで、小さな穴がたくさん空いていた。

「あと、さいころも一個入ってました。やっぱり古くて黄ばんでて、目のところの墨《すみ》がいくつか消えちまってた」

道中双六だ、持って帰って遊ぼう。三人は喜んだ。

「あれが新しくてきれいなものだったら、勝手に持ってったりしませんでした」

仙太郎は下を向いた。

「番屋に届けるとか、近所のお店の人に訊《き》いてみるとかしました。だけど、あれはホントにボロボロだったから」

「もういい。叱らぬと申したろう」

武部先生が宥める。

「で、持っていって三人で遊んだわけだな」

「はい。だけど――」

仙太郎はもじもじした。

「松ちゃんのうちでよく検《あらた》めてみたら、道中双六じゃなかったんです」

双六の駒が止まるところを示す長丸の大半は空白で、何も書かれていない。で、何か書き込まれているところでは、その言葉がおかしかった。

「振り出しは〈てはじめ〉、上がりは〈どんづまり〉でした。漢字とかながまじってて、難しい漢字もあったし、全部は覚えてないんですけど」

「覚えてる分だけでいいから、言ってごらん」

仙太郎は目玉をくりりと上にあげて、諳《そら》んじるようにゆっくり言った。

「〈はれもの〉、〈きんいちりょう〉、〈おおねつ〉、〈めやみ〉、〈つきあたり〉——」

「ちょっと待った」と、武部先生が分厚《ぶあつ》い掌《てのひら》をかざした。「私が書き取ろう。字に間違いがないか見てくれ」

手習所だから紙も筆も墨汁《ぼくじゅう》も揃《そろ》っている。北一が長机《ながづくえ》をひとつ先生のそばに動かすと、

「おお、済まん。気が利《き》くな」

そして勢いのある大きな字で書いていった。

手始め。どんづまり。腫《は》れ物。金一両。大熱。目病《めや》み。突き当たり。

「こういう字面《じづら》だったか?」

「はい、たぶん」

仙太郎はさらに張り詰めた顔になり、喉《のど》をごっくんとさせた。

「——嫌な言葉ばかりだねえ」

脇から覗《のぞ》き込んで、富勘が言う。

「〈つきあたり〉ってのは、何かにぶつかることでしょうかね」

「字義どおりにとるなら違うが、この並びのなかにあると、いい意味にはとれんな」

「金一両はどうです？」

恥ずかしながら、北一の目にはその字がいちばん大きく見えた。

「そこに止まったら一両もらえるって意味じゃねえのかな」

双六は、さいころを振って、出た目の数だけ先へ進み、早く上がった者が勝つという簡単な遊びだ。いちばん多い目が出ても六つしか進めないから、上がりまでは何度も止まる。常にすんなり前に進めるわけではなく、止まったところに〈一回休み〉とか〈三つ戻る〉とか、〈振り出しに戻る〉なんて言葉がついていたら、そのとおりにしなくてはならない。

子どもの遊びではあるが、湯屋《ゆや》の二階でごろごろしている男たちが、小銭を賭《か》けて双六をしているのを、北一は何度か見かけたことがある。燗酒《かんざけ》一本とか、屋台の寿司や天ぷらを賭けていることもあった。そうなれば賽《さい》の目《め》次第の立派な博打《ばくち》だから、いい大人だって熱くなるわけだ。

「この双六だと、むしろ一両取られるんじゃないの」

「〈きんさんりょう〉と〈きんごりょう〉もありましたけど」

「それだと、ますます大損だ」

「仙太郎、その双六は今どこにある？」武部先生が訊いた。「現物を見るのが手っ取り早い。松吉の家にあるのか」

仙太郎はおずおずと首を振った。

「それが、いっぺん遊んだきりで、どっかにいっちまったんです」

箱もさいころも、そっくり失《う》せてしまったのだという。

「松ちゃんは、きっと母ちゃんが焚き付けに使っちまったんだって言ってました。おいらたちも、そんならその方がいいと思って」

北一は口を挟んでみた。「その双六に嫌な感じがしたから、いっぺんしか遊ばなかったし、失《な》くなっても探さなかったんだね」

仙太郎は北一の方を振り返り、一瞬（この人誰だ）という顔をしたが、すぐ素直にうなずいた。自分の指をいじいじいじっている。

「三人とも、それぞれ何か書き込みのあるところに止まったのかね」

武部先生の問いかけに、少し落ち着いて泣きやんでいた丸助が、またべそべそし始めた。おれんがその肩を抱きしめる。

「はい。それぞれ一回こっきりですけど」

「どんな書き込みだった？」

「丸ちゃんは、〈きんさんりょう〉」

富勘がえっと慌《あわ》てて、おれんに言った。「魚勢さん、さっきの一両とられるってのは取り消しだ。そりゃ三両転《ころ》がり込んでくるって意味だろう」

おれんは決まり悪そうに首をすくめる。

「松吉は？」

仙太郎はちょっと詰まってから、思わずという感じで声をひそめた。

「〈かみかくし〉でした」

神隠し。で、まるで天狗に攫われたように、松吉はふっつり姿を消してしまった――

先生と富勘が顔を見合わせる。丸助は「わあぁぁぁん」と声を張り上げて、おっかさんの懐に顔を埋めてしまった。

「仙太郎、おまえはどんな書き込みの上で止まった？」

「おいらは、あの」

仙太郎のつるりとした額に、じんわりと汗が浮いてきた。

「おいらは、〈ゑんまのちょう〉でした」

武部先生が手早く字を書いた。「これか」

〈閻魔《えんま》の庁〉

「は、はい」

北一もうぐぐと思った。それって、閻魔様のところに行くという意味か。つまりは命を落とすということか。

「でも、おいらはどこも何ともないです。一昨日から今まで、なんにも変わったことはありません。どこも具合なんか悪くないし」

仙太郎の指のいじいじが、いっそう激しくなる。

「――面妖《めんよう》な話だな」

武部先生の表情は険《けわ》しい。

「怪談ですな」

富勘は、床下から這い出てきた百足《むかで》を見るような目で、武部先生の書いた字を睨《にら》みつけている。

「薄気味悪いったらない。あたしはますます松吉が心配になってきました。福富屋が今夜も舟を出してくれるっていいますし、ともかく捜し続けましょう」

「そうだな」

うなずいて、武部先生は顎の先をつねった。

「私はただの手習所の師匠で、君子《くんし》ではないが、怪力乱神《かいりよくらんしん》を語る者でもない。しかしこの話が面妖なことは確かだから、魚勢も笹川屋も、よく気をつけていてほしい。丸助、泣いていないでしっかりせねばいけないよ」

諭《さと》されて、泣きはらした目をこすりこすり、丸助はうなずいた。仙太郎は「はい」と頭を下げる。

武部先生がひょいと北一を見た。「おまえさんは千吉親分の子分だったそうだな」

「へい。北一と申します」

「済まんが富士富店へ行って、この面妖な双六を探してみてくれんか」

「合点《がってん》です」

「いきなり北さん一人じゃ、店子たちが怪しむだろう。あたしも一緒に行くよ」

「じゃあ、早いとこ取りかかりましょう」

北一が立ち上がると、仙太郎がさっきと同じようにこっちを振り返った。目が合った。この子の顔立ちが整っているせいか、一瞬、人形に見つめられたような気がして、北一ははっとした。

「おいらたちのせいで、お手数をおかけします。あい済みません」

指をついて、仙太郎は丁寧に頭を下げた。

富士富店の店子たちも、みんな松吉の身を案じていた。「松吉をめっけるる手掛かりになるものだ」と話しただけで、長屋をあげて双六探しを手伝ってくれた。

「焚き付け？　松坊のところじゃ煮炊《にた》きなんぞしないよ。火ぃ焚くのは真冬にお湯を沸《わ》かすときぐらいだもん」

探したのは長屋のなかだけではない。富士富店の木戸を出てすぐ先には、空樽《あきだる》屋と茶箱屋がある。どちらも間口《まぐち》二間《けん》の小さな店だが、扱っている品が容れ物なので、念のために店にあるものは全部開けさせてもらって、なかを検めた。

それだけやっても、不気味《ぶきみ》な双六の箱や紙の切れっ端《ぱし》も、竈《かまど》の灰《はい》さえ見つからなかった。

松吉の弟妹《きょうだい》たちは、七つの弟、六つの妹、五つの弟、三つの妹、一つの双子の弟たちという並びである。すぐ下の弟と妹は、もしかして一昨日の双六遊びのことを見て何か覚えているかもしれないと思って訊《たず》ねてみたが、

「松兄ちゃんが帰ってきて、おひるを食べさせてくれて」

「下の子たちと昼寝してたから」

「すごろく？　わあ、あたいも遊ぶ」

という具合で、何も得るものがなかった。魚屋の丸ちゃんと蠟燭屋の仙ちゃんは兄ちゃんの仲良しだよ、よく遊んでくれるよ。差配さん、店賃とりに来たのか？　おとっちゃんが半年は溜《た》めても平気だって言ってたよ、おっかさんが差配さんは鬼だって、ねえ兄《あん》ちゃん（北一の袖を引っ張って）、なんで髷がないの？　なまんだぶのお坊さんなの？　わあわあぎゃあぎゃあきゃっきゃばぶばぶ。

昼までのひととき一緒にいただけで、引き揚げるころには北一も富勘もくたびれていた。

「よくまあ、あんだけ次々と産んだもんだよ」

富勘が言うに、松吉と七つの弟とのあいだにも実は女の子の双子がいて、生まれてすぐ亡くなっているのだという。

「食わせてるのは立派ですよね。武部先生は、松吉の束脩《そくしゅう》をもらってんのかな」

「どうかねえ。両親揃ってうちの子に学問なんぞ要《い》らないと突っぱねるのを、先生がさんざん粘《ねば》って、やっとこさ手習所に通わせるようになったんだっていうから」

松吉本人は熱心に学び、読み書き算盤がよくできる。手習所で師匠の手伝いをする年長の習子を「番頭」と呼び、これは出来のいい子を師匠が選ぶのだが、昨年は松吉、今年は仙太郎なのだそうだ。

「十一じゃ、じきに働くようになるんでしょうね」

「下の弟がもう少し家のことをできるようになったら、親父にくっついて大工の修業をするのかねえ。それじゃすぐには稼げないから、どっかに奉公《ほうこう》に出るのかもしれないが」

いずれにしろ、そう遠からず、松吉はあの一家の稼ぎ手になって、両親と同じように日々いっぱいいっぱいまで働き、弟妹《きょうだい》たちを食わせていくことになるのだ。

それを思って、北一は言った。

「松吉がどんなにいい子でも、普段はそんなことしそうになくってもね、こいつはやっぱり家出じゃねえんですかね」

貧乏な家族を背負い込むのが嫌になって、逃げ出したのではないか。

「そンだけできる子なら、一人で身軽になればいくらだって身を立てていかれる」

「請《う》け人《にん》がいなくちゃ、まっとうなところには奉公できゃしないよ」

「そんなの言い訳のしようですよ。火事で孤児《みなしご》になったとかさ。市中からちょっと外れて、農家に入ったっていい」

江戸近郊の田んぼ持ち、畑持ちの農家は、下手《へた》な商家より金を稼いでいる。贅沢《ぜいたく》で口のおごった江戸っ子が、種々の野菜や芋《いも》や果物をいくらでも買って食ってくれるからだ。そういうところに作男《さくおとこ》として入り込むなら、いかめしい請け状や請け人抜きでも何とかなる。

「だったら双六の話はどうなるんだね」

大真面目《おおまじめ》に問われて、北一はものすごく驚いた。うへぇ。

「富勘さん、まだあの話がホントだって信じてるんですかい?」

富勘はちょっとたじろぎ、ちまちまとまばたきをした。

「ホントじゃないと言い切れまいさ。北さんは信じてないのかい？」

「信じられるわけねえですよ」

最初《はな》っから眉唾《まゆつば》ものだ。

「都合よく現物はねえわ、いつもは一緒にまざって遊んでるっていう弟や妹たちが、この双六のことばかりは何にも知らねえって言うわ、おかしいでしょ」

富勘は踏み潰された蝦蟇《がまがえる》のような顔になる。

「北さんはあたしよりずっとあの子らの方に歳が近いのに、純朴《じゅんぼく》な子どもの言うことを信じないとはねえ」

憤然としておっしゃるが、そいつは逆だ。おいらにはまだいくぶんか子ども心が残ってるから、それがまるっきり純でも朴でもねえってわかるんですよ。

子どもだって、嘘《うそ》をつくときにはつくもんだ。それも巧《たく》みに。

「それより、おいら思うんですけど、松吉はただ家出しただけで、双六のことなんか何ひとつあずかり知らねえのかもしれませんよ」

あれは仙太郎が一人で書いた筋書きであって、丸助はそれに調子を合わせているだけ。込み入った話をしたのは仙太郎一人で、丸助は「双六のせいだ」と騒いだ後は泣いてばっかりだったのも、それで平仄《ひょうそく》が合う。

その憶測を並べつつ、自然と鼻の穴をふくらませていたらしい。富勘が横目でこっちを見て、鼻で笑った。

「どんなに利発でも、まだ十一の蠟燭屋のぼっちゃんが、何が悲しくってあんな手の込んだ作り話をしなくっちゃならんのさ」

そうなのだ。あんな面妖な風呂敷《ふろしき》を広げるには、どんな理由《わけ》があるのか。

「事を大げさにして、松吉を捜してほしいとか――」

富勘は、北一の言葉尻《ことばじり》に食いつくように言い返してきた。「自分の店子が行方知れずになったら、頼まれなくたって捜しますよ」

これまたそうなのだ。富勘はそういう差配だし、福富屋もそういう大家《おおや》だ。

「北さん、自分の十一のときを思い出してごらんよ。ああいう怪談語りで聞くような話を思いつけたかい？」

北一には無理だ。だが仙太郎は賢《かしこ》いんだろ。

「あの子ならできそうな気がするけど」

「気がするだけかね。あんたもいい加減な人だ」

「すンません」

「それに、丸助のあの怯えようは芝居《しばい》じゃなかった。嘘泣きでもなかったよ」

あたしゃ嘘泣きの顔は問屋に卸せるほど見てるからねと、富勘は反《そ》っくり返る。

「相手が大人でも子どもでも、見間違いするもんか。あれは本当に怖がって泣いてたんだ。仙太郎が気丈《きじょう》にしてたのも、丸助があんなふうだから、自分がしっかりしなくちゃって強がっていたんだろう」

汗をかき、顔も目尻も赤かった。あれは気丈だったのか。そんなら指のいじいじは。人形みたいな顔つきは。

仙太郎は、百も承知で作り話をしている。ホラ話だと見抜かれまいと、懸命に芝居している。嘘つきの顔を問屋に卸せるほどの数だけ見ていなくっても、嘘をついた経験があったら、それぐらいわかる。

肝心なのは、その理由《わけ》だ。

「富勘さんに嘘泣きの顔を見せた人たちって、みんな店賃が滞《とどこお》ってたんですか」

「つまらんことを訊きなさんな」

話はそこで物別れになった。

松吉捜しは続き、日が暮れてからは北一もまた龕灯《がんどう》を持って、掘割沿いを呼び歩いた。足が棒になって、腹が減って疲れて眠くなってふらふらで夜が明けた。二日続けてほとんど徹夜はたまらない。

富勘長屋に帰り、板の間に敷いたござの上にごろんと寝転がる。このござはおかみさんがくだすったもので、まだ新しいから藺草《いぐさ》の香りがいい。たちまち眠ってしまって――

「北さん、北さん！」

障子戸《しょうじど》を激しく叩《たた》く音。太一の声だ。

「はいぃ？」

調子っぱずれの寝ぼけ声で応じると、どかんと戸を開け放ち、太一が飛び込んできた。

「松吉って子がめっかったよ」

息を切らしてそう言った。

「ついさっき、富士富店の木戸の前にぽつんと突っ立ってたんだって。神隠しから帰《けえ》ってきたんだ！」

三

松吉は元気そうだった。ちゃんと何か食って（食わせてもらって？）いたようである。着物・履《は》き物はいなくなったときのまま、継《つ》ぎ当てだらけで擦《す》り切れているが、身体《からだ》の方は垢《あか》と埃が落ちてきれいになっていた。

北一は天狗のことも神隠しのこともよく知らないが、攫った子どもを風呂に入れ、飯を食わせてくれるなら、そんなに悪いモノではなさそうだと思う。

長男が無事に戻ってくると、さすがに松吉の母親は泣き出して、それにつられて弟妹《きょうだい》たちも声を揃えて泣いたが、父親はむっつりしているだけだった。まあ、叱り飛ばしたり叩いたりしないだけましだ。

で、当の本人は、姿を消していた丸二日のことを何も覚えていないという。

今度もまた手習所で、武部先生がひとつひとつ聞き出そうとしたのだが、何を訊いてもわからない。

「おいら、二日もいなかったんですか？」

どっか行ってたのかなあ、風呂？　入ってねえです。食い物？　そういやあ、腹減ってねえや。

ぽか〜ん、のほほん、ぼんやり。まるで噺《はなし》に出てくる与太郎《よたろう》である。

しかし、要領を得ないやりとりを延々続けているうちに、

「――ってことは、おいらやっぱり神隠しに遭ったんだなあ」

と言いだしたのをきっかけに、いきなり正気《しょうき》に戻ったみたいに跳《と》び上がった。

「ソンなら、あの双六のせいだ！」

武部先生にすがりつくようにして、仙太郎と丸助と三人で怪しい双六を拾ったこと、それで遊んだこと、自分は〈かみかくし〉の書き込みのところで止まってしまったこと、

「丸ちゃんは〈きんさんりょう〉だけど、仙ちゃんは〈えんまのちょう〉だったんです！」

次は仙太郎が閻魔様のところへ連れていかれてしまうのではないか、丸助の魚勢は何か災難で三両損する羽目《はめ》になるのではないかと、唾を飛ばしてまくしたてて止まらない。先生と富勘が二人がかりで宥めてやって、落ち着かせるまで一苦労だった。

「丸ちゃんと仙ちゃんに会いてえよう」

涙をこぼしてねだるもんだから、富勘が連れていくことになった。

「閻魔の庁は、閻魔様のお膝元へ行って働いて、お褒めにあずかるのかもしらん。金三両も、

三両儲かるってことだったらめでたいじゃないか」

表へ出るときに、富勘はそんなふうに言い聞かせていた。

手習所の板の間の真ん中で、武部先生は腕組みをして天井《てんじょう》を仰《あお》いでいる。

北一がその見事な鉤鼻《かぎばな》を眺めていると、

「どうにも話が出来すぎているな」

と、低い声で呟《つぶや》いた。

「北さんはどう思う？」

どんな返答をご所望《しょもう》なんだろうと、北一は考えた。で、すぐにやめた。思ってるとおりに言うしかねえ。

「富勘さんは、存外、ああいう子どものホラ話に弱いんだなあって」

武部先生はほどけたように笑いだした。

「まったくだ」

おお、よかった。

「先生もそう思いますか」

「うむ。三人で口裏を合わせているんだろう。少々ぴったり合いすぎだ」

芝居くさい、と言う。

「もっともらしく筋書きが凝《こ》っているし、我が習子ながら大したものだと言いたいところだが、さすがにそらでこしらえた話ではあるまい。何かしら手本があると見た」

「手本？」

「世間話を聞き集めた随筆《ずいひつ》や、奇談集の類《たぐ》いの読み物だよ」

あ、そうか。北一は膝を打った。

「そのなかに、ああいう双六の話があったってことですね！」

神隠しの双六。いや、「閻魔の双六」の方がぴったりくるかな。

「仙太郎はよく本を読む子なのだよ。しかし、そんなことは後でいい」

武部先生は溜息《ためいき》を吐《つ》く。

「肝心なのは、その理由《わけ》だ」

何の必要があって、あるいは得があって、仲良し三人組でこんなことをしているのか。

「聞き出すんなら、丸助がいちばん弱そうですけど」

おっかさん子の泣き虫だもんな。

懐《ふところ》手《で》を解《ほど》いて、武部先生は北一を見た。

「普段から、丸助はあとの二人の弟分なんだよ。一人っ子だからかな。仙太郎が長男、松吉が次男。丸助は末っ子で、いちばん甘ったれだ。その分、二人に対して忠義が厚い」

短兵急《たんぺいきゆう》に責め立てて、裏切らせるのも酷な気がする――と呟く。

「甘いかな」

「先生の習子ですから、先生が思うとおりになさるのがいいです」

武部先生は苦笑した。

「松吉は無事に帰ってきたが、なにしろ話が薄気味悪いからと、魚勢も笹川屋も、当分は丸助と仙太郎を家に留《と》め置いて、私のところには寄越《よこ》さぬと言ってきた」

「親としちゃ、そりゃ無理ねえですね」

「私も人の親だから、子を案じる気持ちはわかる」

先生、何と五人の子持ちだという。北一はびっくりした。手習所の上がりだけで、食わしていかれるのか。

「用心したいというのを笑い飛ばすわけにもいかん。こうなると、私は様子を見ているしか手がないよ。習子のことで町を騒がせてしまったのに、面目次第《めんぼくしだい》もない」

「先生が抜かってたわけじゃねえし、子どもがいなくなったらみんなで捜すのなんざ当たり前です」

「かたじけない」

もったいない言葉だ。

「事情が知れてみたら子どものごっこ遊びだった、で落着すればいいのだが」

「ホントです」

だけど、北一の心のなかにはこつんと小石みたいなものがある。

「……おいらなんかが言うのは口幅《くちはば》ったいですけど」

何だねと、先生は膝に手を置いた。

「閻魔の庁の意味はともかくとして、この先もしも魚勢さんに三両転がり込んできたり、三両の損をかぶるようなことが起きたら――つまり本当に金がからんできたら、こいつはどう転んでも子どもの遊びじゃなくなります」

　これは千吉親分の教えだ。北一、どんな些細《ささい》な揉《も》め事《ごと》でも、一文《もん》だって金がからんでたら、捨て置いちゃいかんぞ。

「それと、仙太郎は笹川屋さんの跡取りですよね」

「うむ、男子はあの子だけだ。下に妹が二人いる」

　姉妹は女師匠の手習所に通っているので、先生も会ったことはないという。

「笹川屋からは、仙太郎の手習いは今年限りにして、店で商いの修業をさせたいと言われているのだ」

　そうやって笹川屋を継ぐのだから、あの子は恵まれている。どう頑張っても貧乏から抜け出すあてがなさそうな松吉とは雲泥《うんでい》の差だ。今は仲良しのあの三人も、あと二、三年したら、たぶん疎遠になっていく。それもまた仕方ないことだ。人にはそれぞれの分相応《ぶんそうおう》ってもんがある。

「先生にとっては三人とも同じ習子《おんな》ですけど、裏店暮《うらだな》らしの松吉と、屋台に毛が生えたような魚屋の倅の丸助と、身代《しんだい》のある商家の跡目の仙太郎は最初《はな》っから立場が違います。そのへんに何かしら事情が隠れてたりしたら、厄介《やっかい》かもしれません」

　しつこいようだが、これまた千吉親分の教訓である。内証《ないしょう》が豊かな商家ってのは、外からは安泰《あんたい》に見えても、けっこう跡継ぎや親戚内の序列で火種《ひだね》を抱《かか》えてるもんなんだ。

「なぁんて、あてずっぽうはよくねえですけど」

と言ってぼさぼさ頭を掻《か》いたら、武部先生にじいっと見据《みす》えられてしまった。先生、ちょっと出目気味《でめぎみ》なので迫力がある。

「あ、すンません。やっぱり余計なことでしたね」

「いいや、ちっとも余計ではない」

日頃、習子たちに教えるときにはこうなのだろう。先生の声音が重々しくなった。

「北一さん、あんたいくつだね」

「へ？　十六です」

「そうか」

鼻の穴から勢いよく息を吐き出し、武部先生はうなずいた。

「その助言、よく覚えておこう」


手習所を出ると、北一は冬木町に足を向けた。神隠し騒動のことはおかみさんの耳にも入っているだろうが、自分の口から詳《くわ》しく知らせたい。親分ならどうなさるか、おかみさんの考えを聞きたかった。

昼日中から顔を出すなんて商いを怠けているのに、おかみさんは北一の声を聞くと、叱るどころか、

「待ちかねてたよ。上がっておいで」

おみつも、前掛けで手を拭《ふ》きながらわくわく飛んできた。

「富士富店の神隠しの子、帰ってきたんだって？　おっかない双六はどうなったの？」

やっぱり、噂が半端に届いていたらしい。

かくかくしかじか。閻魔の双六話を北一が語ると、おみつは手に汗握って、わあ怖い、笹川屋さんは仙太郎ちゃんに用心棒をつけたらいいのに、魚勢のおれんさんはあたしも顔見知りだから、お菓子でも持ってお見舞いに行こうかしらと盛り上がる。

長火鉢《ながひばち》の角に肘《ひじ》をつき、おかみさんは煙草《タバコ》をぷかり、ぷかり。考え込んでいる。

北一はいちばん知りたいことを尋《たず》ねた。

「もし親分が元気だったら、この件にどんな手を打つでしょうかね。やっぱり、子どもらを諭して白状させ――」

「だから北さん、用心棒よ！」

おみつが声を大きくすると、おかみさんが口を開いた。「おみつ、北さんに昼ご飯を見繕《みつくろ》ってておやり」

おみつは一瞬だけ「え」という顔をしたが、素直に台所へ下がった。

おかみさんは北一を手招きし、ちょっと声を落として言った。

「富勘さんは世間知《せけんち》のかたまりみたいな人のくせに、どういうわけか、行儀のいい子や出来のいい子には弱いんだよ。疑ってかかるってことを忘れちまうんだ。昔っからそうだって、親分に聞いたことがある」

「出来の悪い大人《おとな》を山ほど見てるからですかね？」

「かもしれないね」

おかみさんはうふふと笑った。

「親分が生きてたらどうしたかなんて、あたしにもわからない。だけど北さんが手習所の先生に言ったことはまっとうだ。あんたの頭を使って、あんたが考えたことがまっとうなんだから、そこは自信をお持ち」

うへぇ、こそばゆい。

「でも心配だねえ。考え直してくれるといいんだけど」

「考え直す？」

「聡《さと》くたって、子どものことだから、いい方にも悪い方にも、ああいう作り話の効《き》き目《め》を軽く見積もっていたんだろう。思っていたより大騒ぎになっちまって、今は臆《おく》してもいるだろうから、何を企《たくら》んでいるにしろ、ここでやめにしてくれるといいね」

仙太郎のことを言ってるんだよな。

左手の指を軽く長火鉢の縁《へり》に滑《すべ》らせると、右手に持った煙管《キセル》をぽんとそこに打ちつけて、おかみさんはふと表情を和《やわ》らげた。

そして言った。「『雑談蔦葛《ぞうだんつたかずら》』」

へ？

「たぶん、それが閻魔の双六話の出どころだよ」

と、にっこり笑う。

「享保《きょうほう》年間に両国橋《りょうごくばし》の近くで開業していた町医者の先生が、折々《おりおり》に患者から聞き集めた巷《ちまた》の出来事や噂話を記《しる》した随筆本なんだ」

雑多な聞き書きだから、四方山話ばかり。葉っぱばかりで幹《みき》も枝もない話も少なくないから、書き手自ら「蔦葛」と謙遜《けんそん》しているのだそうだ。

「一時はけっこう読まれた本で、あたしも、所帯を持ったばっかりのころ、親分に読んで聞かせてもらった」

だったら、えらく昔のことじゃねえか。

「……おかみさん、いっぺん耳に入ったことは、みんな覚えてるんですか」

そんで、こうやってたちまち取り出せるのか。行李《こうり》から足袋《たび》を出すみたいによ。

「みんなではないよ」

おかいかいたよね、と言う。

「けど、あの随筆のなかの、地獄《じごく》の五十三次をたどる道中双六の話は面白《おもしろ》かったから、忘れるもんか」

地獄の五十三次。だったら上がりが閻魔の庁か。

「いいや、上がりは〈弥勒仏《みろくぼとけ》の掌《てのひら》〉さ」

弥勒様がお姿を現したら、どんな罪人でも浄土《じょうど》へ行かれるんだからね。

「親分の声は艶《つや》のあるいい声だった。懐《なつ》かしいねえ」

ぐうの音《ね》も出ない北一の、腹だけが大きくぐぐうっと鳴った。

仙太郎に会いに行ってみるか。『雑談蔦葛』の書名を出して、こっちはお見通しだよって揺さぶってみようか。

だけど北一はただの文庫売りで、このとおりのむさくるしい見てくれだ。笹川屋さんみたいな立派なお店《たな》に、ましてや今は跡取りの身に何かあっちゃいけないとぴりぴりしているところに、一人で乗り込んでいって、はいそうですかと通してもらえるとは思えない。

迷っているうちに一日経ち、二日経ち、三日目の朝、魚勢の店先に並べた干物箱《ひものばこ》の下に、紙で包んだ金三両が突っ込まれているのが見つかった。

知らせを聞いて驚いた富勘は、すぐ笹川屋へと走った。女中が出てきて、富勘の剣幕《けんまく》にびっくり仰天《ぎょうてん》。

「坊ちゃんなら、さっき庭先にいましたけど」

いいや、いなかった。家じゅうを、笹川屋の近所を、町なかをぐるぐる捜しても、どこにもいなかった。

仙太郎もふっつり姿を消してしまった。

それは松吉のときと同じだけれど、違うところが二つあった。一つは、弥勒寺のすぐ先の横町で、きれいに揃えられた仙太郎の履き物が見つかったこと。

もう一つは、一日経っても、二日経っても、三日待っても帰ってこなかったことである。

四

笹川屋は騒がなかった。むしろ、申し訳ないからもう仙太郎のことは捜さないでくれと言った。

松吉の両親のように、食うに追われて暇がないのではない。主人もおかみも、閻魔の双六の話を信じ込んでいるというのである。

「仙太郎が閻魔の庁に召し出されたのならば、現世《うつしよ》の私らにはどうしようもございません。あれに寿命があるのなら、いつかは帰ってこられましょう」

心配して見舞った富勘に、沈鬱《ちんうつ》な面持《おもも》ちでそれだけ言って、

「これからのことはお寺さんに相談してみるってさ」

母親の方は仏間に閉じこもったきりで、顔も出さなかったそうだ。

「家内は、最初に閻魔の双六の話を聞いたときから気に病《や》んでおりましたから……」

笹川屋はそう言ったし、仙太郎の母親の怯えっぷりは、お店の奉公人たちも知っていた。富勘が様子を訊いてみると、手代《てだい》の一人がこっそり教えてくれた。

「おかみさんは、そんな薄気味悪い双六で遊ぶおまえが悪い、妹たちにまで難が及んだらどうするつもりだと、坊ちゃんを叱っておいででした」

怯えっぷりといえば、魚勢の丸助もまた大騒ぎをして、押し入れに隠れて出てこないと

いう。おれんも怖がって、魚屋の商売にも障《さわ》りが出ているほどだ。

いろいろ心痛で、富勘も顔色が冴《さ》えない。

北一は訊いた。「笹川屋さんが坊さんに相談してるっていうのは、まさか葬式を出そうってんじゃないでしょうね」

「いけないかい？」

「いけなかねえけど」

「親心で、もちろん仙太郎の帰りを待ってるさ。ずっと待ち続けるに決まってる。だけど閻魔様に捕《と》られちまったんなら、この世の者じゃなくなったってことなんだから、お経《きょう》の一つもあげてやらなきゃ哀れに過ぎる」

駄目だ。この人、いい子にも弱けりゃ怪談話にも呑《の》まれやすい気質《たち》なんだ。

「松吉はどうしてるのかな。おいら、会いに行ってもいいですか」

「あの子は元気だよ」

武部先生が訪ねてくだすっていた。

「閻魔の双六の話は？」

「おっかねえからもう二度と口に出さないって、えらく神妙に言ってるそうだ」

——仙ちゃんが無事に帰《けえ》ってくるよう、朝夕に拝《おが》み続けます。

まだ神妙な芝居をしている。口を割る気は全然ねえわけだ。

手習所に行かなくなって、日が出てから落ちるまで、松吉は何かしら賃仕事をして稼いでいる、弟妹《きょうだい》たちの面倒も一手に引き受けている――と語って、富勘が何ともいびつに口元を歪《ゆが》めた。


「あの子のおっかさんはまた妊《はら》んでるんだ」

これには北一もおったまげた。

「もう八人目ですか！」

「昨日今日わかったって話じゃないよ。腹が目立ってきてるんだもの。去年の暮れから悪阻《つわり》があったんだってさ」

赤子《あかご》が生まれれば、ますます松吉の肩にかかる荷が重くなる。

「ほかにやることがないんかね、あの夫婦は」

いろいろな意味で手詰まりで、武部先生も、困ったことがあったらいつでも相談に来いとだけ言い含め、松吉と別れてきたそうである。先生だって、いつまでもこの件にかかずりあって、他の習子たちをほったらかしにするわけにはいくまい。

ここはいちばん、おいらが頭を使わなくてはと、北一は腹を決めた。

本物の小判が出てきたのだ。一文や二文ではない。ちゃんと三両だ。松吉や丸助はもちろん、仙太郎にだっておいそれと都合できる金じゃない。

この一件の陰では、間違いなく大人が糸を引いている。仲良し三人組は、その大人につるりと騙《だま》されているのかもしれない。それが何よりおっかない。

十一歳の男の子は、小柄《こがら》で痩《や》せている北一よりもまだ小さいが、あ、い、ありんこではない。自分の足で歩いてどこかへ行ったなら、まったく誰の目にもとまらなかったはずはない。

ホントに誰も二人の姿を見てねえのか。目に入ってたのに、忘れてるだけじゃねえのか。自分で聞き回って確かめてみよう。頭だけじゃなく、足も使うんだ。

まず富士富店の木戸の外から取りかかった。双六探しのときにも手間をかけさせた空樽屋と茶箱屋では北一のことを覚えていてくれて、ふだん松吉が長屋に出入りする様子や、姿を消した朝のことで、覚えていることなんかを話してくれた。

茶箱屋は五十がらみの独《ひと》り者《もの》で、長いこと奉公していた茶問屋からお暇《いとま》をもらってこの商いを始めたという。

「旦那《だんな》様が、余った茶箱を卸してやるから、手前《てめえ》の食《く》い扶持《ぶち》ぐらいは稼ぐといいと」

茶箱屋は何度か松吉にお使いを頼み、駄賃《だちん》をあげたことがあるという。

「うちがもう少し儲けてたら、あの子を丁稚《でっち》に雇《やと》ってやりたいんですが」

空樽屋の方は、北一といい勝負の薄毛《うすげ》の爺《じい》さんと、その娘夫婦で切り回している。富士富店の店子《たなこ》連中は空樽なんざ買ってくれたためしがねえ、付き合いがないから何にも知らねえが、神隠しと閻魔様は怖い。もう正月が来ても双六なんかやるもんか、と無駄話。

「うちみたいな商いは、空きものをやったりとったりするだけだからね。がたぴしでも荷車が一台ありゃ始められるから、商売敵《がたき》が多いんだよ」

ガラガラ声で爺さんがこぼす。

「この道だって、しょっちゅう他所《よそ》の空樽屋の荷車が通りやがる。油をまいといて、滑らせて

やろうかと思うよ」

「もったいねえからやめときなよ」

この前は閻魔の双六を探していたから、二斗樽《にとだる》や三斗樽を間近に眺めても何とも思わなかったけれど、今は違う。

これが神隠しのからくりなんじゃねえか、と北一は思った。

空樽や木箱のなかに隠れていて、そのまんま荷車で運んでもらう。そしたら、隠れるその場さえ見咎《みとが》められなければ、煙みたいに消えたようになるだろう。

姿を現すときは、その逆だ。空樽や木箱に入ったまんま運んでもらって、隙《すき》を見て外に出れば、いきなり現れたように見える。松吉も仙太郎も、そうやって消えたり帰ってきたりしたんじゃねえのか。

しょっちゅう他所の空樽屋が通りかかるなら、誰も気にとめやしねえ。

「爺さん、よく通りかかる空樽屋の屋号や印を覚えてねえかな」

「ンなもん、気ぃ入れて見てねえわ」

仕方がない。二人の男の子が日々たどっていただろう道筋を歩き、聞き込みを始めてみたけれど、樽や木箱の類いを積み込んだ荷車なんて、ここらの町なかでは当たり前にすれ違うものだから、いつ・どこに・どんなのが停《と》まっていたとか走っていたとか、いちいち覚えている奇特な人なんかいないのだ。

市中の桜は満開を過ぎ、風に巻かれてどんどん散ってゆく。掘割の花筏《はないかだ》のなかを滑るように、塩俵《しおだわら》や醤油樽《しょうゆだる》を積み込んだ荷足船《にたりぶね》や小舟《こぶね》が往来する。それを眺めて、北一は嘆息《たんそく》した。

千吉親分は、こういう根仕事の聞き込みは、みんな手下の兄《あに》ぃたちに割り振ってたよな。おいらは一人っきりだから、手前の足を頼みにするしかねえわけよ。

その明くる日も同じように聞き込み、今度は笹川屋の近所を回っていったが、

「そういえば、あの怪しげな荷車は」

なんて都合のいい話は出てこない。そんなのいちいち気にしてないからねえ。はい、ごもっともです。

「兄さんは朱房の文庫屋さんだよね。今日は商いじゃないの？」

北森下町《きたもりしたちょう》の筆屋《ふでや》の店先で、若いおかみにそう声をかけられたときには驚いた。

「へい、ちょいと野暮用で」

「もしかして、仙太郎って子を捜そうっていうの」

「おいら一人じゃ、ごまめの歯ぎしりですが」

「兄さんも心細いわね。千吉親分がいてくれたらねえ。あたし岡惚《おかぼ》れしてたのよ」

そういう女《ひと》は大勢いました。

「笹川屋さんには行ってみた？　早々に仙太郎ちゃんのことを諦《あきら》めちゃって、お葬式の手配をしてるらしいけど」

「閻魔の双六が祟《たた》ってるからでしょう」

「あたしだったら諦めきれないわ。閻魔の庁だって鬼の屋敷にだって乗り込んでって、自分の

子どもを取り返してやる」

　だけど笹川屋のおかみさんは——と、声をひそめる。

「気が弱いのかしらねえ。泣くばっかり、うちにこもったきりで、弥勒寺のご住職がお見舞いに行ったのに、挨拶にも出てこられなかったんだって」

「よく知ってますね」

「うちも笹川屋さんも、弥勒寺さん出入りのお店だから」

　気が弱い、か。しかし笹川屋のおかみは、松吉の神隠し騒動の折は、おかしな双六で遊んだ仙太郎が悪いと叱りつけていたという。

　——妹たちにまで難が及んだらどうするつもりだ。

　これって実は、仙太郎には冷たい言いようだよな。

　そういう母親なんだろうか。だとしたら、見方を変えてみないといけなくないか。

「おかしなことを伺《うかが》いますけど、笹川屋のおかみさんは、仙太郎さんの本当のおっかさんですよね」

　筆屋の若おかみは目をまん丸にした。

「だと思いますよ。養子《もらいご》だなんて聞いたこともないわ」

「仙太郎さんが跡取りだから、格別厳しく躾《しつ》けてるってことはありませんか」

「どうかしら」

　食い下がると怪しまれてしまいそうなので、北一はへらへらっと挨拶して筆屋を後にした。

仙太郎は松吉のように貧にあえいではいない。裕福なお店のよく出来た長男だ。だから、「家出」の線は最初《はな》っから外していた。それは抜かっていたんじゃねえのか。人と人との関《かか》わりは、たとえ夫婦のことや親子のことでも、なかなか見かけどおりじゃねえもんだ。よく親分が言ってたのに。

北一は自分の額をぺちんと打った。

それからは荷車のことをひとまずおいて、笹川屋の家族仲について、やんわり、遠回しに、謎をかけるように探りを入れながら一帯を歩き回ってみたが、北一の弁舌が下手《へた》くそなのか、無駄足ばっかりで時が潰れる。

――こういうことなら、いっそあそこを恃《たの》んでみるか。

踵《きびす》を返すと、北一は深川元町の髪結床うた丁《ちょん》へ向かった。

日差しが眩《まぶ》しくなってくると、ここらの商家はよく軒先《のきさき》に葦簀《よしず》を立てかける。うた丁ではこの葦簀に派手な絵柄の反物《たんもの》を張って、看板が見えない遠くからでも目立つようにしている。

ついていた。今は順番待ちの客がいない。〈うた丁〉は板の間で見習いの子のそばにくっついている。北一より年下の見習いは、道具箱の上に焙烙《ほうろく》を裏返して載《の》っけて、毛剃《けぞ》りの稽古をしているところだった。

「そんな手つきじゃ、お客の頭を切っちまうよ。――おや、北さん」

「こんちは。ちょっと邪魔します」

北一は、上《あ》がり框《かまち》に腰掛けて髷をいじってもらっているお客のあいだを四《よ》つん這《ば》いですり抜けて、二人の前にぺたりと座った。

「見習いさん、今度おいらの頭を焙烙の代わりに差し出すから、お師匠を貸しちゃくれまいか」

「あら、嬉しいお申し出だよ」と、うた丁はでっかい顔をほころばせた。

あてにしていたとおり、このごろはうた丁でも閻魔の双六の話で持ちきりで、出入りする客たちから、様々な噂や評判が持ち込まれているという。こっちが何か尋ねる前から、うた丁はしゃべる、しゃべる。

「神隠しの話って、いろいろあるんだね。あたしゃおっかなくて寝付きが悪くなっちまったよ」

「そっちはいいんだ」

やっと割り込めた。

「三人の子どもらの評判は聞いてねえかな」

「評判って……仲良しだったんだろ。あとの二人はそこらの子だけど、仙太郎ちゃんはそれこそ評判の出来物《できぶつ》さ。悪く言う人は一人もいないよ」

あんまり出来物だから閻魔様に見込まれて、閻魔の庁の跡継ぎになる——なんてことを言ううた丁も、怪談に呑まれやすいって点では富勘とおっつかっつだ。

「うたさんは、笹川屋の誰かの髷を結ったことはある?」

「いンや。弥勒寺のそばじゃ、ここからは遠いもの」

「けど、どこでも女髷を扱うわけじゃねえ。この辺じゃうたさんだけだろ。笹川屋のおかみさんに出床《でどこ》に呼ばれたことはねえかな」

髪結床は「一つの町に一軒ある」というくらい数が多いが、ほとんどが男客だけの店である。町家《まちや》の女は自分で髷を結ったり、家族やお隣さん同士で結い合ったりして済ませるからだ。ただ粋筋《いきすじ》の姐《ねえ》さんたちや、船宿や料理屋の女将《おかみ》、よろずの稽古事の師匠など、金をかけて身ぎれいにするのも商いのうちの女たちは、しばしば髪結いを家に呼ぶ。これが出床だ。普通の商家のおかみさんでも、正月やお盆などの節目《ふしめ》とか、ずっと自分で結っていて形が崩《くず》れてしまったときなんかは髪結いに頼むことがある。

「あいにくいっぺんもないけど、噂じゃたいそうな美人だそうだよ」

うた丁は美女に鼻の下を伸ばすのではなく、美女に憧《あこが》れる男だ。だから女髷の腕もいい。

「そっか。仙太郎がきれいな顔をしてるのは、美人のおっかさんに似てるんだな」

「それがそうでもなくってさ。笹川屋さんをよく知ってるお客さんの話じゃ、仙太郎ちゃんは亡くなった大おかみにそっくりなんだって」

先代のおかみ。仙太郎の祖母《ばあ》さんか。

「きっつい、い、姑《しゅうとめ》で、嫁いびりがひどくって、おかみさんはしょっちゅう泣かされてて」

当時は、近所の人たちみんなが気の毒がってたんだってさ。言って、うた丁はでっかい顔をくしゃりと歪めた。

「とりわけ酷《ひど》いのは、仙太郎ちゃんが生まれると、すぐ姑さんに取り上げられちまって」

――うちの大事な跡取りを、嫁なんかに任せられるもんか。

「おかみさんはおっぱいをやるだけで、ほとんど我が手で育てられなかったんだって。仙太郎ちゃん、よくまあ三文安《さんもんやす》にならなかったもんだよねえ」

孫が可愛くてしょうがない祖父《じい》ちゃん祖母《ばあ》ちゃんに甘やかされて育った子どもは、両親にちゃんと躾けられた子どもよりも三文安い。巷《ちまた》ではよくそう言うのだ。

北一は背中がぞわりっとした。

きつい姑。その姑に赤子を取られてしまった嫁。何人も産んだあとじゃねえ、初めての子だ。どンだけ切《せつ》なくて辛いだろう。

おいら、似たような話に覚えがある。

三年ばかり前だったたか、そんなゴタゴタで揉めてる夫婦を、千吉親分が仲裁《ちゅうさい》したことがあったんだ。姑に手を出され、自分で思うようにかまえなかった娘が可愛くない、自分の子だと思えない、娘が姑に懐《なつ》いていたことを思い出したら憎らしくってたまらない。それで実際、嫁さんが娘にはさみを向けて怪我させるという不始末が起きたのだ。

物狂いのようになって泣く嫁さんに、親分は（あの天鵞絨《ビロード》のような声で）言い聞かせていた。どうしても辛いなら、しばらく手元から離してみちゃどうだ。離れてみたら、あれはお腹《なか》を痛めて産んだ愛《いと》しい娘なんだって思い出せるかもしれねえよ。そうして旦那の方を説《と》きつけて、娘を知り合いのところへ行儀見習いに出したら、だんだんと母娘《おやこ》の折り合いが落ち着いてきた。

あのとき、親分が言ってたっけ。

——おっかさんだって、我が子なら何でもかんでも可愛いわけじゃねえ。人の心はそんな便利な作りになっちゃいないからな。不幸な経緯《ゆくたて》で、情が薄れちまうこともあるんだよ。

笹川屋の場合は、ただ赤子のうちに取り上げられただけじゃなかった。仙太郎の顔が、おかみさんにとっては仇敵《きゅうてき》みたいな姑の顔にそっくりなのだ。

「北さん、どしたの？」

我に返って、北一は言った。「うたさん、ありがとう。けりがついたら、必ずこのぼんくら頭を稽古台に持ってくる」

閻魔の双六の一件は、これこれこういう企《くわだ》てなんじゃねえかと思うんです。

おかみさんは北一の推量を黙って聞き、すべすべの瞼《まぶた》と睫《まつげ》を震《ふる》わせて、こう言った。

「北さんがおつむりを使って考えたことだ。北さんが思うとおりにしてごらん」

ただ、慎重《しんちょう》にね。

「この推量をまず誰にぶつけるのか、相手を間違えたらこじれるよ」

「間違えねえようにするには、どうしたらいいでしょう」

「——思いやっておやり」

一晩ゆっくり考えて、翌朝早々に、北一は富士富店の木戸の外、あの茶箱屋を訪ねた。

「おじさん、ひとつ頼まれてほしいんだ」

店主が快《こころよ》く引き受けてくれたので、いったん富勘長屋に引き揚げ、掃除とか洗い物をしながら待った。戸口は開けっぱなしにしておいた。

約束した四ツ（午前十時）になると、その戸口にひょっこりと子どもの顔が覗いた。松吉だ。

「ごめんください。えっと……あれ？　兄《あに》さんは確か、文庫売りの北一さん？」

うんと応じて、北一は手招きした。

「こっちへ入ってくれ。障子は閉めて、そこへ掛けておくれよ」

一連の騒動のあいだ、北一は松吉と顔を合わせる場がなかった。こうして間近に見ると、痩せて薄汚れて髪が抜けて、食うのも休むのも何から何まで足りていない。

「茶箱屋のおじさんに、お手伝い仕事があるって聞いてきたんですけど」

松吉は、土間《どま》に立てかけた天秤棒と、四畳半の一間《ひとま》の半分ほどを占《し》めて積み上げてある文庫を、珍しそうに眺め回す。

「これ、朱房の文庫？」

「そうだよ。よく知ってるな」

すると松吉は、訝《いぶか》しむのを通り越して一気に凍《こお》りついたような目つきになった。

「それじゃ兄さんは、亡くなった千吉親分の手下なんですかい」

畏《おそ》れてくれるなら話が早い。こんな北一でも、十一の男の子には押しが利くらしい。

「ま、そんなところさ」

北一は前に出て座り直した。

ここはいちばん、藪《やぶ》から棒《ぼう》。

「仙太郎がどこにいるのか、おめえは知ってる」

松吉はぴたりと固まった。目だけが正直に泳ぐ。

「神隠しに遭ってるとき、おめえも隠れてたところだもんな。そこで食わせてもらって、湯にも入れた。けっこうなところだ」

北一は笑わずに、でもおっかない顔もつくらずに、淡々と続けた。

「仙太郎が賢くて、読み物から拾った話をもとに〈閻魔の双六〉なんて話を作ることができても、その筋書きに合わせて、仲良しのおめえと丸助が一芝居打つことができても」

松吉は答えない。目が据《す》わったようになって、北一を見つめる。

「魚勢の干物箱の下に突っ込んだ、三両もの金を都合することはできねえ」

しゃべりながら、北一はかぶりを振ってみせる。

「おめえと仙太郎は手妻《てづま》みたいに消えて、おめえの方はまた手妻みたいに現れた。そのからくりは空樽屋だろう。そうそう、仙太郎の履き物を揃えて残しといてもらうという細工《さいく》も頼んだか。そっちの手間にも御足《おあし》を払わなきゃなあ。何をやるんでも金がかかる、町の暮らしは世知《せち》辛《がれ》えや」

松吉のこけた顎が動いた。何か言いかけたのか、歯を食いしばったのか。

「金を出したのも、空樽屋を雇ったのも、隠れ場所を都合したのも、笹川屋の旦那だよな？」

わかってるんだよ、と言ってやった。

「この件に嚙《か》める大人は、仙太郎のおとっつぁん一人だけだもんな」

くしゅんと鼻をすすって、松吉は下を向く。

「――何の話なのかわかんねえ」

声が震えて、「なんのはなしらのか」となった。

「そんなはずはねえだろ」

松吉の耳がだんだん赤くなってゆく。それを見つめて、北一は続けた。

「けしからんと叱るつもりはねえ。おいらはおめえたちの先生でも差配さんでもないし、笹川屋さんにたてつくなんて滅相《めっそう》もねえ」

ただ知りたいだけだ。この推量が当たっているのかどうか。

「笹川屋の旦那は、おかみさんとうまくいってない仙太郎を、いっとき引き離したかったんだろう。仙太郎も今のまんまじゃ悲しいから、それでいいって承知した。産みのおっかさんに疎《うと》まれるなんて辛すぎるからさ」

しかし、おおっぴらにそんなことをしたら、笹川屋の看板に傷がつく。

「何一つ悪いことをしてなくて、町で評判の出来物の跡取りをお店から追い出すなんて、どう言い訳したって世間は納得《なっとく》しねえもんな。おかみさんにも、薄情《はくじょう》な母親だって悪評が立つに決まってる」

それで笹川屋のおかみがまた傷つけば、仙太郎との仲直りがなおさら遠くなってしまう。

「仙太郎が勝手に家出したとしても、事情は同じだ。あのいい子が出ていくなんて、笹川屋さんはひどい親だよって――」

「ホントにひどいんだよ」

出し抜けに、松吉がそう言った。向こうが透《す》けて見えそうなほど擦り切れた着物の膝のところを握りしめて。

「笹川屋のおかみさんは、仙ちゃんのこと倅《せがれ》だって思ってねえんだ。嫌《きら》ってんだ。妹たちばっかり大事にして」

「理由《わけ》があるんだよ」

松吉はきっと顔を上げ、北一を睨みつけた。「どんだけ貧乏でも、うちのおっかさんはおいらたちを嫌ったりしねえ！」

北一は松吉の睨みを受け止める。松吉は身を震わせて目をそらし、またうつむいた。

二人で黙ると、障子戸の外の物音が伝わってきた。富勘長屋の店子たちはてんでにその日の仕事に出払っているが、太一のおとっつぁん、棒手振《ぼてふり》の寅蔵《とらぞう》は、今ごろやっとこさ起き出してきたのだろう。井戸端でがらがらと派手にうがいをしている。

「あんたもしょうもない酔っ払いだね。お天道《てんと》様に恥ずかしくないのかね。いいかげんで死ねばいいのに」

ねちねち叱っているのは、いちばん奥の一間に住んでいるおたつの声だ。倅の辰吉《たつきち》はおとなしい働き者なのに、この婆さんは陰険で口が悪い。北一も最近わかってきて、なるたけ近寄らないようにしている。

松吉にも、おたつ婆さんのしゃがれた悪口が聞こえたのだろう。顔を上げた。

「笹川屋のおかみさんも、仙ちゃんにああいうことを言ったんだ」

死ねばいいのに。

「ひどすぎらぁ。おっかさんが言っていいことじゃねえだろ?」

「うん」

「仙ちゃんが可哀想《かわいそう》だったんだ」

「うん」

「笹川屋の旦那さんは、一度はおかみさんを離縁しかけたんだって。けど、それじゃ妹たちもおっかさんをなくしちゃうから、仙ちゃんがとめたんだ」

おかみさんは出ていかれない。だったら仙太郎が離れるしかない。

「そんなら、仙太郎が神隠しに遭うだけでもよかったよな」

松吉の息づかいが荒い。

「——仙ちゃんがいなくなるだけじゃ、どうしたんだって疑われて、探り回られるに決まってる」

あわわ。確かに富勘は放っとかねえ。

「町のみんなが、これじゃ仙ちゃんは見つけられねえ、しょうがねえって諦めてくれるような筋書きにしないといけないって」

「笹川屋の旦那の考えかい？」

「仙ちゃんが言い出したんだ」

よく出来た跡取りは、家族想《おも》いの上に、お店の看板も守り抜く。

「それで閻魔の双六か」

怪談芝居の始まりだ。

「丸助は泣き虫で度胸がねえから、魚勢のおっかさんから離れられねえ。だから、うちに残って騒ぐ役割になった。そうだな？」

松吉がうなずく。

「金三両の三両は騒ぎ賃だな。そンで……こういうのはどう訊いたって卑《いや》しく聞こえちまうから嫌なんだけど、あんだけ上手《じょうず》に芝居して、自分の役割をちゃんとこなしたおめえは、笹川屋の旦那からいくらもらった？」

この問いは、ちょっとのあいだ宙に浮いた。

「言いたくねえ」

松吉の声には、恥《はじ》の響きがあった。だから北一は、声を強めて言った。

「おっかさんが八人目の子を産めば、おめえんちはもっと食うに困るだろう。金が要るのはよくわかる。おめえがこの話に乗ったのは、ちっとも浅ましいことじゃねえ」

うつむいたまま拳骨《げんこつ》を固めて、松吉はごしごし顔をこすった。

「おいら、じきに奉公に出る」

「そうかい」

「おっかさんが無事に身二つになったら、笹川屋の旦那さんが世話してくださるんだ」

それまで一家が食っていくのを支えられるくらいの金が、松吉の報酬なのだろう。

「もらった金は、今どこにある？」

問うて、北一は急いで続けた。「集《たか》るつもりじゃねえ。盗《と》られたりしねえように、大事に隠してあるのかって意味だ」

意外だったのだろう。松吉は拳骨をおろし、北一の顔を見た。

「誰にもめっからねえようにしてあるよ」

「そんならいい」

スッとした――と、北一は言った。「おいらも気が済んだよ。あ、空樽屋はやっぱり笹川屋さん出入りの者《もん》かい？」

松吉はうなずく。「古くから奉公してる番頭さんの弟だって」

「だったら身内みたいなもんだ。口も堅《かた》いだろうし、安心していいな」

「だよね？」

問い返すところを見ると、松吉はちょっぴり不安だったのだろう。ホント、この子も聡いのだ。

「仙ちゃんがいるのも、笹川屋さんから嫁に行った女中さんの家なんだ。畑持ちで、金持ちなんだよ。おいら、腹がくちくなるまで飯を食ったの初めてだった」

「もう何日か、神隠しに遭っててもよかったな」

「ううん」松吉はきっぱりと首を横に振る。「おいらだけ満腹になったってしょうがねえ」

弟妹《きょうだい》たちが食えなければ。

「おめえ、いい奴《やつ》だな」

北一は腹の底からそう思う。

「仙ちゃんは、いつか笹川屋に帰ってくるよ」

「そうなるといいと、おいらも思う」

「だから、このことは――」

「おいらは誰にも言わねえ。言う義理もねえ」

松吉が目に見えて安堵《あんど》した。

「けどさ、おめえはいい奴だから、ちっと考えてみてくれ。丸助が哀れじゃねえか?」

「なんでさ」

「あいつは芝居が上手《うま》かったんじゃねえ。こんな大嘘の大芝居に加担してるのがおっかなくて、本気で泣いてたんだ」

その意味では、富勘の「あれは嘘泣きじゃない」という眼力は正しかった。

「真実《ほんとう》のことを隠し続けるなら、それはこれからもずっと丸助の心にわだかまる。あの子はもう手習所にも行かれねえかもしれない」

そこまで考えが及ばなかったらしく、松吉の瘦せた顔がまた強《こわ》ばった。

「だからさ、せめて武部先生には打ち明けておきなよ。この先、仙太郎はまだ帰ってこねえ、おめえは奉公に行っちまうとなったら、丸助は独りぼっちだ。もっと可哀想なことになるよ」

わかった――と、松吉は小さく言った。

「よし、用事はこれだけだ」

北一は懐から薄べったい銭入れを引っ張り出した。このところ振り売りを休んでいたので、懐具合は心細いことこの上ない。

「ほい、お駄賃」

銭をつかんで差し出したのに、松吉は受け取らない。上《あ》がり框《かまち》からひょいと立ち上がり、こっちへ向き直った。

「もらえねえ」

「どうして」

松吉は、初めて小憎《こにく》らしいような笑みを浮かべて、こう言った。

「兄《あに》さんも、おいらと似たり寄ったりの貧乏人だもんね」

大きなお世話だ、生意気《なまいき》な。

それでも、松吉が出ていったあと、けっこう愉快に、北一は一人笑いをした。

それから五日ばかり経った夕暮れどき、北一が天秤棒を担いで帰ってくると、

「北さん、おかえりなさい」

可愛い声をかけてくれたのは、お秀の娘のおかよである。

「あいよ、ただいま」

「朱房の文庫、いっぱい売れた？」

「おかげさんで、今日の分は売り切れだ」

桜の次はつつじの絵の文庫である。

「あたしがもうちょっと大きくなったら、文庫に絵を張る内職をさせてね」

きれいな文庫をほしがるのではなく、内職をしたがるなんて健気《けなげ》じゃねえか。

「それにはおいらがもっと稼がねえとな」

おかよは口元に小さな手をあてて、くすぐったそうに笑った。で、その目がくるっと丸くなる。

「あ、そうだ。今日ね、武部先生から北さんに言《こと》づてをあずかったの」

魚勢の丸助が手習所に来るようになったという。

そうか。よかった。

「おかよちゃんもまた遊んでもらえるな」

「うん。それでね、先生が北さんにごちそうしたいんだって。『借りができた』って、それで北さんには通じるって言ってたけど、わかる？」

「わかるとも」と、北一は言った。「おいらが小躍《こおど》りしてたって、明日先生に言っておくんな」

何をご馳走してもらえるんだろうと思うだけで、盛大に腹が鳴る北一であった。

第三話

だんまり用心棒

一

北一《きたいち》は身の置き所がなかった。

こんなの、引き受けるんじゃなかった。

上面《うわつら》だけ見るなら易《やさ》しい仕事である。町場の揉《も》め事《ごと》を仲裁《ちゅうさい》する〈富勘《とみかん》〉に頼まれて、「万が一のことが起きないよう」、座敷の隅《すみ》っこで見張っているだけだ。

手練《てだ》れの差配人《さはいにん》なのだから、このくらいのこと、普段の富勘なら一人でできる。ただ今回は、数日前に、何をうっかりしたんだか転《ころ》んで腰を打ったとかで、痛くて素早く動けないから、「北さん来ておくれ」ということになったのだった。

話し合いの場所は、仙台堀《せんだいぼり》に面した貸席《かしせき》の一間《ひとま》である。このあたりに山門《さんもん》を連ねているいくつかのお寺で法事をした檀家《だんか》衆が精進《しょうじん》落としによく使うという店だから、建具《たてぐ》も家具も安手《やすで》ではなく、落ち着いた造りの座敷だ。

そんなところへいつもの文庫《ぶんこ》売りの恰好《かっこう》で行くのはまずいので、事前に富勘が小袖《こそで》を貸してくれた。縞柄《しまがら》の結城紬《ゆうきつむぎ》だ。お店者《たなもの》なら手代《てだい》格の着物である。北一は一人できちんと着られるかどうか心許《こころもと》なくて、居合わせた「富勘長屋」の店子《たなこ》仲間に見てもらった。「いい着物を着ると男ぶりが上がるわ」と、お秀《ひで》は褒《ほ》めてくれた。「その分、みっともない頭を何とかしたいもんだけど、急にはどうしようもないもんね」

半月ほど前にあった子どもの神隠し騒動の際、北一は知り合いの髪結《かみゆ》い〈うた丁《ちょん》〉に世話になった。そのとき、うた丁のとこの見習いの毛剃《けぞ》りの稽古《けいこ》を邪魔してしまったもんだから、お詫《わ》びにこの頭を差し出すと約束して、それが果たされたのが八日前のことだ。いっぺんつるつるに剃《そ》られたところに、今は青黒いつぶつぶが浮いてきている感じで、お秀が言うとおり、かなりみっともない。

「いっそ、もういっぺんきれいに剃った方がまだ見栄《みば》えがすンじゃねえか?」

なんてことを言ったのは、棒手振《ぼてふり》の倅《せがれ》・太一《たいち》である。北一とは気安い間柄《あいだがら》になっているので、歳《とし》は下だが遠慮がない。

「おいらが剃ってやろうか。出刃《でば》を使い慣れてるから、手先は器用だよ」

「ごめんこうむる。こちとら坊さんになるわけじゃねえんだ」

「滋養のあるものを食べれば、髪はすぐ生《は》えてくるわいな」

そう言ったおしかは亭主の鹿蔵《しかぞう》が仕入れた青物《あおもの》を使って漬物《つけもの》売りをしており、売れ残りがあると、よく北一にくれる。ホントの残り物で、たくわんのしっぽとか青菜漬けの葉っぱの切れっ端《ぱし》だ。この夫婦も日々そういうものを食べている。「滋養のあるもの」って、どんな食い物のことを思っているのだろうか。

──やっぱり鶏《とり》とか卵とかだよな。

まさか、たくわんのしっぽじゃなくて太いところとかじゃねえよな。水気があって嚙《か》み応《ごた》えがあるとかさ。

貸席の一間の隅っこで、北一はさっきからそんな益体《やくたい》もないことを考えては気を紛《まぎ》らしている。そうでもしていないと、ホントにいたたまれないのだ。

富勘が仲裁を頼まれたこの件は、若い男女の色恋沙汰《いろこいざた》である。男が女にちょっかいを出し、最初のうちは用心していた女もほだされてしまっていい仲になり、そのうち男は飽《あ》きて目移りし、女が妬《や》いて泣いて騒ぐので喧嘩《けんか》が続いて、とうとう別れる羽目《はめ》になった、と。

世間によくありすぎて、げっぷが出るような成り行きだ。しかし、男の方が深川《ふかがわ》では名の知れた菓子屋の次男坊で、女の方は小さな糸屋の一人娘。男の方は道楽《どうらく》息子の遊び人で、女の方はおぼこ娘。しかも半年足らずの短いいちゃいちゃの挙《あ》げ句《く》に妊《はら》んでしまっているとなると、これまたげっぷが出そうなほどに揉めるネタがたっぷりである。

男の名は乙次郎《おつじろう》、歳は十八。女の名はおしん、歳は十七。おしんの腹の子は、そろそろ岩田《いわた》帯《おび》が要《い》るくらいにまで育っている。本人の顔色は幽霊《ゆうれい》のように血の気《け》がなくて瞼《まぶた》ばかりが腫《は》れて顎《あご》がこけているが、これは悪阻《つわり》と、日々泣き暮らしているせいであるらしい。

おしんは、今この場でもずっと涙ぐんでいる。乙次郎の方は、足の裏にできた痛いまめでも見るように、そんなおしんの泣き顔を見ている。

──誰か、できるだけ痛くないように上手《うま》くこのまめを引っこ抜いて、俺《おれ》の目の届かないところへ捨てておくれよ。

そんな目つきをしている。理不尽《りふじん》な目に遭《あ》っているのは自分の方だと言わんばかりだ。洒落者《しゃれもの》気取《きど》りの本多髷《ほんだまげ》と紺縞《こんちょうし》の銚子縮《ちぢみ》が憎《にく》たらしい。

乙次郎の生家の菓子屋「稲田屋《いなだや》」は、上等な干菓子《ひがし》を売り物にしている。店売《たな》りにも客が並ぶが、本筋《ほんすじ》の得意先は高級な料理屋や神社やお寺さんだ。看板商品の落雁《らくがん》は〈淡雪《あわゆき》〉といい、降り始めの雪のように真っ白で、舌先《したさき》にのせるとたちまち溶《と》けてしまうという。稲田屋はこの贅沢《ぜいたく》な落雁で身代《しんだい》を築き、おかげで乙次郎は遊ぶ金に困ったことがないらしい。

一方のおしんの家は、間口《まぐち》一間《けん》半のささやかな商《あきな》いをしている。絹・麻《あさ》・木綿《もめん》、色は常にざっと三十色ばかりを揃《そろ》えてある「暮半《くれはん》」という糸屋で、店を切り回すのはおしんの父親で、母親とおしんは、いつも店の奥で針仕事をしている。

同じ深川に住み暮らしていても、これまでの北一の人生に上等な落雁が登場する機会はなく、だから、永代寺《えいたいじ》の門前仲町《もんぜんなかちょう》にある稲田屋のことは知らなかった。富勘（貧乏）長屋の面々ももちろん同様。富勘でさえ、

「評判は知っているが、淡雪を口に入れたことはないねえ」

しかし、常盤町《ときわちょう》にある暮半のことなら誰もが知っていた。糸を一巻き丸ごと買うことのできない貧乏人相手の商いを厭《いと》わず、量《はか》り売りをしてくれる上に、ちょっとした繕《つくろ》い物や縫《ぬ》い物なら、安い手間賃で引き受けてくれるからである。

だいいち富勘は、暮半一家が住んでいる小さな表店《おもてだな》の差配人だ。北一にとっても、おしん

たちは〈朱房《しゅぶさ》の文庫〉を買ってくれるお客さんである。つましい一家だから、意匠《いしょう》の違うものを買い揃えるなんてことはしないが、年に一度、暮れになると、小物入れに使っている文庫を新しいのに買い替えてくれるのだ。

そういえば去年の暮れには、暮半で文庫を売るついでに、そのとき着ていた綿入れの肩口から糸が飛び出しているのを直してもらった。ちくちくやってくれたのはおしんの母親だが、傍《かたわ》らにいたおしんも、熱心におっかさんの針使いを見つめていた。

おしんはおしゃべりでも出しゃばりでもない。お客に挨拶《あいさつ》する声も小さく、はにかみやで、愛想《あいそ》笑いさえぎこちないほどだから、暮半が八百屋や魚屋だったら、クサされてしまう娘だろう。器量よしでもない。いや、この際はっきり言うなら不器量な方だ。

でも、だからって、洒落者気取りの道楽息子におもちゃにされた上に、言いたい放題言われていいのか。

「何で口説《くど》いたのかって訊《き》かれても……弱ったなあ」

「いや、最初《はな》から遊び半分だったなんて、そりゃ言いがかりですよ。わたしは色恋にはいつだって本気だもの。富勘さんだって、そのへんはおわかりでしょ。粋《いき》な噂《うわさ》をずいぶん聞きますから、てへへ」

「ですからね、おしんさんを口説いたのはねえ……まあ、どうなるかなって思って。男にはあるでしょう、そういうところ。色恋ではなくて、野次馬《やじうま》気分とでも言いますか」

「確かに、先に声をかけたのはこっちですけど、おしんさんの食いつき方が凄《すご》くって、わたしはおっかなくなっちまって」

「だから、わたしの子じゃありませんよ。そこまでこぎ着ける前に、わたしは腰が引けて逃げちまったんですってば、てへへ」

「だって、ちょっと口説かれただけであんな食いつき方をするくらいなんだから、ほかにもそういう男がいて、挙げ句に腹ぼてになっちまったってことなんじゃありませんか。その尻《しり》をわたしに持ってこられちゃ困ります」

じっと石になって控えている北一は、どんどん胸が悪くなってくる。

一階にも二階にも、座敷が二つずつあるだけのこぢんまりした貸席だ。話し合いに先立ち、富勘は言った。事が事だから二階は貸し切りにしてもらいました。乙次郎さんのためにもおしんさんのためにも、他聞《たぶん》を憚《はばか》るお話でございますからねと。貸席の女将《おかみ》も最初に挨拶したきり姿を見せず、茶菓《さか》もなし。だから本当にここだけの話だけれど、それにしてもおしんが気の毒でたまらない。

——何とかしろ、富勘。こんな奴《やつ》、ぎゃふんと言わせてやれねえのかよ。

痛めた腰に貼《は》った膏薬《こうやく》がぷんぷん臭《にお》い、本日は薬くさい男でございますの富勘は、どっちを非難することも、どっちの肩を持つことも口に出さずに、さっきから双方の言い分を引き出しているだけである。

稲田屋からは、若旦那《わかだんな》の乳母《うば》でもあったという女中頭《じょちゅうがしら》が乙次郎についてきている。前世はなまずだったんじゃないかと思うほど口がでかい女だ。その口のまわりの縮緬皺《ちりめんじわ》から推《お》して、

もう老女と言っていい歳だろうが、でかい口から出る声はでかく、大事な若旦那が吹くことにいちいち「はい、そのとおり」「ごもっとも」「うちの若旦那のすることに間違いはございませんから」と合いの手を入れるもんだから、やかましくってたまらない。

おしんには、父親が付き添っている。よく似た父娘《おやこ》で、どちらも下ぶくれの顔に下がり眉《まゆ》毛《げ》、口数が少ない。妊んでいる娘の付き添いには母親の方がよさそうなのに——と思ったら、富勘が顔を合わせてすぐに、暮半父娘に「おかみさんの具合はどうだい」と見舞いの言葉をかけた。どうやら、母親は寝込んでしまっているらしい。

こんなふうだから、話し合いは嚙み合わないまんまだ。半刻《はんとき》（一時間）ばかりが無為《むい》に過ぎてゆくうちに、曇りがちだった空からぽつりぽつりと降り出して、雨が軒《のき》を打つかすかな音が聞こえるようになった。

暮半父娘の言い分ははっきりしていて、揺らぐことがない。おしんを嫁にもらってくれとは言わない。生まれてくる赤子《あかご》はこちらで育てる。稲田屋さんに迷惑はかけないし金銭も要らない。ただ赤子を父《てて》なし子にしたくはないので、乙次郎さんが父親だということを一筆書いてほしい。もちろんそれは赤子のために大事にとっておくだけで、誰かに見せたり触れ回ろうというつもりはない。今後一切《いっさい》、こちらから稲田屋さんには関《かか》わらないし、煩《わずら》わせるつもりもないから、そちら様にもそうしていただきたい。

父親がもそもそと、まるで弁解するかのように言い述べる横で、おしんはまばたきして涙を散らしながら黙ってうなだれている。その本心のほどはわからない。乙次郎の嫁になりたいのかもしれないし、なりたくないのかもしれない。赤子だって稲田屋に引き取ってもらいたいのかもしれないし、それだけは死んでも嫌《いや》なのかもしれない。本人は一切口を開かないから知りようがない。

おしんは絹ものを着ている。麻の葉柄の小紋《こもん》は、たぶん一張羅《いっちょうら》のよそ行きだ。せめてもの意地だろうか。ちょっとでもきれいに見せたいのか。それもわからない。暮半父娘はこっちが歯がゆいほどにおとなしく、怒りの欠片《かけら》さえ見せようとしない。

それをいいことに、稲田屋のなまず女中頭と乙次郎はどんどん調子づく。暮半父娘を見下して顎を持ち上げっぱなしなので、鼻の穴の奥まで丸見えだ。

「若旦那には縁談がいくつも舞い込んでおりまして、みんないいお話ばかりなので決めかねておりますのよ」

なまず女中頭は大げさに身をひねり、

「そんな大事なときに、言っちゃなんですが、こんな、何ひとつ、取り柄《とえ》のない、糸屋の娘なんかと、赤子をつくるなんて、あるわけがない。そちらさんは、夢でも、見てるんじゃ、ございませんか」

いちいち嫌味《いやみ》な間《ま》をおいて、憎らしそうにおしんを睨《にら》みつける。乙次郎は何だかしおらしげに長々と溜息《ためいき》を吐《つ》くと、

「わたしが一筆書いたらそれでしまいだとは思われません。どうもこの話は怪《あや》しいことだらけで、いい迷惑でございますよ」

嘆《なげ》くように言って、目をしばしばさせた。

富勘は両家のあいだに座り、懐手《ふところで》をして思案顔である。

「迷惑とおっしゃいますか」と、念を押すように問いかける。

「はい。そもそもわたしには関わりのないことですからね、てへへ」

かろうじてうわべの殊勝さは保《たも》っているものの、乙次郎の目を見れば、面白《おもしろ》がっていることは明らかだ。おぼこ娘を騙《だま》してモノにするのを楽しみ、相手が夢中になったところで突っ放して蔑《さげす》んで泣かせてまた楽しむ。こいつは性質《たち》の悪い女たらしだ。

「ならば、このお話は物別れになりますが」

富勘の言葉に、乙次郎は鼻先で笑った。

「物別れも何も、わたしとしては、降りかかってきた迷惑の火の粉をはらうだけですからね。おしんさん、まあ、せいぜい身体《からだ》を大事にしていい子を産んでくださいよ。誓《ちか》ってわたしの子じゃないけども」

「若旦那ったら、そんな優《やさ》しいことを言うから、誰の胤《たね》ともわからない赤子を押しつけられそうになるんですよ」

あんまり優しいのも罪ですよと、なまず女中頭が尻馬に乗る。

「私も暮半さんの言い分を鵜呑《うの》みにしたわけじゃございませんので」

富勘は思案顔のまま、淡々とした口ぶりで言い出した。

「この件を仲立ちするにあたっては、乙次郎さんがおしんさんを連れ込んだ船宿《ふなやど》や、ごひいきのうなぎ屋の二階の話なんかを聞き取りまして――」

最後まで言い切らぬうちに、稲田屋の二人が「え！」と叫《さけ》んだ。なまず女中頭は声が割れたので、「ぐぇ！」と聞こえた。

「き、聞き取りなんて」

「富勘さん、何でそんな余計なことを。あんたはただの差配人なのに」

富勘はしゃくれた顎をうなずかせ、その顎の先で北一の方をさした。

「おっしゃるとおり、あたしはただの差配人でございますからね。そういう調べ事は、そこにいる北一さんに頼んでやってもらったんですよ。まだ若いですが、亡くなった文庫屋の千吉《せんきち》親分の一の子分です」

とんでもない嘘《うそ》を吹く。出し抜けで、こっちはびっくり仰天《ぎょうてん》だ。誰が一の子分だよ。今となっては「たった一人だけ残った子分」ではあるが、それとこれとは意味が違う。

稲田屋の二人に食いつくような目で睨まれたので、北一はちょっと首をすくめてみせた。形だけであろうと、この卑怯《ひきょう》な女たらしに頭を下げるなんざごめんだ。

「おまえ、何を調べたっていうんだよ」

乙次郎の目が血走ってきた。なまず女中頭も若旦那をかばうように前に出てきて、

「千吉親分なんか、とっくにあの世に行ってるだろうが。死人《しびと》の皮を笠《かさ》に着ようったってそうはいかない」

うわぁ、このババアもまたもの凄いことを言うなあ。死人の身体の皮膚を剝《は》いで身につける

なんて、思い浮かべただけでさらに胸が悪くなって吐《は》きそうだ。

「ちょいと、黙っていないで何とかお言い！」

ババアが目尻を吊《つ》り上げる。口を開いて「げえ」と言ってやろうか。

「雨が強くなってきましたなあ」

富勘が連子窓《れんじまど》の方に目をやって、呑気《のんき》な声を出した。

「あたしも北一さんも、あいにく笠も蓑《みの》も着ておりません。春の雨は気まぐれですから、通り過ぎるのを待つことにしましょう。稲田屋さんはどうぞお帰りになってください」

ぱんぱんといい音を立てて手を打ち、女将を呼ぶ。はい、ただ今という声が返ってきたと思ったら、唐紙《からかみ》一枚隔《へだ》てただけの隣《となり》の座敷から、別の「ぱんぱん！」が響《ひび》いた。

「おおい、女将」

しわがれた男の声が重々《おもおも》しく呼びかける。

「椿《つばき》の間に、そろそろ弁当を出しておくれ」

確かにここが蓮《はす》の間で、隣には椿の間の木札が掛けてあった。だけど、二階は貸し切りじゃなかったのか？

「すまんねえ、富勘」

別の男の声がして、唐紙が開く。その向こうに広がる椿の間の光景に、北一は目ン玉が飛び出しそうになった。

ひい、ふう、みい。それぞれに屋号や紋所《もんどころ》の入った黒縮緬の羽織《はおり》を着た旦那衆が八人、座《ざ》布団《ふとん》を並べて鎮座《ちんざ》している。みんなこっちの蓮の間に顔を向けて、その目を炯々《けいけい》と光らせている。

上座から、見事な銀髪の旦那が富勘に呼びかけてきた。

「私らは定例の寄り合いなんだ。約束していた貸席が急に使えなくなったもんで、女将に無理を言って入れてもらったのさ」

さっきの、しわがれて重みのある声音《こわね》だ。その口上《こうじょう》に応じて、あとの七人もそうそうとうなずき合う。

「私らみんな、もう若くはないからね。半刻ばかりゆっくり休ませてもらえて助かった。おかげさまで腹も空《す》いてきた」

は、半刻ばかり、ゆっくり。だったら、ずっと隣にいたのである。

稲田屋の二人は引《ひ》き攣《つ》っている。暮半父娘はぽかんとしている。椿の間の旦那衆はみんな富勘だけを相手にしていて、蓮の間には他に誰もいないみたいにふるまっている。

――大芝居《おおしばい》だ。

吹き出しそうになるのを、北一は息を呑み込んで堪《こら》えた。

「ぐ、ぐ、ぐ」

乙次郎の顔からみるみる血の気が失《う》せて、食いしばった口元から、腑抜《ふぬ》けたようなうめき声が漏《も》れた。なまず女中頭は目を剝《む》いて震《ふる》え出し、やがて互いに互いを引っ張り合うようにして立ち上がると、足をもつれさせながら廊下にまろび出て階段を下りていった。途中でどたんと大きな音がしたから、一段か二段、踏み外《はず》したのかもしれない。

椿の間の八人のなかではいちばん年若そうな旦那が、素早く窓際《まどぎわ》に寄って、外を見おろした。その顔に笑《え》みが広がる。するとまた別の旦那も寄っていって、一緒にくつくつ笑いだした。

「逃げてく逃げてく」

「腰が抜けてないかい、あの婆《ばあ》さん」

富勘はにこやかに旦那衆に一礼すると、軽くこっちを見返って、暮半父娘に言った。

「皆さん、稲田屋さんの得意先の方ですよ」

正　覚寺《しょうかくじ》と恵然寺《けいぜんじ》と増林寺《ぞうりんじ》と海福寺《かいふくじ》と心行寺《しんぎょうじ》と玄信寺《げんしんじ》と法乗院《ほうじょういん》と陽岳寺《ようがくじ》の檀家総代。

「旦那衆には暮半さんの姿は見えていませんから、何も気にせずお帰りなさい。女将が傘《かさ》を貸してくれます」

見えていませんからって、そんなわけはない。そういうことにしておくってだけだ。

暮半父娘は、二人並んで椿の間の一同に手をついて頭を下げてから、しずしずと出ていった。おしんは目を伏せたまま、でも、もう泣いてはいなかった。

「ああ、よっこらしょと」

銀髪の旦那の隣で、ごま塩頭にでっぷりと腹の豊かな旦那が膝《ひざ》を崩《くず》し、帯に挟んだ煙管《キセル》を抜いた。ちょうどそこへ、女将と女中がお茶と煙草盆《タバコぼん》を運んできた。

「やれ嬉しや。煙草の我慢は辛《つら》かったよ」

「あい済みません。お疲れ様でございました」

富勘が居住《いず》まいを正し、丁重《ていちょう》に一礼する。

「おかげさまで上手《うま》くいきました」

刻《きざ》みの香りに、北一はやっと息をついた。

「富勘さん、仕組んでたんだね！」

「まあね」

「皆さん、本当にずっとここにいらしたんですか」

銀髪の旦那があつあつの番茶を吹きながら、涼《すず》しい顔で言った。

「いましたよ。そちらの話が始まる前から」

先回りして待ち構えていたらしい。

「だって……気配《けはい》もしなかったのに」

半刻以上、くさめもしわぶきも聞こえなかった。

「だから大変だったのさ」

「肩が凝《こ》ったねえ」

「間者《かんじゃ》になった気分だったよ。なあ？」

旦那衆は口々に言い、互いに労《ねぎら》いあっている。ごま塩頭の旦那が、北一の顔を見た。

「あの娘さんには気の毒だが、私らが稲田屋との付き合いを控えると言えば、道楽息子にお灸《きゅう》を据《す》えることになるだろう」

「世間様に付き合いを控える理由を訊かれたら、懇切丁寧《こんせつていねい》にお話し申し上げるからな」

そう言って、銀髪の旦那が凄みのある笑みを見せた。

「兄さんも業腹《ごうはら》だろうが、これを落としどころにしておくれ」

調べ事なんか一切しておらず、借り物の着物に着替えて座っていただけの北一だ。そんな言葉をかけてもらえるのがもったいないくらいだった。

「よくわかりました。おいらなんかにまでお気遣《きづか》いくださり、ありがとうございます」

「兄さん、こういうのはね、商人にとっちゃ取り返しのつかない恥《はじ》なんですよ」

連子窓の桟《さん》にもたれかかりながら、外を眺めていた年若の旦那が言う。

「人としての信用を失ったんだからね。あの乙次郎さんには、死ぬまでつきまとう生き恥だよ」

「さっきの逃げっぷりといったらなあ」

窓際のもう一人の旦那は、まだ笑いが止まらない様子だ。ふと指を立てて、

「おお、一句できた——石を持て追わるる如《ごと》く時雨行《しぐれゆき》。いかがです?」

腹のでっぷりした旦那が、煙管を灰吹きの縁《ふち》に打ち付けた。

「季違《きちが》いじゃ。時雨は冬の季語だからの」

そしてちょっと首をひねってから、

「春雨や女たらしの夢の跡」

「どこかで聞いたことがありますなあ」と、富勘もほどけたように笑いだした。

その晩、冬木町《ふゆきちょう》のおかみさんのところで事の次第を報告すると、

「面白いから、おみつ、明日淡雪を買いに行ってごらん」

と、おかみさんも笑った。

「あの落雁は親分の好物だったし、お店の様子を見てきておくれよ」

「はい、朝のうちに行って参ります」

菜の花の辛子《からし》あえを鉢《はち》に盛りながら、おみつが言う。夕餉《ゆうげ》の膳《ぜん》には鱒《ます》の味噌《みそ》漬《づ》けも載《の》せられていて、いかにも春らしい。北一には、旨《うま》い飯と旨いお菜《さい》はいつだって有り難いから、何でもいいのだが。

「それにしても、暮半の娘さんも、いつの間にかそんな年頃になっていたんだね」

「おかみさんは、おしんさんをご存じなんですか」

「ずいぶん仕立物《したてもの》を頼んだもの」

おかみさんは、子どものころにかかった疱瘡《ほうそう》のせいで目が見えない。千吉親分と所帯を持っていたころから、いつもおみつのような女中がそばにいるけれど、手が回りきらない分は外へ頼むことになる。

「律儀《りちぎ》な一家だよ。お針の腕もいいし」

親分が元気だったら、乙次郎をとっちめるだけでなく、稲田屋から相応《そうおう》の詫び料を出させ、おしんが無事に身二つになるまで、あれこれ世話を焼いただろう――と言う。

「自分が女好きだから、女たらしには鬼のように厳しいお人だったからねえ」

そういう理屈かぁ。

「乙次郎はどうなりますかね？」

「まあ、勘当《かんどう》だろう。勘当するふりじゃあ、人でなしの言《げん》を直《じか》に聞き取った旦那衆が許さないだろうから」

富勘もやるもんである。

「だけど、旦那衆がそこまで気を合わせて力添えしてくだすったのは、乙次郎がほかにもひどいことをやらかしていて、それが耳に入っていたからじゃないかねえ」

おしんの一件だけでは、さすがにこんな謀《はかりごと》は仕掛けられなかったろう。

「北さんも、そのへんを頭の隅に置いとくといい。乙次郎がただ卑怯な女たらしだというだけなら、これで一件落着だろうが」

小金持ちの遊び人には、コバンザメが寄りつくからね——

「悪い仲間がいたら厄介《やっかい》だよ」

おかみさんのすべすべした瞼《まぶた》が、ちょっと震えた。

それからたった二日のうちに、稲田屋の主人は乙次郎を勘当し、長男で跡取りの甲一郎《こういちろう》を伴って、件《くだん》の旦那衆に詫びを入れて回った。

甲一郎は弟と正反対の物堅《ものがた》い人物で、前々から弟の放蕩ぶりを苦々《にがにが》しく思っていたらしい。

暮半にも足を運んでいって一家に頭を下げ、「産着代《うぶぎ》」にとかなりの金子《きんす》を包んで、遠慮するおしんに、どうにか受け取ってもらったとか。

「甲一郎さんにはもう嫁もいるから、稲田屋は早々に代替わりするそうだ」

と、富勘が教えてくれた。北一は文庫売りの途中で、富勘は北永堀町《きたながほりちょう》の木戸番《きどばん》から出てきたところ。腰の痛みがよくなったそうで、もう膏薬くさい男ではない。

「これが本当の落としどころだよ。あたしも、旦那衆にお手間をかけさせて、あれだけ仕掛けた甲斐《かい》があった」

お店を真面目《まじめ》な兄が舵取《かじと》りするならと、旦那衆は稲田屋の謝罪を受け入れた。あの銀髪の旦那とでっぷり腹の旦那は、乙次郎の勘当の証文《しょうもん》を作る際に、証人として名を連《つら》ねたという。

「女中頭はどうなったんですか？」

北一は、あのなまず女中頭がいちばん憎い。

「甲一郎さんが、お店で一から躾《しつ》け直しますと、旦那衆に約束したそうだ」

その前に、首に縄《なわ》をつけて暮半に引っ張っていき、謝《あやま》らせるのが先だろう。

「おいらはこういうのよく知らないけど、証文までこしらえる勘当ってのは、本気の縁切りなんでしょう？」

親でもなければ、子でもなくなる。身代を分けてもらうことも、養ってもらうこともできなくなる。

「これから乙次郎はどうするんでしょうね」

「まあ、とりあえずは親戚や知り合いを頼るだろうね」

生家がそこまで禁じることはない。追い出す際も、いきなり宿無しにならぬように配慮《はいりよ》はしてやる。

「そういうもんなのか……」

「腹の虫が治まらないかい？」

ぞろりと長い羽織の紐《ひも》を指先でくるっと回し、富勘は苦笑する。

「北さん、あの場で乙次郎の首をねじ切ってやりたそうな顔をしていたもんなあ」

そこまで顔に出てたか。

「というより、乙次郎が頼る先が気になるんですよ」

おかみさんから言いつけられたことを話してみると、富勘は両方の眉毛を吊り上げた。

「まったく鋭《するど》いお人だ」

確かに、乙次郎にはあまりよろしくない遊び仲間がいる。似たような道楽息子が二人と、お旗本《はたもと》の若党《わかとう》崩れの浪人者が一人。

「二本差しもいるんですか」

「へなちょこだがね」

連中が入《い》り浸《びた》っている居酒屋や、岡場所《おかばしよ》のなかの馴染《なじ》みの店、矢場《やば》や賭場《とば》などは、富勘もだいたい承知しているという。連中は酔《よ》っ払《ぱら》って騒いだり、給仕《きゆうじ》の女にからんだり、居合わせた他の客と喧嘩出入りをしたりと、まあクズにふさわしいことをやっている。

「乙次郎が勘当されれば、放蕩仲間だって次は自分の番かもしれないと目が覚《さ》めるだろう。よく効《き》く薬になりそうだというんで、旦那衆があたしに手を貸してくださったんだ」

なるほど。しかし、今後の成り行きにはやっぱり気をつけていた方がよさそうだ。勘当されたことで乙次郎が荒《すさ》んでしまい、仲間がそれに引っ張られるってこともある。

「おいら、ちょっと思ったんですけど、富勘さん、乙次郎に恨《うら》まれてもおかしかねえですよね」

「うん、だろうね」

「意趣返《いしゅがえ》しだってあるかもしれませんよ。千吉親分だったら、目ぇ光らせているのにな」

思わず呟《つぶや》くと、

「だったら、北さんが目を光らせておくれよ。頼りにしている」

イヤだな、妙なことを言ってさ。

「そんなに持ち上げたって、おいらに持ち上げられるのはこれだけですよ」

北一が天秤棒《てんびんぼう》を担《かつ》ぎ上げてみせると、富勘は短く笑い声を放った。

「ンじゃあ、空頼《そらだの》みか。悲しいねえ」

雪駄《せった》のベタ鉄《がね》を鳴らして去ってゆくその後ろ姿に、北一は何か言い訳したくて、ちょうどいい言葉が見つからなくてくちびるを噛んだ。

——おいらなんか、親分の跡継ぎじゃねえんだから。

本当に困ったことになったら、富勘だって北一なんぞではなく、本所《ほんじょ》一帯を仕切っている回《え》向院《こういん》の政五郎《まさごろう》親分あたりを頼るんだろう。あの親分は人物だって評判だし、千吉親分の下で北一が仰《あお》いでいた兄《あに》ぃのなかには、今は政五郎親分の小者《こもの》（手下《てか》）になっている者もいるのだから。

別に心配することなんかない。北一はただの文庫売りだ。ぶんこ〜、ぶんこはいかがかね〜、え〜、おなじみ、しゅぶさのぶんこでございます〜。

猿江《さるえ》の御材木蔵《おざいもくぐら》の方まで足を向けたのは、しばらくご無沙汰《ぶさた》してるなあと思いついたからであって、何の下心もない。だが、〈欅屋敷《けやき》〉の茅葺《かやぶ》き屋根が見えるあたりまで流してゆくと、表の木戸門が開いて、用人《ようにん》の青海新兵衛《おうみしんべえ》が顔を出し、北一を見るなりこう言った。

「やあ、北さん。よいところに来た。匂ったか？」

欅屋敷——旗本小普請組支配組頭《こぶしんぐみくみがしら》・椿山勝元《つばきやまかつもと》様の別邸の台所で、北一は塗《ぬ》りの菓子鉢に山盛りにされた落雁淡雪を見た。

「倅が不始末をしたお詫びにと、稲田屋ではここ数日、全《すべ》ての干菓子を半値で売っておるのだ」

あの一幕は、こんな形で深川の外れまで波紋を広げていたのである。しかし、もともと気取りのない新兵衛さんだと知ってはいるが、たかが落雁の安売りにここまで喜ぶかなあ。

「昨日、高橋《たかばし》の碁会所《ごかいしょ》に出かけて、この話を聞きつけての」

「若様や瀬戸《せと》様も淡雪がお好きなんですか」

若様は椿山家のご子息で、瀬戸様は別邸でいちばん偉《えら》い女中頭である。どちらも北一がすいすいお目通りできる人ではない。だから瀬戸様が乙次郎についていた女中頭のようになまずみたいな顔をしているかどうかはわからない。ただ、新兵衛の話を聞いている限り、質素倹約を旨《むね》として行儀作法に厳しいけれど、意地悪な人ではなさそうだ。若様はさらに謎《なぞ》で、歳の見当さえつかないが、書物好きで朱房の文庫を愛用してくださるお方なのだから、これまた悪い人ではあるまい。別邸暮らしをしているのは、病弱だからのようである。

「お二人とも、稲田屋の干菓子をお好みだ。だからこそ私は、袴《はかま》の股立《ももだ》ちを取って門前仲町まで馳《は》せ参じたわけでの」

「菓子を買うっていうより、仇討《あだう》ちの助《すけ》っ人《と》みたいですね」

落雁は（どれだけ上物《じょうもの》でも）そうそう匂うものではないが、あつあつのほうじ茶はよく薫《かお》る。新兵衛の厚意に甘え、台所の隅で、北一はひと休みさせてもらった。

「若も瀬戸殿も今日はお出かけだ」

新兵衛も手放しでくつろいでいる。さっきはまた庭いじりをしていたのか、土間《どま》の隅に泥のついた鋤《すき》や枝切り鋏《ばさみ》が立てかけてあった。

この別邸での新兵衛の役割は、「何でも屋」なのだそうだ。内証《ないしょう》のやりくりや帳簿《ちょうぼ》つけもするし、出入りの商人とやりとりもする。その一方で屋根掃除《そうじ》やドブさらい、ちょっとした普請《ふしん》などの力仕事もする。本人は庭の手入れが大好きで、ついでに芋《いも》や豆やヘチマや瓢簞《ひょうたん》などを育てている。このあたりは町家より田畑の方がずっと多いところなので、あぜ道を歩けば、季節ごとの野草も手に入る。たくさん採れたときには、売ることもあるという。

そういう人だから、北一も、うっかりすると相手がお武家さんであることを忘れてしまいそうになる。これはよくないから気をつけねばならないが、新兵衛と茶飲み話や無駄話をするのは楽しい。

もともと、北一は欅屋敷に憧《あこが》れていた。こんな屋敷に住まう身分にはなれっこないが、いいなあ……と思っていた。新兵衛と知り合い、その憧れのなかに（せいぜい庭の一部と台所ではあるが）一歩踏み込むことができて、夢がかなったような気持ちがするから、ここに立ち寄る度《たび》に元気が出るのだろう。

評判どおり口に入れるそばから溶けてゆく上品な落雁と、熱いほうじ茶のお礼に、北一は稲田屋の乙次郎の「不始末」のあらましを語った。暮半とおしんの名前は伏せて、「気立てのよさそうなちゃんとした娘さん」だったと言った。

新兵衛は乙次郎の卑怯に怒り、おしんを哀《あわ》れみ、富勘の鮮やかな手際《てぎわ》を褒めあげた。そして、おかみさんと同じことを懸念《けねん》した。

「女たらしに骨のある男はおらんが、クズ同士でつるんで仲間もいるというし、富勘が逆恨《さかうら》みされねばいいが」

「おいらもそう思うんです」

「北さん、よく注意していることだ」

え、おいら？　新兵衛さんもそんなことを言うのか。

しかし、新兵衛の言はそれだけではなかった。

「もしも何かで助っ人が入用《いりよう》になったら、私に声をかけてくれ。遠慮は要らぬ」

口の端《はし》に落雁の粉をくっつけているが、大真面目な顔だ。

「私もたまには、お屋敷の外の世間でも、誰かの役に立ちたいからな。まさに仇討ちの助っ人のように駆けつけるぞ」

と言って、おおらかに笑った。


朱房の文庫。

北一が振り歩いている洒落た文庫がそう呼ばれているのは、亡くなった千吉親分の朱房の十手《じって》にちなんでいる。

本来、赤や朱色の房は町奉行所《まちぶぎょうしょ》の与力《よりき》や同心《どうしん》の十手につけられるもので、岡っ引きには許されない。ただ、親分が若いころからずっと仕《つか》えていた本所深川方の同心・沢井蓮十郎《さわいれんじゅうろう》の旦那は親分を深く信用して、

「千吉は儂《わし》の目であり手足でもある。この朱房はそのしるしだ」

と、ご自分の十手の朱房に似た朱色の房をわざわざあつらえ、親分にくだされた。それがざっと十年ほど前のことだが、そんな由来からして、この「朱房」という言葉には矜持《きょうじ》が込められている。

生前の千吉親分が、子分たちの誰も自分の跡継ぎにしないと決めていたのは、この矜持を受け継ぐに足る者がいないと見限ったからだろう。それならそれで仕方がないが、不幸だったの

は、親分の急死によって、この本音が不意に世間に明かされてしまったことだ。

自分たちがとうに見限られていたと、いきなり鼻先に突きつけられた恰好になった子分たち――北一の兄《あに》ぃたちはがっかりしたし、恥もかいたし、腹も立てた。で、ちりぢりになってしまった。

文庫屋の方は（歳と年季で）一の子分だった万作《まんさく》が継いでいるけれど、この人もこの人で、さてどのくらい「朱房」という親分の矜持を重んじているのか、北一にはいささか心細い。ただ気の利《き》いた意匠の文庫を作って売って繁盛《はんじょう》すればいいと思っているだけなんじゃないか。また万作の女房のおたまが欲深くて、やたらと亭主の尻を叩《たた》いているのも嫌な感じだ。

末の子分だった北一には、せめて親分の文庫の評判だけは守りたいという望みがあるけれど、肝心の朱房の文庫は万作の文庫屋から卸《おろ》してもらって、自分は振り歩くだけである。文句を言えば、売り物を卸してさえもらえなくなって、たちまち食い詰めてしまうだろう。

――おいら、吹けば飛ぶようなゴミだ。

そんなゴミを、富勘は「頼りにする」と言った。新兵衛は「助っ人をしよう」と言ってくれた。ちょっとは喜んでいいのか、それとも裸足《はだし》で逃げ出した方がいいのか、勘弁してくださいとぺこぺこ謝るべきなのか。

悩むというよりは困る北一に、蓮十郎の跡目である沢井の若旦那からお呼びがかかったのは、貸席の一件から五日後のことだった。

二

深川十万坪《じゅうまんつぼ》。だだっぴろい新開地に田んぼが広がる。

その田んぼを臨む一角、小名木川《おなぎがわ》にかかる橋のたもと、五本松《ごほんまつ》の近くに、井口八右衛門《いぐちはちえもん》という地主の屋敷がある。そこの六畳《じょう》ばかりの離れの床下《ゆかした》に、鳥の羽根や獣《けもの》のフンにまみれて、古びた骸骨《がいこつ》が横たわっていたというのである。

この離れでは、八右衛門の年老いた母親が何年も寝たきりになっていた。先月、この母親がとうとう亡くなったので、弔《とむら》いを済ませたあと、井口家では離れを取り壊《こわ》すことにした。老母の病《やまい》は長く辛いものだったから、ここにしみついた思い出は暗い。それで人を入れて障子《しょうじ》や唐紙を外し、畳《たたみ》を上げ床板を剝《は》がしてみたら、人骨が現れたのだ。

「なにしろ古そうだから、仮に殺しだとしても、下手人《げしゅにん》を捜《さが》すのは難しいだろう」

黄八丈《きはちじょう》の裾《すそ》をちょっとからげてしゃがみ込み、床下を覗《のぞ》き込みながら、沢井の若旦那は言った。

「それでも、できたら身元ぐらいは探りあててやりたいもんだ。で、北一の顔を思い出したんだよ。おまえさんはこっちの方まで振り売りに来ているから、馴染みがあるだろう」

沢井蓮十郎の嫡子《ちゃくし》の同心・沢井蓮太郎《れんたろう》。父・蓮十郎が隠居したあと、本所深川方を引き継いで、千吉親分に手札《てふだ》をくださっていた。だから北一のことも知っているわけだが、まさかこんなことで呼ばれるとは思わなかった。

「馴染みというほどじゃありませんが……」

「じゃあ、頼まれてくれねえか」

若旦那は端正《たんせい》な顔をしている。しかしというか、だからというか、切れ長の目が冷たい。

「いえ、お役に立てるんでしたら、何でもやらせていただきます」

返事をして、北一は青海新兵衛の顔を思い浮かべた。北一にすれば、ここらの土地は新兵衛の庭みたいなものだ。骸骨の身元探しだって手伝ってもらえるだろう。これだって一種の助っ人だ――

「そうか、殊勝だな。なら、まずはこいつを掘り出してやってくれ」

言って、若旦那は腰を上げた。

「床板を上げた大工《だいく》の話じゃ、骨に触《さわ》っただけでぼろぼろ崩れるそうだ。慎重《しんちょう》にやらないといかんぞ」

北一は固まった。

掘り出すって、それ、おいらにおっしゃってる？

「着てるものは腐《くさ》って土になっちまってるようだが、何かしら手掛かりになりそうなものが残ってるかもしれん。身元探しもそこからだ」

そこから、おいらがやるんですか？

「えっと……おいら一人で」

「大勢が出入りしちゃ、場が乱れる」

道具はこの家で借りられる。飯《めし》も差し入れるように言っておく。矢継《やつ》ぎ早《ばや》に言って、

「念を入れて掘り返してみろよ。一体とは限らん」

この若旦那はこんな居丈高《いたけだか》なお方だったかなあと、北一は半べそで考える。何でおいらの顔なんか思い出してくれちゃったんだ。

「ここらは長閑《のどか》なところだから、野次馬もうるさくはあるまい。この家の者どもからは、私が話を聞いておく」

「へい、かしこまりました」

富勘を相手にしたときみたいに、おいらに持ち上げられるのは天秤棒だけですよって開き直れない。千吉親分は死んじまったんだし、おいらはもう八丁堀《はっちょうぼり》の旦那と関わりはございませんと言い返せない。なぜか？　北一はいくじなしだからである。

まずは鋤《すき》と鍬《くわ》を借りたが、これでは骨を崩してしまいそうで、結局は素手《すで》がいちばんだとわかった。口元に手ぬぐいを巻いて土埃《つちぼこり》と乾《かわ》いたフンを吸い込まないようにして、四つん這《ば》いでちょっとずつ土を除《よ》けてゆく。井口家の下男《げなん》だという爺《じい》さんが、洗い物に使うという藁苞《わらづと》と、敷居を掃くための短い箒《ほうき》を貸してくれた。

最初の一日で、頭の骨を掘り出した。目の奥まで土が詰まっている。きれいに払い落としてぼろきれで拭《ふ》いてやる。歯がほとんど残っていない。生きているときからこうだったのか、抜けた歯は見つからなかった。

着物や帯、下帯などは、ぐずぐずに腐って、持ち上げるとばらけてしまう。色や柄は泥がしみついて見分けられないし、家紋や名前らしい文字などは、それがあったらしい形跡も見当たらない。

頭蓋骨《しゃれこうべ》に手を合わせて、その日はしまいにした。気力をふるい起こして冬木町まで行き、おかみさんに事情を打ち明けた。

心のなかで、おかみさんがこう言ってくれるのを待っていた。

――北さんがそんなことをやらなくたっていい。あたしが沢井様に取りなしてあげよう。

甘かった。

「親分から言いつかったと思って、しっかりおやり」

夕飯と風呂はうちにおいで。うちからも食べ物を差し入れよう。五本松のそばの井口家というなら、場所はわかる。

そしておみつに言って、洗いざらして柔《やわ》らかくなった手ぬぐいを何本かと、障子の張り替えに使っている刷毛《はけ》を出してくれた。刷毛は、土を除けるとき、箒より便利だろうと言う。

「明日からは、笊《ざる》を借りて土をふるってごらん。小さなものは、土と一緒に固まっていることがあるからね」

はい、ご親切な助言をありがとうございます。

誓って、北一は顔に不満を表したりしなかった。おかみさんは法話を説《と》く坊さんみたいな口《く》調《ちょう》で言った。

「骨になった仏さんを大事に扱えば、北さんは徳を積むことになるんだからね」

おみつは終始、「ホントに気の毒」という顔をしていたが、おかみさんの耳を憚って何も言わなかった。明日の朝飯用にと、大きな握り飯を二つこしらえてくれたのが、せめてもの慰《なぐさ》めになった。

その握り飯を腹に入れて、北一は翌日も朝から井口家の離れの床下に潜《もぐ》った。沢井の若旦那が来たので、水をまいてフンなどの汚《よご》れ物《もの》を洗い流し、土を柔らかくしてはいけないかと問うてみた。

「いや、駄目だ。なるべくそのまま、壊れ物のように掘り出すのがいい」

ようにではなく、そもそも古い骸骨は壊れ物である。脆《もろ》くなっていて、うっかり力を入れて引っ張ると折れてしまう。

文庫は紙の箱だから、数を積んでも軽い。きれいな売り物だ。日頃、北一はきれいな生業《なりわい》をしているのである。

――それが、なんだってこんな羽目に。

井口家の奉公人《ほうこうにん》たちも、離れを遠巻きにしている。怖《こわ》いものを見るような目つきで北一を見る。腰が引けている。てめえン家の床下《ち》の骸骨なんだぞ、手伝えよ！

そうはいかないのだ。井口家の人びとは、一応、沢井の若旦那のお調べを受けている立場である。疑われているのだ。

いいよ、疑われる方がいい。いっそ、おいらが下手人ですって叫びたい。そんならこの汚れ仕事は終わりになる。

身体の骨は数が多いし、入り組んでいるので手間がかかる。首と肩、肋《あばら》の半分を数えるだけで一日が終わってしまったが、喉仏《のどぼとけ》の骨が見つかったので、床下の仏さんが男だということはわかった。

三日目は小雨《こさめ》が降った。床下に雨が流れ込まぬよう、骨の横たわっているまわりに土嚢《どのう》を置くことになった。さすがにこれは井口家の下男と小作人の男衆《おとこし》が手伝ってくれて、北一と一緒に泥まみれになった。

ぽつぽつ言葉を交《か》わすと、薄気味悪い骨の出現に、彼らが一様に困惑《こんわく》し、怯《おび》えていることがわかってきた。このことを話題にするのも憚られるようで、北一がしつこく尋《たず》ねても、彼らの口は重かった。

骨の身元に心当たりはない。井口家は苛烈な地主ではなく、小作人たちはちゃんと食わせてもらっている。逃散《ちょうさん》した者などいない。井口家そのものにも、嫁が来て子が生まれることこそあれ、誰かがいなくなったことはない。八右衛門の老母は気の優しい人で、足腰が弱かったので、寝たきりになる以前からあまり出歩くことがなかった。世話は嫁と古参の女中がしていた。老母はよく離れで念仏を唱《とな》えていた――

彼らは北一に、兄《にい》さん済まないねと労《ねぎら》った。有り難いとも言った。兄さんは八丁堀の旦那の下で働いているんだろ。若いのに立派なもんだ。肝《きも》も太いねえ。

それで気をよくしたわけではないが、北一の気持ちはだいぶ軽くなった。あの人たちには荷の重いことを、おいらが代わりにやって、感謝されている。それは、まあ、「いい」と言って割り切れることじゃねえが、悪くはねえよ、うん。

もう一日。さらにもう一日。床下に潜り、這いつくばって刷毛を使い、目を細めて骨を検分し、古手ぬぐいで顔を拭《ぬぐ》う。そんなことを続けていくうちに、骨と親《ちか》しくなっていく感じがした。

慣れたからだろう。観念したこともある。しかし、それだけではない気持ちの動きが確かにあった。北一の心は、この寂しい骨になってしまった男に寄り添うようになっていた。

おまえはどこの誰で、どうしてこんなところに一人でいたんだい？

おいらがちゃんと掘り出してやる。どんな死に方をしたのかわからねえが、五体の骨が揃ったら、おまえの気も休まるかな。

一人分の骨を全て掘り出すと、離れの庭先の戸板の上に並べた。きっちり人の形になる。指の骨まで揃っている。

——よかった。

そこで終わりにせず、沢井の若旦那に言われたとおり、他にも誰か（何か）埋《う》もれていないか入念に確かめた。それから、骨があったところ一面の土を少しずつ掘ってはふるいにかけていった。

おかみさんの言うことに、いつも間違いはない。はたして、大きさも手触りも黒い碁石のようなものが、土の塊《かたまり》のなかからころりと出てきた。

形は碁石のように丸くない。髷《まげ》があって耳が出っ張《でば》っていて、顎がある。そう、人の顔の形に彫《ほ》ってある。

だが、人ではない。嘴《くちばし》がある。

「――烏天狗《からすてんぐ》だな」

根付けだろうと、沢井の若旦那は言った。

「髷のところに小さな穴が空《あ》いている。ここに紐《ひも》を通してあったんだ」

なるほどと、北一も思った。烏天狗だから真っ黒なんだな。魔除《まよ》けやお守りの意味があるのかもしれない。

掘り出した骨や衣類の残骸の検分には、沢井の若旦那の上役《うわやく》で、南町奉行所でいちばん検視に長《た》けている、栗山《くりやま》様という与力の旦那が来た。内役《うちやく》だから、新開地のこんなところまで来ると足が疲れるとか、眼鏡《めがね》がないと細かいものが見えないとか、若旦那相手にぐちぐちこぼしていたが、骨を扱う手つきは慣れたもので、確かに手練《てだ》れのようだった。

「痩《や》せた骨だねえ。食うや食わずだったんだな。歯がねえのもそのせいだろう」

そこまで「食えてない」貧乏人には、北一も出会ったことがない。江戸市中にいるのか、そんな奴。

「首や喉の骨に折れたところはない。どの骨にも刀傷《かたなきず》は見当たらない。頭の骨も無傷だ」

斬《き》られたり殴《なぐ》られたり叩かれたり、首を絞《し》められたりはしていない――していたとしても、それで死ぬほどひどい傷ではなかったと考えられる、と言う。

「床下で血を流した様子もないしな」

「骨からそこまでわかるんですか」

「土でわかるんだよ」

言って、検視の旦那はひらりと離れの座敷に上がった。片膝をついて、骨のあった床下を覗き込む。北一が丁寧にふるったので、そこの土は種や苗《なえ》を植えられそうなほどきめ細かく滑《なめ》らかになっている。

「血を吸って固まってしまった土には、その跡が残るんだ。色も変わるし、臭《にお》いもする。こんなふうにはならねえよ」

沢井の若旦那も離れに上がった。検視の旦那は、冷やかすような目つきで北一の方を見ると、

「小僧《こぞう》、土をふるってみろって、誰の入れ知恵だ？」

北一はへどもどした。「な、何か手掛かりがあるかもしれねえと思いまして」

「へえ、自分で思いついたのか」

おかみさんの助言なんですけどと説明すると回りくどくなりそうで、北一はもっとへどもどした。

沢井の若旦那が、冷たい目を半目《はんもく》にして北一をちらりと見る。

「まあ、病死か飢《う》え死《じ》にだろうな」と、検視の旦那が言った。

「では、自分でこの床下に入ったんでしょうね」

「うん……雨露《あめつゆ》をしのごうとしたのか、誰かから逃げていたのか」

検視の旦那は顎をつまんで首をひねる。

「どっちにしろ、この家の者には関わりねえだろう。行《ゆ》き倒《だお》れに床下に潜り込まれ、勝手に死なれていい迷惑だったたってことよ」

その言葉に、沢井の若旦那が短い溜息を吐き出した。

「安堵《あんど》しました」

怯えている人びとのなかで下手人捜しをするのは、若旦那も気が重かったのだ。

「よくやったな、北一」

投げかけられた労いに、北一は目をぱちくりさせてしまった。

「富勘が、こういう仕事ならきっとおまえが役に立つと推挙してきたんだが、正直私はあまりあてにしていなかった。済まんな」

千吉も喜んでいるだろう——という続きの言葉は、北一の頭に入ってこなかった。

富勘が、推挙したぁ？

それでおいらはこんな目に。振り売りはできず、飯はおかみさんに集《たか》っちまって、亡骸《なきがら》のまじった土の臭いが身体の芯《しん》までしみ込んで、泥と水で冷えて、骨と友達になって。

——さんざんだよ！

なのに、笑えてくるのが不思議だった。

三

五本松の地主の屋敷の離れの床下に、名無しの権兵衛《ごんべえ》さんの骨と一緒に埋もれていた、真っ黒けな天狗の顔の根付け。

それと似たような形の彫りものをしている男がいるよ――という噂が耳に飛び込んできたのは、北一がその骨のために自分が大骨を折ったことも忘れかけたころだった。

江戸の町は春雨《はるさめ》のころを過ぎて、爽《さわ》やかな風と光に満ちる時季だ。冬木町のおかみさんの住まいには、「福富屋《ふくとみや》」から贈られた鉢植えの大きな牡丹《ぼたん》が花を咲かせている。伊万里焼《いまりやき》の鉢も込みでたいそうなお値段だそうで、おみつがおっかなびっくり世話をしているのが面白い。

彫りものの男の噂は、この鉢を運んできた福富屋出入りの植木屋の親方が教えてくれたのだった。

「扇橋町《おうぎばしちょう》の『長命湯《ちょうめいゆ》』って湯屋《ゆや》の釜焚《かまた》きが、右肩に黒い天狗の顔の彫りものをしてるんだそうだ」

いや、だそうだというのは、親方も又聞きで、釜焚きに会ってはいないからである。

「もう三月《みつき》ばかり前になるかねえ。うちの若いのが、あの近くの中間《ちゅうげん》部屋のご開帳《かいちょう》へ繰《く》り出してね。いい按配《あんばい》に勝ったもんで、博打《ばくち》仲間と長命湯の二階で呑《の》んで騒いだんだとよ」

で、居合《いあ》わせた他の客と喧嘩になった。

「相手が半端《はんぱ》なごろつきでさ、しかも泥酔《でいすい》してて、いきなり匕首《あいくち》を出してきやがったんで、大騒ぎになっちまった」

植木屋の若いのも、普段なら売られた喧嘩は倍にして買う口なのだが、相手の目が据《す》わっている上に、袖まくりして手首の上の二本線の刺青《いれずみ》を見せつけてきたので、

「こりゃたまらねえと、這々《ほうほう》の体《てい》で逃げ出しちまったっていうから情けねえ」

いやいや、それは逃げて正しいのだ。ただ喧嘩っ早いだけのごろつきと、ご定法《じょうほう》に触れて罰を受けたしるしの刺青がある凶状持《きょうじょうも》ちとでは、相手が違いすぎる。

「長命湯は、屋号のとおり、主人夫婦も番頭も女中も爺さん婆さんばっかりだから、うちの若いのと博打仲間が逃げちまったら、暴《あば》れるごろつきを押さえる奴がいやしねえ」

それを承知で逃げたので、親方はこっぴどく若いのを叱ったというのだが、それはともかくも、

「あとが心配だから、翌日様子を見に行かせたら、湯屋の爺さんが出てきて」

――あのごろつきなら、宥《なだ》めようとしたうちの釜焚きをいいように殴って蹴《け》って気が済んだようで、おとなしく帰りましたよ。

もっと心配なことになっていた。

「そんなことを聞かされちゃ、うちの若いのも気に病《や》んじまう。釜焚きの兄《にい》ちゃんは怪我《けが》してねえのか、詫びぐらいは言わねえと、と爺さんに頼んで引き合わせてもらったら――」

長命湯の釜焚きはほっぺたを腫らし、片腕が上がらず、片足を引きずっていた。婆さん女中

に手当てしてもらったとかで、膏薬の臭いをぷんぷんさせ、身体のあちこちを晒《さらし》でぐるぐる巻きにされてはいたものの、命に別状はないようだった。焚き付け集めも釜焚きも、いつもどおりにこなしていた。

「怒っているふうもなく、文句の一つもなくてな。うちの若いのが詫びを入れて礼を言っても、ぺこっと頭を下げ返しただけでおしまいだったそうだよ」

ただその際、両肌脱《もろはだぬ》ぎになっていた釜焚きのぐるぐる巻きの晒の隙間《すきま》から、小さいが風変わりな彫りものが覗いていることに、植木屋の若いのは気がついた。

「烏天狗っていうのかね。真っ黒な天狗の顔に、短い翼《つばさ》がくっついている意匠の彫りものだったって」

名無しの権兵衛が持っていた（と思われる）根付けは、骨と一緒に骨壺《こつつぼ》に納めて、今は地主の井口八右衛門の屋敷の預かりとなっている。名無しの権兵衛に離れの床下で勝手に死なれて迷惑を被《こうむ》った井口家が、これも縁だし、身寄りの者が見つかるまではうちで線香《せんこう》ぐらいあげてやろうと、心優しいことを言ってくれたからだ。

名無しの権兵衛本人の身元にしろ、身寄りの者にしろ、捜す手掛かりは烏天狗の根付けしかない。北一は沢井の若旦那と相談し、根付けを絵に描いて回状にして、小名木川沿いの町筋《まちすじ》の番屋に配っておいた。それが功を奏して（たぶん、植木屋の若い衆がまたご開帳に一《ひと》勝負しに出かけ、回状のことを知ったのだろう）、まわりまわってその話が親方の耳に届いたという次第である。

「千吉親分が元気だったら、真っ先にご注進するところだがね。残念だが親分はもういなさらねえ。跡継ぎもいねえ。だから、役に立つ話かどうかはわからねえが、せめておかみさんのお耳に入れようと思ったんだ」

北一は親分の朱房の文庫売りは引き継いだが、岡っ引きは継いでいない。そんな自分が情けなく思えるのは、こんなときだ。亡《な》き親分に義理立てしようとしてくれた植木屋の親方は困ったろうし、おかみさんは情けなかったろう。手下《てか》が誰も親分の縄張《しま》を継げなかったことが露《あら》わになっているのだから。

ともあれ、耳寄りな話であることは間違いないから、北一はさっそく扇橋町の長命湯に出かけることにした。これが不動明王《ふどうみようおう》や観音様《かんのん》の彫りものなら、たまたま似ているだけかもしれないが、烏天狗は珍《めずら》しい。それに、五本松のそばの井口家と扇橋町は、小名木川橋か新高橋《しんたかばし》を渡ればすぐの距離である。

卯《う》の花と牡丹の柄の朱房の文庫を積み上げた天秤棒を担ぎ、塩の俵《たわら》や醬油樽《しようゆだる》、小間物《こまもの》・荒物《あらもの》、つまみ菜や青菜を積んだ荷足船《にたりぶね》が行《ゆ》き交《か》う小名木川を横目に、

「ぶんこ〜、ぶんこでござ〜い」

深川の東の端になるそのあたりは、町家《まちや》もあるが武家屋敷も多い（だから中間部屋でご開帳があるのだ）。湯屋の客は素《す》っ町人ばかりではなく、屋敷勤めの若党や家人《けにん》、中間たちもいるはずだから、長命湯もそこそこの構えの湯屋なんだろうと思いながら歩いていって――

たまげてしまった。

男湯しかない湯屋で、こぢんまりしているのはともかくも、えらいぼろ家なのである。板葺《いたぶ》き屋根も壁板《かべいた》も何枚か外れているから、雨漏《あまも》りと隙間風がひどそうだ。屋根板の隙間から生《は》えだした雑草が、春の陽《ひ》ざしの下で小さな白や黄色の花を咲かせている。

こんな今にも倒れそうな二階家で、本当に湯屋を営《いとな》めるんだろうか。焚き付けがちょっと風に巻かれて飛んだら、たちまち火が出て丸焼けになってしまうだろう。

おかしなことに、庇《ひさし》の下の看板だけは場違いに大きな扁額《へんがく》で、一枚板に「長命湯」。この庇看板の重みに耐《た》えかね、建物ぜんたいが前かがみになっているようにさえ見える立派なものだ。一方、出入口の上の明かり取りの障子に「男湯」と記してある二文字は、酔っ払いが書いたみたいに下手《へた》くそで、「男」の「田」のところが破れたままになっている。

天秤棒を置き、「ごめんよ」と声をかけて上がってみると、見事に腰の曲がった本物の爺さんと婆さんがいた。

「はぁ？　うちの？　釜焚きぃ？」

主人だという爺さんは耳が遠い。おかみだという婆さんは目が衰《おとろ》えて、脱衣所《だついじょ》を掃除するのに、手探りで箒を使っている。人声《ひとごえ》を聞きつけたのか、石榴口《ざくろぐち》をくぐって現れた爺さんがもう一人。三助《さんすけ》（銭湯で客の身体を洗ったりする男）だというが、やっぱり肩や腰を揉《も》ませるのは気が引けるというくらいによぼよぼである。

窓の目隠しの桟も、脱いだ衣類を入れる取り付け箱の蓋《ふた》も、みんな古びて立て付けががたがただ。取り付け箱の「い壱《いち》」「は弐《に》」などの字は、墨《すみ》がほとんど剝げてしまっている。刀掛《かたなか》けも、造りは立派だが、これまた漆塗《うるしぬ》りの部分がはげちょろけである。

朝風呂の客が引けて暇《ひま》な刻限。三人が言うに、釜焚きは焚き付け集めに出かけているという。それを聞き出すだけでも、爺さん婆さん相手に大仕事だった。

「ちょっと待たせてもらっていいかい？」

「あぁ？」

「釜焚き口のところで待たせてもらいます」

「あ？　どこ？」

「釜焚きの兄《にい》さんの名前は何ていうの？」

「何だぁ？」

駄目だ。北一は手をひらひらさせて、いったん表へ出ると、建物の脇を回って裏手の釜焚き口の方へ向かった。

長命湯の出入口と、脱衣所の脇にあたるところは目隠しの板塀を回してあるが、裏手には枯《か》れてすかすかの生《い》け垣《がき》があるだけだ。どぶ板が一枚抜けており、臭い。

釜焚き口に入るところは、元は板戸があったのだろうが、今はそれが外されたまま、誰でも出入りできるようになっている。

——まあ、こんなところに好きで寄りつく奴はいねえよな。

湯屋の釜焚きは、薪《まき》と焚き付けに使えるものを集めるところからが仕事である。落ち葉や枯れ枝は季節によるので、普段は近隣の町家やお屋敷からごみをもらってくる。壊れた器物《うつわもの》から厠《かわや》の落とし紙まで、燃やせるものなら何でもかき集めておいて、釜に放り込む。

つまり、釜焚き口のそばは薪とごみ置き場なのである。およそきれいな場所ではない。

長命湯の釜焚きは、どうやらそんなところで寝起きもしているらしく、薄汚れた掻《か》い巻きを丸めて薪の山の陰に突っ込んである。飯はどこで食ってるんだろう？

と思っていたら、外に荷車《にぐるま》の音が近づいてきた。戸口から顔を出して覗いてみると、薄汚れた腹当てと股引《ももひき》に、くたびれた印半纏《しるしばんてん》を引っかけた若い男が、ごみやがらくたを山ほど積んだ荷車を引いて、どぶ板の手前に止めたところだった。

いいように殴られたり蹴られたりはしたものの、酔っ払って匕首を振り回すごろつきを宥めようとしたというのだから、それなりの男なのだろうと、北一は思っていた。

だから、唖然《あぜん》と口を開けてしまった。本日二度目のびっくりである。

なんとまあ、小柄《こがら》で貧相《ひんそう》な奴だろう。

同時に思った。水面《みなも》に映《うつ》った自分の姿を見ているようだ、と。

いンや、見栄《みえ》を張る気はないが、この男と比べるなら、まだ北一の方が見栄えがするんじゃないか。北一はこんなに猫背《ねこぜ》ではないし、骨と皮みたいに痩せこけてはいない。釜焚きは、ぼうぼうに伸ばした髪をうなじのところで束《たば》ねているが、ろくに洗っても梳《す》いてもいないのだろう、塵《ちり》と灰《はい》にまみれている。これなら、薄い髪を短く刈っている北一の方がこざっぱりして見えるはずだ。

「じ、じ、じ」

邪魔してるよ——と声をかけようとするのに、びっくりしすぎてたじろいで、舌《した》が縮《ちぢ》んでしまってうまく言えない。

「えっと、あの、おいら」

あわあわする北一に、釜焚きは目を上げてこっちを見た。煤《すす》で黒く汚れた顔に、白目《しろめ》ばかりがやたらと白い。瞳《ひとみ》は黒い点のように縮んでいる。

「か、釜焚きは骨が折れそうだねえ」

釜焚きは表情を変えず、荷車の方に向き直って、ぐいと何かを持ち上げた。舞い上がる埃。つかんでいるのは古着や古い布を荒縄《あらなわ》で束ねたものだ。いくつもある。小脇に抱《かか》え、さらに片手に提《さ》げる。抱えているのは古い襁褓《むつき》の束のようである。

「精が出るな」

釜焚きは荷物を持ったまま無言で近づいてきて、北一の前に立った。

「ああ、邪魔だな、すまねえ」

脇にどく。釜焚きはとっとと建物のなかに入る。

「に、兄さんさ、右肩に変わった彫りものをしてるんだってな」

話しかけても、釜焚きは北一を見向きもしない。荷車から荷物を下ろしては、釜焚き口のところへと運び、ぽんと放り出して積んでゆく。そのたびに塵と埃が舞う。ぷんと臭いがする。

「烏天狗——黒い天狗の彫りものだって」

まるっきり相手にされない。それでも北一は頑張って問いかけた。

「兄さんの身内か知り合いに、その彫りものと同じ形の根付けを持ってる人はいねえかい？」

途端に、釜焚きの動きが止まった。焚き付けの山の前で、こっちに背中を向けたままではあるが、明らかに北一の言葉に反応したのだ。

「五本松のそばにあるお屋敷の離れで、人の骨が見つかったんだ。一緒に、そういう珍しい根付けが出てきて」

釜焚きがこっちを振り返った。その顔、その目を見て、北一は固まってしまう。

恐ろしく冷たく、陰険な目。蛇《へび》の目だ。いや、死人の目だ。目を開いたまま死んでいる者の目だ。

――そんなの見たことねえけど。

見たことないものに喩《たと》えるしかない、これまでお目にかかったことのない目つき。

依然、釜焚きは一言も発しない。

「そ、そ、その根付けの、ももも持ち主に、こ、心当たり、ねえ？」

そのとき、焚き付け口の脇にある小窓《こまど》から、のんびりした婆さんの声が呼びかけてきた。

「きたさんかえ。帰ってきたなら、ご飯をお食べなぁ」

本日、短いあいだの何度目かのびっくりだ。

「あ、あんたも、きたさんっての？」

北一はぎくしゃくと笑った。

「おいらも北さんなんだ」

釜焚きの点のように鋭い瞳が、ほんのちょっとだけ大きくなった——ような気がした。

北一は、指で自分の鼻の頭をさしてみせた。

「北一っていうんだ。あんたの名前は?」

鋭い瞳をちかりとさせて、釜焚きは、上から下まで北一を検分した。それでどんな答えを出したのかは知らない。ただ、悪い答えではなかったようだ。

しゅんと鼻を鳴らすと、女の子みたいにか細い声で、釜焚きはこう答えた。

「きたじ」

小窓から覗いて、北一と釜焚きが一緒にいるのを見つけた婆さん女中は、二人分の蒸《ふ》かし芋《いも》と白湯《さゆ》を持ってきてくれた。

婆さん女中は、おかみの婆さんよりもさらに腰が曲がっており、歯が抜けてふがふがだったが、目と耳はしっかりしていた。「きたじ」本人は、芋を見たら地べたに座って食うばっかりになってしまったので、北一はもっぱらこの婆さん女中からいろいろ聞き出すことになった。

「きたさんはね、去年の暮れに、朝早く、うちの裏庭で行き倒れてたんだよ」

水溜《みずた》まりに薄氷《うすごおり》が張るような寒さだったのに、「きたじ」は浴衣《ゆかた》一枚、髪はおどろ髪で、裸足《はだし》で凍《こご》えて動けなくなっていたのだという。

「怪我はしてなかったけど、大熱を出しててねえ。おかみさんがうちで介抱《かいほう》してやろうって言うもんだから」

家のなかを暖かくして寝かしつけ、粥《かゆ》を食わせて熱冷《ねつさ》ましを飲ませると、「きたじ」は一日でよくなった。しかし、名前と歳、どこから来たのか、どうして真冬に浴衣一枚で外にいたのか、何を尋ねても口をきかない。

介抱してやったとき、その右肩に風変わりな彫りものがあることには気づいたから、堅気《かたぎ》じゃなさそうだ、凶状持ちじゃないのか、番屋に聞き合わせて人相《にんそう》書きが回っていないか確かめようとか、長命湯の爺婆《じじばば》たちはそれなりに心配したのだが、この行き倒れはおとなしいし、世話をしてやるといちいち頭を下げるし、食い物は旨そうにきれいに平《たい》らげて、器に手を合わせる行儀のいいところもある。

「こんな痩せっぽちで小さいしさ。まだ子どもだろ。悪い奴だなんて思いやしないよ。あたしら、本物の悪い奴らを見てるしね」

深川は新開地だから、大川《おおかわ》の向こうよりも胡乱《うろん》な者がうろうろしている。長命湯の近隣の武家屋敷では毎日のようにご開帳があり、そこへ通う男たちと、彼らを相手に春をひさいで暮らす女たちのおかげで、こんなぼろ湯屋でも繁盛している。

「このへんで客を引く夜鷹《よたか》は、橋の下や川岸の猪牙《ちょき》でさっと商売して、一日の上がりを稼《かせ》いだら、うちのしまい湯に入りに来るんだよ。しまい湯は、そういう女客だけを入れることになってるんだ」

だから、看板では「男湯」のみにしているのである。

湯屋の二階はそもそも庶民の娯楽場だが、長命湯の二階は、世間を憚る「呑む・打つ・買う」を楽しむための伝手《つて》がつく場所だ。だから胴元《どうもと》の手先も出入りするし、金貸しも女衒《ぜげん》も来る。喧嘩出入りはいつものこと。場末の古い湯屋で、商う側は爺婆ばかりだが、肝が据わっていなければやっていかれない。

それだもの、誰も子どもみたいな行き倒れを怖がりはしなかった。その身の上を訝《いぶか》りはしても、怪しんで遠ざけようとはしなかった。

「旦那さんが、おめえ名前もわからねえんじゃ他所《よそ》じゃ働けねえ。うちで釜焚きをしろって、この人を住み込ませることに決まったんだよ」

名前がないままでは不便だから、十五年前、生まれてほどなく死んでしまった主人夫婦の孫の名前、「きたじ」を名乗らせることにした。

「生きてたら、ちょうどこれくらいの年格好《としかっこう》だったはずだってねえ」

字は「喜多次」と書くという。

番屋と町《ちょう》役人には、死んだと思って諦《あきら》めていた孫が生きていて帰ってきたと、みえみえの作り話を届けて済んでしまった。もちろん、いくらか包んだのである。

「喜多さんが現れるまで、あたしらだけじゃ釜焚きも焚き付け集めも辛くって。だけど人を雇《やと》ってもすぐ逃げられちまうか、ひどいときは上がりを盗まれたりして」

薄暗いところには、それにふさわしい後ろ暗いところのある者が寄りついてくる。

「このままじゃ湯屋をたたむことになるって、困《こう》じ果てていたんだよ。そこへふらっと舞い込んできてくれた、この人は湯屋の神様のお使いさね」

ありがたやありがたやと語る婆さん女中と聴き入る北一の傍らで、当の喜多次は芋を食って白湯を飲んで、満腹したらうとうとと居眠《いねむ》りを始めた。自分のことを語られているのを気にするそぶりもない。

――千吉親分が生きてたなら。

いくら縄張《しま》の端っこでも、こんな怪しい行き倒れが、ぬか袋や歯磨《はみが》き粉《こ》を売るよりも博打や女の売り買いの手引きの場になって稼いでいる湯屋に居着くのを、黙って見てはいなかったはずだ。

何にもできない北一は、蒸かしたてで旨い芋をご相伴《しょうばん》して、胸につかえそうなのを白湯で呑み込むばかりである。

「そりゃよかったね。ところで婆ちゃん、おいらは文庫売りなんだ」

汚れてしまって売れない品とか、紙の切れっ端とか、客先から引き取ってきた古い品とか、焚き付けになりそうなものを持っている。

「溜《た》まったら運んでくるから、使ってくれねえか。お代なんかいらねえ。たまに無料《ただ》で湯に入れりゃあいい」

婆さん女中は大いに喜んだ。

「そんなら、喜多さんに言いな。旦那さんにはあたしが言っとく。耳が遠いからね」

「頼むわ。おいら、北永堀町の富勘長屋に住んでる。北一だから、やっぱり北さんで通ってるんだよ」

あら奇縁だねえと、婆さん女中がふがふが笑いながら奥へ戻っていってしまうと、それを待っていたかのように、喜多次がぱっちり瞼《まぶた》を開けた。眠気《ねむけ》など一片《いっぺん》も残していない、あの点のように鋭い目つきで北一を見る。

「狸寝入《たぬきねい》りだったのかよ」

婆ちゃん女中がおいらに何を言うか、寝たふりをして聞いていやがったか。

薄気味悪いが、そう思っていると覚《さと》られるのは悔《くや》しい。北一は気丈《きじょう》に続けた。

「ここの爺ちゃん婆ちゃんたちには、根付けのことも骨のことも知らせねえ方がいいだろうと思ったんだけど、余計なお世話だったかい？」

本当は「知らせねえ」ではなく、「知られねえ」と言いたかった。何か事情があるんだろ？伏せといてやるって、おいらの親切だぞ。わかってんのか、おめえ。

喜多次は黙ったままだ。煤で薄汚れた顔に、汗で縞《しま》ができている。千枚通しを突きつけられたように、北一は怯《ひる》んだ。

こいつ、よく見たらきれいな顔をしてる。人形みたいな目鼻立ちだよ。おいらと似てるのは背格好だけじゃねえか。

「な、何だよ」

何か文句あんのかよ、その目つき。

「見たい」

喜多次が言った。出し抜けだったので、北一は聞きそびれてしまった。

「え？　何て言った？」

目が合う。黒い錐《きり》の先っちょのような眼差《まなざ》し。

「見たい」

「ね、根付けを？」

喜多次はうなずく。おお、やりとりができてる。こいつにも魂《たましい》があるんだ、木偶《でく》じゃねえ、案山子《かかし》でもねえと、益体《やくたい》もない考えが渦《うず》を巻くように北一の頭をよぎる。

「本物は、お骨《こつ》と一緒に地主さんの預かりになってるんだけど、おいらは絵に描いたのを持ってる」

念のためにと、北一は件《くだん》の回状を一枚、いつも懐《ふところ》に入れていた。それを取り出し、皺《しわ》を伸ばして見せてやった。

喜多次は回状を見た。手を出そうとしない。回状を北一に持たせたまま、鼻の頭を寄せるようにして見入る。

「ほら、おめえの肩の彫りものと似てるだろ？」

問うても、返事をしない。

「たまたま似てるにしちゃ、珍しいからさ。知り合いか身内じゃねえのかい？　烏天狗を屋号や家紋にするなんて、どだい珍しすぎるけども」

回状を見つめる喜多次の瞳が、また点のように縮んでいる。

「地主さんとこじゃ、これも何かの縁だからって、お骨に線香をあげてくだすってる。有り難い話じゃねえか。おめえの知り人だったら、よくよくお礼を言って引き取らないといけねえ」

どうなんだよ――とたたみかけようとしたら、喜多次はぷいと顔をそらして、言った。

「知らねえ」

しゃがんでいるのに、北一は膝がかくんとした。

「知らねえって」

「覚えがねえ」

吐き捨てて、喜多次は立ち上がる。着物をぱんぱんとはたくと、塵と埃が舞った。

「ホントか？」

「覚えがねえ」

「だったら何で見たがったんだよ！　ちっとは心当たりがあったからじゃねえのか」

北一も立ち上がって詰め寄った。その瞬間に、背中がぞわりとした。喜多次がまたあの蛇のような目になっている。

「……ほ、本当に、おめえとは関わりねえのかい」

「ねえ」

喜多次はくるりと背中を向けると、積み上げた焚き付けを片付け始めた。

取り付くしまがない。腹が立つよりも、北一は呆気《あっけ》にとられた。そして、なぜだか自分でもよくわからないが、悲しくなってきた。

「この骨の主《ぬし》は、地主さんの離れの下に這《は》い込んで、そのまんま死んじまったらしい。検視のお役人のお見立てじゃ、病のせいか、飢え死にらしい」

どっちにしろ、一人で床下の暗闇《くらやみ》のなか、弱り切って寂《さび》しく死んでいったんだ――

「大雨が降れば水が流れ込むようなところだから、亡骸《なきがら》は何度もびしょ濡《ぬ》れになったろうし、獣や虫にも食い荒らされたろう。そんで肉が腐って失《な》くなって、着物もぼろぼろになって、骨ばっかりになって土に紛《まぎ》れてたんだ」

誰にも気づかれず、悼《いた》まれることもないままに。

「離れを取り壊すんで、床板を剝がしたとき、大工が見つけたんだよ。そンで、おいらがすっかり掘り出して浄《きよ》めたんだ」

喜多次は片付けの手を止めない。束ねてあった古布をばらして、燃やしやすいように裂き始めた。

「おいらはただの文庫売りだけど、亡くなった親分がお上《かみ》の御用を務めていたからな。親分が手札をいただいていた旦那に頼まれたんじゃ、嫌《いや》とは言えねえ。けど、最初のうちは辛かったよ。臭いし汚いし、なんでおいらがこんなことしなくちゃならねえんだって恨《うら》めしかったし、気持ち悪くて逃げ出したかったよ」

それでも骨を掘り出し、きれいに揃えてゆくうちに、途中で投げ出すことはできないと思った――

「だって、あんまり気の毒だったからさ」

おいらも変な奴だ。なんでこんなところで、こんな野郎《やろう》を相手に、こんなことをしゃべってんだろう。

「拾って集めながら、骨の主に、おいらがあんたの身寄りを見つけてやるよって約束したんだ。できっこねえかもしれないけど、約束は約束だ。きっと果たしてやる。けど、おめえに心当たりがねえっていうんなら、邪魔して悪かったな」

言い切って、回状を懐にしまい直し、北一は釜焚き口から裏庭へ出た。お天道様《てんとさま》は中天にかかっている。まわりが明るくなって、ふっと妙な夢から覚めたような気がした。

――こんな小汚ねえ湯屋、二度と来るもんか。

もう用はねえ。婆さん女中に、蒸かし芋と白湯の礼だけ言って引き揚げよう。

北一は怒っているつもりだったが、心の内はまだ悲しくて、それを一生懸命こらえるために、奥歯を嚙《か》みしめていた。


ひょっこり転がってきただけの手掛かりだから、外れたってしょうがない。当たっていたなら話が上手《うま》すぎたくらいだ。

自分にそう言い聞かせ、北一は、釜焚きの喜多次を頭のなかから追い出した。

「烏天狗の彫りもののある釜焚きはどうだったのかえ」

おかみさんに尋ねられたときも、あれは実《み》になりませんでした、また捜しますと答えただけで、詳しくは説明しなかった。しゃべるのも気が重かったのだ。

薄気味悪くて嫌な野郎だった。はい、それでおしまい。それより商売に励《はげ》まないと、こちとら立派なその日暮らしなのだ。ちょっと運の巡《めぐ》りが悪くなったら、北一だって、喜多次のように垢《あか》だらけの骨と皮に成り下がってしまいかねない。

朱房の文庫の偽《にせ》ものを牽制《けんせい》するために、親分の印を作ってからこっち、商いそのものは順調だ。しかし北一と、文庫屋を継いだ万作・おたまの夫婦との間は、じわじわと険悪《けんあく》になってきていた。とりわけおたまは剝き出しに北一を嫌っていて、

――あのひねこびた親無しは、うちの儲《もう》けをかすめる泥棒だよ。

と、相手を選ばず悪口を吹いていた。

今はまだ万作の方に、千吉親分への憚りや、弟分だった北一への情が残っているから、朱房の文庫を卸してくれる。けれど、もう半年、一年と月日が経《た》ったら、おたまの言い分に負けてしまい、万作は北一を切り捨てようとするかもしれない。

「かもしれないどころじゃなく、それを覚悟して先のことを考えないといけないね」

非情なほどきっぱりとそう言うのは、富勘である。おたまが吹いている北一の悪口を、そろそろ聞き飽きてきた、何とかしなくちゃいけないだろう――と、朝っぱらからわざわざ長屋へやってきて、商い物を別にしたら、土間の棚に茶碗と湯飲みが一つずつ、箸《はし》が一膳、土鍋《どなべ》が一つ、笊《ざる》が一つ、継《つ》ぎ接《は》ぎだらけの夜着《よぎ》が一枚、物干し竿《ざお》が一本、水桶《みずおけ》が一つ、あとは何にもない北一の住処《すみか》を見回しながら、険《けわ》しい顔をして。

「物事には潮時《しおどき》ってもんがある。北さんが親分の文庫を売り続けたい気持ちはわかるが、本当に親分の心を受け継いだ文庫を売りたいのなら、むしろあの夫婦の店とは切れた方がいいと、

あたしは思うよ」

　本気で腹を据えて考えるというなら、いつでも相談に乗ると言われたけれど、北一はまず据える腹に食わせる飯代を稼ぐために朱房の文庫を仕入れねばならないのだ。

「そんなら、おいらが独《ひと》り立ちできるまで、店賃《たなちん》を待ってくれるかい」

「それとこれとは話が別だ」

「ンじゃあ相談も何もねえや！」

「短気は損気《そんき》という言葉をご存じないかねえ」

　北一はほんの一瞬、富勘を面憎《つらにく》いと思ってしまった。

　――偉《えら》そうな顔しやがって、何様だ。

　食うにも住むにも困ってなくって、差配さん差配さんと立てられて、町のいい顔で、けっこうな歳のくせして羽織の紐《ひも》を長くしちゃったりして助平《すけべい》で、お気楽に暮らしてる。北一みたいな貧乏人の気持ちなんかわかるわけがない。

　――たまには痛い目に遭えばいいんだ。

　思ってしまった自分に慌《あわ》てた。頭のなかで思っただけで、口に出さなくてよかった。誰にも聞かれなくってよかった。

　だが、北一は甘かったのだ。

　富勘とそんなやりとりを交わして、喧嘩別れみたいになったその日の夕暮れどき。商いを終えた北一が長屋の木戸をくぐると、近所の連中が井戸端《いどばた》に集まっていて、その輪を離れておきんが駆け寄ってきた。

「北さん、聞いた？」

「何を」

おきんは涙目で、顔色を失っている。

「富勘さんが攫《さら》われちまったんだって」

怪しげな風体《ふうてい》の男たちに、駕籠《かご》に押し込まれて連れ去られた——

「場所は下谷《したや》のどっかだって。それで、その場を見てた人がいてね」

おきんがぶるりと身を震わせると、大粒の涙が転がり落ちた。

「男たちと駕籠がいなくなってから、おっかなびっくりそこへ行ってみたら、血が、いっぱい、飛び散ってたんだって」

四

なんだかんだ言ってもいい差配人だし、みんな世話になっているから普段は気にしないが、実のところ富勘——勘右衛門《かんえもん》さんはけっこうな変わり者である。

まず、歳がはっきりしない。顔や首筋の皺の感じからはとうに五十路《いそじ》は過ぎているだろうけれど、闊達《かったつ》だから若々しく見えるし、いくつですかと訊《たず》ねる相手によって本人の返事が違うというういい加減なところもあって、どうにも曖昧《あいまい》なのだ。

北一みたいな拾われっ子の場合は、

「いくつだい?」

「みっつ」

とかいう本人とのやりとりと、身体の大きさから年齢の見当をつけるしかないので、こういうことも珍しくはない。だが、富勘がそういう不幸な生《お》いたちなのかどうかはわからない。で、これが第二の謎だ。富勘は素性《すじょう》もはっきりしないのである。江戸生まれなのか、他国《よそ》者《もの》なのか。親兄弟姉妹《きょうだい》はいるのか。

さらに不可解なことに、妻子がいるのかどうかも判然としないときている。

どこかの長屋の花見に、「おかみさんらしい小ぎれいな年増《としま》」を連れてきたという話なら、北一も小耳に挟んだことがある。その年増は二番目のおかみさんだという噂も聞いたことがある。赤ん坊を抱いた若い女と連れだって歩いているのを見かけたという店子がいる。その若い女が富勘の娘で、赤ん坊が孫なのかもしれないし、そうではないのかもしれない。富勘は小金持ち(差配人はだいたいそうだ)だから、あちこちの色町でいい顔であるらしく、きれいどころと遊ぶことも多いようだけれど、女を囲っているという噂は立ったことがない。

とどめに、住まいがわからない。

差配人というものは、だいたいは地主から預かっている貸家のうちの一軒に住まうものなので、富勘もたぶん、福富屋が持っているたくさんの家作《かさく》のどこかを住まいにしているのだろう。だが、その「どこか」がわからない。

店賃は差配人の方から取りに来るものだ。だから店子たちはみんな、「外歩きをしている富勘」にはしょっちゅう会っている。何か不始末をしでかして富勘に叱られるときも、その場か、近くの木戸番か番屋か、うんと大事《おおごと》の場合は福富屋に呼び出される。富勘の住まいを知る機会はない。つまり、この江戸には誰かしら「差配人の勘右衛門さんはうちのご近所だよ」と言う人がいるのだろうけれど、そんな人は富勘の世話になっている店子たちや、その近隣《きんりん》にはいないということだ。

これらの事どもを、北一も、これまでは深く気にしたことがなかった。貧乏長屋のその日暮らしの店子の身で、差配さんの暮らしぶりを詮索《せんさく》する必要はなかったし、そうする理由もない。

しかし今回はとくだん、事情が全然違う。富勘は下谷のどこかで拐《かどわ》かされ、その現場には血がいっぱい飛び散っていたというのだ。すぐにでも家族に報《しら》せてやらねばと思うのが当然だし、店子は誰も知らなくたって福富屋は知っているのだろうから、きっと富勘の妻子とか孫とかが現れるだろうと思い込んでいたのに、誰も現れない。ますます謎だった。

沢井の若旦那には、福富屋からご注進がいったらしい。若旦那は押っ取り刀で下谷の現場を見に行って、地元の岡っ引きと話をしたり、富勘が拐かされる前に訪ねていた先も突き止めて、その日の富勘の足取りを調べたりもなさったらしい。らしい、らしいばっかりなのは、北一にはちっともお呼びがかからないので、伝聞でしか知らないからである。

床下の骨を掘り出すような汚れ仕事は押しつけてくるのに、富勘の一大事では蚊帳《かや》の外か。

北一は腹を立てたし、実際それを口に出しておかみさんにこぼしてしまい、かなりの語気で叱られる羽目になった。

「今はそんなことで文句を言ってる場合じゃないよ」

「それはそうですけど……」

「とりあえず北さんにできることがなさそうなら、沢井様のお邪魔にならないように控えておいで」

「でも、おかみさん。これが誰の仕業《しわざ》なのかはわかりきっているんです」

稲田屋の道楽息子の乙次郎に決まっている。仙台堀に面した貸席の一間での大芝居のあと、ふっつりと音沙汰《おとさた》がなく、逆恨みはなしで収まったのかとこちらが油断するのを待って、富勘に意趣返しを図《はか》ったのだ。すぐにも稲田屋に乗り込んでぎゅうぎゅう締め上げてやれば、それだけ早く富勘を助け出すことができるはずである。

「あの大芝居のあと、おかみさんもおっしゃっていたでしょう。ああいう奴にはコバンザメが寄りついてくるって」

乙次郎はそういう悪い仲間とつるんで、こんな大それたことをしでかしたのだ。こっちもぐずぐずしてはいられない。

「確かに、あたしもその筋が怪しいとは思う。富勘さんは、うっかり他人《ひと》の恨みを買うようなお人じゃないからね」

しかし差配人は、事あらば店子を叱ったり、町中の諍《いさか》いに割って入ったりする立場にある。

どこでどんな者と関わり合いになっているか、端《はた》からはうかがい知れぬところもある。

「だから軽々しく決めつけちゃいけない。かえって富勘さんの命を危なくしてしまうかもしれないよ」

いや、おいら一人だって稲田屋に乗り込むつもりでいるのに。

「バカなことをお言いでないよ。十手持ちでもないのに、北さんが乗り込んでどうなるもんか」

そりゃそうだけど、おかみさんにそう突き放されたら、北一だって切《せつ》ない。その気持ちがまるっきり通じていないのも侘《わび》しかった。

「……せめて、ちょっと探りを入れてみたいんですけど」

おかみさんは、閉じた瞼の下で見えない目を瞠《みは》ったみたいだ。

「経緯《いきさつ》からして、乙次郎って男は北さんの顔を知っているんだよね」

「はい。けどおいらはその場にいただけで、名乗ったりしてないです」

「どこの誰なのか、調べようと思ったら造作《ぞうさ》なかろうさ。ともかく、あんたはうろついちゃいけない。稲田屋に近づくなんざ、もってのほかだ」

叱責《しっせき》の声に、おみつも台所から出てきて、おっかない顔をしてみせる。北さん、聞き分けが悪いわよ。

「わかりました。あい済みません」

悔しくって涙が出てきそうだった。

長屋のみんなも、「亡き千吉親分のいちばん下の子分だった」というだけの北一には、この急場に何も期待していない。

おきんの泣き顔、お秀やおしかの心配顔、普段から世の中のありとあらゆる物事を呪《のろ》って文句を垂《た》れているおたつ婆さんの変わらぬぶつくさ。辰吉《たつきち》や鹿蔵、寅蔵《とらぞう》、太一もみんな重苦しい顔つきはしているが、日銭《ひぜに》稼ぎに出かけてゆき、帰ってきて飯を食って寝るだけだ。無力なことは、みんな同じだ。その「みんな」のなかに入っている自分が、北一は苛立《いらだ》たしくてたまらなかった。

こうして、富勘が攫われてから一日、二日、三日と経った。独《ひと》り相撲《ずもう》を続ける北一は、それどころじゃねえだろ！　という気分ばっかりが走って文庫売りに身が入らず、売れ残りが嵩《かさ》むから万作の店へ仕入れにも行かず、そしたらそれぞれ振り売りに出かけていた鹿蔵と太一から、

「文庫屋のおたまさんが、怠《なま》け者の北さんにはもう文庫を卸さないって騒《さわ》いでるよう」

「ちょっと挨拶してきた方がいいんじゃねえ？」

なんて聞かされて、いよいよげんなりした。

日銭稼ぎに励んできたから、商いが不振でも、手持ちの金で二、三日は食い物にありつけた。けど、もう無理だ。今日は朝のうちに手持ちの分を売り切って、昼前には仕入れに行かないとまずい。仕入れの金まで食ってしまわないうちに働かなくては。

天秤棒を肩に、北永堀町の富勘長屋の木戸をくぐって歩き出す。ぶんこや〜、ぶんこ、しゅ

ぶさのぶんこでございます〜。売り声も、我ながら萎《しお》れて濁《にご》って元気がない。一から十まで面白くない。

やっぱり、稲田屋のある門前仲町まで行ってみようか。振り売りで行くのなら目立つまい。ついでに、八幡様の参拝客に文庫を買ってもらって身軽になれる。バレなきゃ、おかみさんにも叱られないさ。でもバレるかな。おかみさん地獄耳だしな。だいたい、二日も経ってから乗り込んだって遅すぎるかな。いや、様子を見に行くだけだよ、乗り込むわけじゃねえよ。だけど乙次郎がいたら胸《むな》ぐらつかんで怒鳴《どな》りつけて——なんてできっこねえ腰抜けのおいらは、ホントに使いようのねえ駄目な奴なんだ。

重たい足を持ち上げて高橋の方へ歩いていると、橋の手前で、大きな風呂敷包《ふろしきづつ》みを背負った商人とすれ違った。その商人が、釣り針《つばり》に引っかかったみたいにおっとっととよろけながら後ずさりしてきて、いきなり北一の顔を覗き込んだ。

「ごめんなさいよ。文庫売りの北一さんかな？」

北一は小柄で、相手の商人はかなり長身だ。物干し竿を仰いでいるみたいな感じがした。

「へえ、そうですけど」

ああ奇遇《きぐう》だと、風呂敷包みの商人は大いに胸を撫《な》で下ろしたような顔になった。

「私《あたし》は佐賀町《さがちょう》の貸本屋《かしほんや》『村田屋《むらたや》』の治兵衛《じへえ》と申します。日頃、富勘さんにはお世話になっているんですよ。あれからどうしたか気がかりでしょうがないんだが、北一さん、何かご存じゃありませんか」

村田屋治兵衛は、人目に立つ長身に、炭《すみ》と炭団《たどん》を貼《は》りつけたみたいな太い眉毛と大きな目、丁寧な物腰《ものごし》と愛想のいい口調で、富勘とはまた違った意味で歳の見当がつきにくい御仁《ごじん》だった。それでも四十路《よそじ》の半《なか》ばは越えているのだろうが、犬張《いぬは》り子《こ》みたいなまん丸い目玉に愛嬌《あいきょう》がある。

立ち話も何だからと、治兵衛は北一を誘《さそ》い、近くの碁会所の前に出してあった長腰掛けに並んで座った。治兵衛が碁会所に居合わせた人たちに挨拶しているあいだに、北一はふと気がついた。

——ここ、新兵衛さんがよく来てるところじゃないのかな。

治兵衛にとっても商い先の一つであるらしく、碁会所の女中が湯飲みを二つ持ってきてくれた。薄いがあつあつの番茶である。

「福富屋さんの家作は佐賀町にもあるんで、今回の富勘さんの難のことでは、うちの近所でも皆案じているんですよ」

と、治兵衛が切り出した。

「それに私は、間がいいのか悪いのか、富勘さんが攫われたという凶報《きょうほう》が飛び込んできたとき、たまたま福富屋さんにお邪魔しておりまして」

それじゃあ気になって当然だ。

「私らが騒いでどうなることでもないのは重々承知ですが、成り行きを見守るだけというのは、何とも気が揉めます……」

風呂敷包みの中身は本箱だ。貸本屋は、こういう箱に綴《と》じものや本を詰め込んで市中を歩く。治兵衛は今も、福富屋みたいな上得意先へ行くところだったのだろう。仕立てのいい銚《ちょう》子縮《しちぢみ》の着物と羽織。月代《さかやき》はきれいに剃《そ》り上げていてつるつるだ。

こんな品のいい商人のくせに、吹けば飛ぶような振り売りの北一に、丁寧なしゃべり方をする。

「富勘さん、行方《ゆくえ》知れずのままなんです」

それしか知らない自分が情けなく、北一は小さな声で言った。

「捜そうにも、事が起こったのが下谷だから、本所深川方の沢井様じゃ、勝手が違うのかもしれねえですね」

北一の言葉に、治兵衛はちょっとたじろいだふうである。

「いや、捜すと言ったって……」

大きな丸い目玉をきょとりと動かし、まわりを気にすると、声をひそめる。

「あの日の夜中に、福富屋さんに身代金《みのしろきん》を強請《ゆす》る投げ文《ぶみ》があったそうじゃありませんか」

今度は北一の方が目を剝《む》く番だ。そんな話、身代金の「み」の字も聞いてない。

「それ本当ですか。おいらは知りません。長屋でも誰も——えっと北永堀町の」

「富勘長屋ですよね」

治兵衛は大きくうなずき、北一を遮《さえぎ》った。

「以前、あそこの店子だったお武家様が、私のところで写本作りの内職をしていてくださったんで、よく知っておりますよ」

北一はぱっと思い出した。「闇討《やみう》ちだか上意討ちだかで亡くなったっていう？」

「ええ、不幸なことでした」

という割には、治兵衛は淡々《たんたん》としている。

「古橋《ふるはし》様というお若いご浪人でね。筆耕《ひっこう》に優《すぐ》れた方でしたが、謎解きにも長《た》けていて、こじれた揉め事をきれいに収めたことがありました。その古橋様のあとに北一さんが住まったというので、勝手ながら、私は縁のようなものを感じておりました」

どういう縁だというのだ。北一は焦《じ》れた。

「身代金うんぬんの話になっているのなら、嫌でも拐かしの相手とやりとりしてるはずだ」

「ええ、ですから、千吉親分の手下《てか》だった北一さんなら、何かしら成り行きをご存じじゃないかと……」

今の北一には、いちばん言われたくない台詞《せりふ》である。頭に血が上ってしまった。

「あいにくですが、それほどの大事じゃ、おいらみたいな三下《さんした》にはお呼びがかからねえんです。そンでも、ちっとはお手伝いできることがあるかもしれないんで、これから福富屋さんに馳《は》せ参じます！」

どっと言い切って立ち上がり、天秤棒と文庫は置き去りで駆け出して、それに気づいて駆け戻って担《にな》い直し、あたふたと冬木町を目指してゆく。体裁《ていさい》の悪いことこの上なく、治兵衛は唖《あ》然《ぜん》と見守っている。北一は顔から火が出そうだった。

売り物を前後に載《の》せた天秤棒を担《かつ》いでいたら、そう早くは走れない。恥《はじ》と怒りに腹が煮えて、その場に何もかも放り出したくなって、闇雲《やみくも》に大きな声を出したくなって、くそ、くそ、くそといきり立ちながらよろけ走っていると、

「おいおい、北一さん！」

天秤棒の後ろをつかまれて、思いっきり転んでしまった。

「何すんだよ！」

怒鳴り返せば、「植半《うえはん》」の印半纏《しるしばんてん》に腹当て、股引《ももひき》姿の若い男だ。植半？　ああ、福富屋出入りの植木屋じゃねえか。

「いきなりごめんよ。けど、おかみさんにあんたを捕《つか》まえておくれって頼まれたもんだからさ」

植木屋は北一を助け起こしてくれて、道ばたに散らばった文庫を拾い始める。そこへ息せき切っておみつが駆けつけてきた。

「ああ、間に合った。竹《たけ》さん、ありがとう」

はあはあ言いながら植木屋に礼を言い、一転しておっかない顔になって、北一を睨《にら》みつけた。

「北さん、どこ行こうとしてたの？」

カッとなって走っているうちに、北一はおかみさんの住まいを通り過ぎていたらしい。福富

屋の勝手口まで、あと一走りの距離である。

「おいらの勝手だろ！」

「何よその言い草は。いいからおいで！　竹さん、悪いけどそいつを引っ張ってきて」

おかみさんは住まいの縁先《えんさき》まで出てきていて、北一たちが近づくと、軽く膝立ちになった。

「竹さん、手間をかけさせたね。北一、こっちへ来てお座り」

おかみさんは目が見えない分、おそろしく耳がいい。まわりの気配にも敏感だ。

「うちの脇を走ってゆくあんたの足音が聞こえたから、ちょうど居合わせた竹さんに捕まえてもらったんだよ」

植木屋の若い奴は、おかみさんにぺこりとしてその場から消えた。

「そんなにいきり立っているのは、投げ文のことを聞きつけたからなんだろう」

いつもの、おかみさんの千里眼《せんりがん》である。

「誰から聞いたんだえ？　まったく余計《よけい》なことをしてくれたもんだ。沢井様も福富屋さんも、あんたのためを思って伏せておいてくだすったのに」

「だからおかみさんも黙っていらしたのよ」

と、脇からおみつも口を添える。

「北さんを守るために、蚊帳の外に置いておいたの」

そりゃいったいどういう意味なんだ。

「件《くだん》の投げ文には、富勘さんの身代金は三百両、それを文庫売りの北一に持たせて、赤坂《あかさか》の竜土町《りゅうどちょう》にある八幡神社の境内《けいだい》までこいと記してあったんだよ」

翌日の暮れ六ツ（午後六時）と、刻限《こくげん》も切ってあった。

「福富屋さんなら、三百両でも一日で揃えられると踏んでいるのさ」

北一は落ち着いて座ってなどいられない。歯がみしながら地団駄《じだんだ》踏んだ。

「そこまでおかみさんの耳に入ってたんなら、どうしておいらを呼んでくださらなかったんですか！」

名指しされていたのだ。それを受けて立たなくってどうする。

しかし、おみつはがなる。「何度も言わせるんじゃないわよ。あんたに、危ない真似《まね》を、させられないから！　わかった？」

「うるせぇ、危ねえことぐらい承知だ！　それっくらい務《つと》まるわ！」

「うるさいのはあんただよ、北一。おみつを怒鳴るんじゃない。おみつも大声を出すのはやめておくれ。親分がびっくりして、位牌《いはい》がひっくり返っちまう」

おかみさんは縁側に正座した。すべすべの瞼は閉じている。なのに、「見据えられた」ように感じる。

「おいらじゃ頼りねえってことですか」

北一は、自分の言に泣きが入るのを止められない。おいらじゃあてにならねえ、使えねえってことですか。

「誰もそんなことを言っちゃいないよ」

おかみさんの声音《こわね》が優しくなった。

「こうなったらしょうがない、あたしが知っている限りのことは教えてあげるから、逆上《のぼ》せないでおとなしく話をお聞き。いいね？」

おみつが寄ってきて、北一の耳たぶをむんずとつかむと、おかみさんの足元へ引っ張っていって地べたに座らせた。

「洟《はなみず》を拭きなさいよ」

北一は半べそをかいていたのだった。

「富勘さんを拐かし、次にはあんたを呼び出そうとする――」

落ち着いた声音で、おかみさんは続けた。

「身代金を渡したらはいそれまでで、無事に帰ってこられるなんて甘い話であるわけはなし。これは最初に睨んだとおり、あんたと富勘さんに恨みを含んだ稲田屋の道楽息子の仕業と睨んで、もう間違いはなさそうだ」

沢井の若旦那も、それには疑う余地がなかろうと言っているという。ただし、乙次郎一人ではここまでのことはできまい。現に富勘を攫うときには駕籠《かご》かきが二人動いているのだし、三百両なんて大きく出てくるのも、相手が「一味」になっているからだ――

「乙次郎はね、稲田屋さんを勘当されたあと、新しく主人になったばかりの甲一郎さんの考えで、甲一郎さんのお嫁さんの親戚筋《しんせきすじ》の家に預けられたんだそうだ」

田畑《でんぱた》持ちの大きな農家で、青山《あおやま》の西の方に屋敷がある。乙次郎はそこに住み込み、小作人たちにまじって汗水《あせみず》たらして働けと命じられていたそうな。

「稲田屋さんとしては、乙次郎が心を改めて殊勝に働くところを見せたなら、すぐに勘当は解かないまでも、実家のそばに呼び戻してやるおつもりだったらしいけれど、そうは問屋《とんや》が卸さなくって」

預けられて十日も保《も》たず、乙次郎は逃げ出して行方をくらましてしまった。

「ちょうど、北さんが五本松の近くで床下を掘ってるころのことだよ」

あのころの北一は、最初のうちは汚れ仕事が嫌でたまらず、でも慣れてきたらあの古い骨に親しみと哀れみを感じて、一心に打ち込んでいた。乙次郎のことも逆恨みの心配も、けろりと忘れていたっけ。

「農家から逃げ出したあと、乙次郎は一度だけ人を介して稲田屋さんの女中頭に無心して、いくらか工面《くめん》してもらったようだけど、そのままどこかに雲隠れしたっきり、居場所がわからない」

稲田屋の女中頭？　乙次郎の乳母だった、あのなまずみたいな顔の婆《ばばあ》だ。

「その女中頭も、奴の居所《いどころ》は知らないんですか」

「本人はそう言ってるそうだけど」

「なまずみたいなでっかい口で、大事な若旦那のためなら平気で嘘をつくクソ婆ですよ。締め上げてやれば、きっと吐きます！」

腕まくりする勢いの北一を、おみつが睨みつける。おかみさんはゆるゆると首を振る。

「それくらい、とうに沢井様がなさっているさ。だけど何もわからなかったんだ。今度のことは、稲田屋さんにはどうしようもできゃしない。まあ、甲一郎さんもその女中頭も、富勘さんの一件を聞かされたら真《ま》っ青《さお》になっていたそうだけどね」

裕福な菓子屋の倅として生まれ育ち、甘い水のなかを泳ぐことには慣れていても、苦《にが》い水は一滴だって飲んだことのない乙次郎は、泥まみれの小作人たちと一緒に働けと突っ放されて、目の前が真っ暗になったんだろう。確かに、菓子や杯《さかずき》より重いものを持ったことのない道楽息子には、身一つで追い出されるよりも辛い仕打ちだとは、北一も思う。

自棄《やけ》を起こした乙次郎の怒りは、彼を陥《おとし》いれた富勘に向かった。ただ殴ったり傷つけたり、殺すだけでは飽《あ》き足らぬ。ついでに金儲けもしてやろう。そしてひねり出した悪知恵が、手荒な拐かしと身代金の強請《ゆすり》なのだ。

「沢井様は、投げ文があった翌朝早々に、名指しされた竜土町の八幡神社の禰宜《ねぎ》さんと相談して、境内に高札《こうさつ》を立てたんだよ」

文面は簡《かん》にして要《よう》を得ていた。身代金は富勘の身柄《みがら》と引き換えだ。ぴんぴんしている富勘の姿を確かめなければ、福富屋はびた一文《もん》払わん。そう心得《こころえ》ろ。

「そうして暮れ六ツまで、御番所の捕《と》り方《かた》を潜《ひそ》ませて、高札を見に寄ってくる者どもを見張《みは》っていらしたんだ」

あいにくなのか、それも拐かし一味の企《くわだ》てのうちなのかわからないが、その八幡神社には立派な藤棚《ふじだな》がいくつもあり、近隣では藤見の名所として知られているので、この季節は見物の

人々で大層賑《にぎ》わう。境内に入り込む者を片《かた》っ端《ぱし》から捕まえて問い質《ただ》すこともできず、怪しいふるまいが目につく者もいなくて、

「結局、刻限を過ぎたところで引き揚げるしかなかったんだけれど……」

すると今度はその翌日の昼前に、小さい男の子が、両国橋《りょうごくばし》のたもとで「いなせな男の人」に駄賃《だちん》をもらって言付《ことづ》かったと、福富屋に文《ふみ》を届けに来た。

「その二回目の文には、取引は破れた、勘右衛門の首を斬って届けてやるから覚悟しておけと、脅《おど》しつけるような言葉が、ひらがなばっかりの不器用な手跡《しゅせき》で記してあったそうだ」

北一は背筋が寒くなった。言わんこっちゃない、素直に言うとおりにしておかないから、拐かしの一味を捕まえる機会も、富勘を助けるための手掛かりも失ってしまったのだ。

「北一、また口を尖《とが》らせておいでだろう」

おかみさんはすべすべの瞼を震わせ、口元だけでかすかに苦笑する。

「だけど、これでいいんだよ」

「どこがいいんですよ。台なしじゃありませんか」

「だってこの文には大した意味がないもの」

拐かしの一味が本当に取引をやめる気でいるなら、わざわざそんなことを報せてくるはずはない。腹立ちまぎれに、福富屋と沢井の若旦那をぎゃふんと言わせてやりたいなら、文で脅すだけでなく、本当に富勘の首を包んで届けさせれば済むことだ。

おかみさん、恐ろしいことを言う。

「拐かしの一味は、金欲しさに、きっとまたなんやかんや言ってくる。今はそれを待っているところなのさ」

「それはおかみさんのお考えですか」

「沢井様のお考えであり、福富屋さんもあたしもそう思っている」

富勘の命をかたに、あっさり三百両をせしめた上に、運び役の北一も痛い目に遭わせてやれると思っていたのに、目算《もくさん》が狂い、今は一味も焦《あせ》っているはずだ、と。

「そもそも、あんな投げ文ひとつで事がつるつる運ぶと思うところが浅はかだよ。おつむりの巡りの悪い連中だ。仲間割れして、ぼろを出してくれるといいんだけどねえ」

「富勘さん、攫われてすぐに殺されちまっているのかもしれませんよ」

「どうだろうね。北さんは、あの人を少なく見積もりすぎじゃないかえ」

おかみさんの口元が凛《りん》と引き締まった。

「あの人は手練《てだ》れの差配人だ。口八丁《くちはっちょう》手八丁だからね。攫われて、ただ縮み上がってばかりではなかろうさ。それに、拐かしの一味が本当に凶悪ならば、そもそも最初の投げ文のときに、富勘さんの耳の片っぽとか歯の一本とか、拐かしの証《あかし》になるものを一緒に寄越《よこ》しているだろう」

そこまでのことはしない――いや、できない者どもが、意地汚く金をとろうとあたふたしているだけなんじゃないのか。そういう連中が相手なら、富勘もいいようにやられっぱなしではなく、連中の隙をついて逃げ出すこともかなうのではなかろうか。

「ともあれ、今は辛抱《しんぼう》のしどころさ」

おかみさんの言葉の尻馬に乗るように、おみつが北一を見おろして言う。

「北さんに勝手なことをされたら困るの。わかったでしょ」

何だよ、おいらを危ない目に遭わせたくないというより、そっちの方が重たいのか。

胸の奥がふつふつすると、別の疑問がわいてきた。

「おいら、どうも引っかかるんですけど」

「まだ文句がおありかえ」

「いいえ、文句じゃありません。富勘さんは、下谷くんだりまで何しに出かけていたんでしょう。その出先で攫われたってことは、拐かしの一味は、ずっと富勘さんを尾《つ》けまわしてたんでしょうか。それとも、あの日富勘さんが下谷へ出かけることを知っていて、攫うための駕籠を用意して待ち伏せしてたんでしょうか」

どっちにしたって手配《てくば》りのいいことだ。

「一味の手先が福富屋さんの近くにいるんじゃありませんかね」

北一はもやもやと気分が悪い。

するとおかみさんは、瞼の下で目玉をころりと動かした。びっくりしたらしい。

「北さんは、そういうところは聡《さと》いよねえ」

え？　褒められたのかな。

「富勘さんが下谷へ行ったのは、一昨年《おととし》の春に福富屋さんからあの町の布団屋《ふとんや》へ嫁に行った女中が赤子を産んだからなんだ」

　富勘は、出産祝いに行ったのだ。

「働き者のいい女中だったし、縁談をまとめたのも福富屋さん。親代わりだからね。初産《ういざん》が無事に済んでめでたいって、富勘さんを挨拶に遣《や》ったのさ」

　訪問の日取りは先月のうちに決まっていたし、めでたいことだから、福富屋のなかでも、お店に出入りの者たちのあいだでも話題になっていたという。

　もやもやどころか、北一はぞくりとした。

「それなら、やっぱり福富屋さんの近くにいる誰かが、拐かしの一味に通じていて、富勘さんの動きを連中に報せていたってことになるんじゃありませんか」

　おかみさんはうなずいた。「そうだよ。だから大きな声で言わないでおくれ」

　その内通者は、拐かしの一味に脅されているのかもしれないし、金で買われているのかもしれないし、何らかの理由で富勘に恨みを抱いていて、一味に与《くみ》しているのかもしれない。

「事情はどうあれ、いずれあぶり出さなきゃならないと、沢井様はおっしゃっている。これも急《せ》いては事をし損じるから、北さんは余計な手出しをしちゃいけない。いいね？」

　話のついでだからと、おかみさんは教えてくれた。沢井の若旦那は、万に一つを考えて、暮半のおしんをも厳しく問い質したという。この件で、乙次郎に手を貸してはいないか、何かしら頼まれてはいないかと。

「まさか！」

北一は飛び上がった。

「おしんさんに限ってそんなことがあるわけねえ」

乙次郎にもてあそばれ、バカにされ、襤褸《ぼろ》のように捨てられた女だ。怒りこそあれ、手を貸すなんてありっこない。

「そう決めつけていいだろうか」

おかみさんは思案するふうに首をかしげた。

「今はどうあれ、一時は深い仲になった男と女だよ。乙次郎はおしんのお腹《なか》の子の父親なんだし」

情にほだされ、おしんが動かされないとは限らない。少なくとも、それを頭の隅に置いておかないと危ない、と言った。

「聡い北さんでも、そういう男女の情までは、まだわからなくたって仕方ない。でもね、捕り物の一端にでも関わろうというのなら、人を疑うことを恐れちゃいけない。心を鬼にしても、みんなを疑わなくちゃいけないんだよ」

そういう役目だから、岡っ引きは嫌《きら》われ者になるのさ――

「千吉親分は、北さんの気の優しいところ、弱い者を労《いたわ》って助ける思いやり深いところを褒めていらした。それは北さんの持ち前の性分《しょうぶん》で、けっして捨ててほしくない長所だって」

そんな台詞、生前の親分の口から聞かされたことはない。

「だからあたしも、北さんには、なまじ岡っ引きを気取るよりも、親分の文庫を大事にしてほしいと思っているんだ。万作とおたまよりも、北さんにこそ、朱房の文庫を引き継いでほしい。すぐにはどうにもならないけれど、必ず、あんたにいいように計《はか》らうと約束するからね」

北一は、もう言い返す言葉が見つからなかった。

転んでばらまいてしまい、汚れたりひしゃげたりした文庫は売り物にならない。北一はいったん長屋に帰って荷物を下ろし、空《から》の天秤棒と荷台をしょって、万作とおたまの文庫屋へ足を運んだ。

申し訳ないが、仕入れの金が足りない。売り上げで清算するから貸しにしといてくれと頭を下げる北一に、おたまはここぞとばかりに嫌味をぶつけてきた。言葉の礫《つぶて》を顔に受けながら神妙にしていると、

「それぐらいにしとけ」

万作が割り込んできて、北一に簡単な証文を書かせ、品物を卸してくれた。

「今回限りだからね。こういう図々《ずうずう》しいやり口が、二度も通じると思ってもらっちゃ困るわよ」

甲高《かんだか》い声で言いつのるおたまは、目をぎらぎらさせていた。

おいらの何がそんなに憎《にく》いのか。あそこまで嫌われるほど、おいらはおたまさんに何かしたのか。この謎にも北一は歯が立たない。

悄然《しょうぜん》として、長屋の四畳半でうずくまる。夕飯は抜き、水を飲むのも億劫《おっくう》だった。

貧乏長屋に、高価な油を灯《とも》して夜なべする者はいない。店子たちは早々に寝静まり、いつの間にか北一は、夜の底で一人だけ膝を抱えて起きていた。

ぽつん。

出入口の腰高《こしだか》障子に、何か軽いものがぶつかる音がした。

――雨かな。

今夜は半月のはずだが、夕方から雲がわいてきて、月明かりはおぼろだった。いよいよ降りだしたんだろうか。

ぼんやりしていると、またぽつん。北一は首だけよじって障子戸の方を見やった。

三尺《しゃく》四方の土間の隅に水桶を据え、棚を立ててある。その上には笊《ざる》と茶碗と土鍋が一つ。北一がここに家移《やうつ》りするとき、おかみさんがくだすったものだ。

その棚の、上から二番目の高さの人影が、障子戸に映っている。つまり、北一と同じくらいの小柄な人影である。

北一は目をしばたたいた。

向こうに、それが見えるはずはない。が、北一が気づいたことを察したように、人影は片手を上げ、おいでおいでをした。

と思ったら、手妻《てづま》のようにふいと消えた。

北一は慌てて土間へ下りた。おいら、居眠りしてて寝ぼけてるのかな。

腰高障子に並んで、格子窓《こうしまど》が切ってある。その下に七輪《しちりん》を据えて煮炊《にた》きをするので、障子紙は煤《すす》けてまっ茶色になっており、外がよく見えない。人影はそっちに隠れたのか。

北一は障子戸を開けた。そうっと顔を突き出してみる。綿《わた》を千切《ちぎ》ったような丸い雲がいっぱい浮かんでいて、夜空をまだらに覆《おお》っている。風はなく、夜気《やき》はじっとりと湿気《しけ》っている。長屋の路地《ろじ》には誰もいない。右へ曲がれば木戸へと続き、左に曲がれば共同井戸と厠《かわや》がある。どぶ板がでこぼこと延びている。

ちょっと首を振り、北一は障子戸を閉《し》めた。

おきんに聞いた話では、以前はこの戸の立て付けが悪く、不用意に開《あ》け閉《た》てすると外れて倒れてしまったらしい。

――みっともないから、空《あ》き部屋になったとき、富勘さんが大工さんを呼んで直してもらったの。けっこうな手間賃をとられて、あんなにかかるなら放っておけばよかった、もったいないってこぼしてた。

富勘は、つまらないところでしわい屋なのだ。自分の命の値の三百両を、今はどう思っているだろう。安すぎるか、もったいないか。

土間から四畳半に上がろうと足を持ち上げたとき、さっきまで自分が膝を抱えていたところに、人影がうずくまっていることに気がついた。

北一が驚いて叫ぶとか喚《わめ》くとか騒ぐとかするよりも早く、人影は口の前に指を一本立てた。

静かに。声をたてるな。

北一はごくりと唾《つば》を呑み、声も呑み込んだ。

見慣れた住まいの、薄闇《うすやみ》のなか。

うなじのところで束ねただけの、だらしなく伸ばしっぱなしの髪。痩せこけているので、薄べったい人影。

「お、お、お、おま、おまえ」

「うん」

と、人影は声を出した。

「ちょっと顔を貸してくれ」

埃とゴミの臭いがぷんとする。

こんな奴、めったにいねえ。長命湯の釜焚き、喜多次のほかには。

五

二人で、物干し場の方から外へ出た。

富勘長屋の裏手には細い掘割《ほりわり》が流れている。その縁《ふち》に立つ一本桜の下をくぐり、夜の底を土手に沿って歩いてゆく。

物音をたてぬよう、北一は下駄《げた》を手にぶらさげ、裸足で土を踏んだ。喜多次は革足袋《かわたび》のようなものを履《は》いているらしく、早足になってもまったく足音がしない。

「おいらに何の用なんだ」

あたり一帯で、明かりがついているのは、木戸番と番屋ぐらいだろう。富勘長屋の近くで勝手口に小さな箱看板を灯しているのは、ここらに一軒だけある生薬屋《きぐすりや》か。思いがけない展開に面食《めんく》らって、北一には、夜更《よふ》けの土手道から眺める町並みが、よく知っているはずのそれとは違って見えた。

「二ツ目橋《ふたつめばし》を渡って、向島《むこうじま》の方へ行く」

喜多次は歩みを緩《ゆる》めずに答えた。

「あのへんは田んぼばっかりだけど、小さい溜《た》め池《いけ》のそばの雑木林《ぞうきばやし》に隠れて、掘っ立て小屋に毛が生えたような家が一軒ある」

こいつ、ちゃんとまとまったことをしゃべれるじゃねえか。

「あんたの知り合いの、勘右衛門ていう差配人はそこにいる」

あんまり驚《おどろ》いたので、北一は立ち止まってしまった。

「い、今、ななな何て言った？」

喜多次は先に行ってしまう。その足取りは猫のように素早くしなやかだ。

「富勘さんだよ。怪我はしてたが、命に別状はなさそうだった」

遠ざかりながら、喜多次は勝手に語り続ける。慌てて追いすがる北一は、土手のぬかるみに足をとられてすっ転ぶ。

「ちょ、ちょ、ちょっと待てよ！」

立ち上がろうとしてまた手をつき、はねた泥水が目に入ってしまう。もたもたしていると、喜多次が戻ってきて無造作に腕を取り、引っ張り起こしてくれた。

「しっかりしてくれ。あんた、これから大手柄を立てるんだから」

いったい、こいつは何を言ってるのか。北一はとっさに、喜多次の薄汚れた印半纏《しるしばんてん》の胸ぐらをつかんだ。

「おまえ、扇橋町の長命湯の釜焚きだよな？　おいらが人違いをしてるわけじゃねえよな、ん？」

半月を背負い、喜多次の顔は夜の暗がりのなかに隠れている。白目だけが月よりも白い。いや、こいつの顔は煤で汚れ、昼も夜もなしに真っ黒けなんだっけ。

「あんな場末《ばすえ》の湯屋の釜焚きが、なんだって富勘の行方を知ってるんだ？」

声に出して問いかけて、北一はあっと思いついた。

「もしかしておまえ、拐《かどわ》かしの一味なのか？　はした金をもらって、富勘を攫う手伝いをしたとか」

言い終えて、たちまち後悔した。バカみたいな思いつきだ。喜多次は充分に怪しげでおかしな野郎だが、そんな念の入《い》った偶々《たまたま》があるわけがない。

ところが、北一に胸ぐらをとられたまま、喜多次は瘦せて尖った顎をうなずかせた。

「おれは一味じゃねえが、この拐かしに関わってる奴を知っている」

うちのお客だ、と言った。

うちの客。長命湯の客。

北一は吹き出してしまい、力を入れて喜多次を突き放した。この、猫背《ねこぜ》の痩せっこけ野郎が！

「人をからかうのもたいがいにしろ」

喜多次は一歩下がっただけで、北一の力を受け流した。半月のような白目は、北一を見つめて揺れることもない。

「からかっちゃいねえ。そいつは〈吉松《よしまつ》〉って通り名の遊び人で、一月《ひとつき》のうちの半分はうちの二階で小博打《こばくち》を打ってる奴だよ」

「ああ、そうかいそうかい」

「半月ばかり前、その吉松がうちの二階で、しきりと人を誘ってたんだ」

――儲け話があるんだ。乗らねえかい？

「博打で負けが込んでたり、借金でぴーぴーしてる奴を選んじゃ、声をかけていた」

――なぁに、危ない橋を渡るわけじゃねえ。ちょいとした手間で大儲けできるんだ。

「そんな吉松のしゃべりの合間《あいま》に、何度か福富屋という名が出てきてたんだ」

喜多次は、掃除《そうじ》や片付けに出入りした際に、それを聞きかじっていたのだという。

北一はへらへら笑いを引っ込めた。自分でそうしようと思う前に、笑いはとっくにしぼんでいたのだけれど。

「おまえなんか、一日じゅう釜焚き口にうずくまってるだけじゃねえのか」

「そうはいかねえ。うちは爺さん婆さんばっかりの湯屋なんだから、何でもやる」

拾《ひろ》ってもらった恩もあるしな、と言う。

北一は、そういえばこいつは、客の喧嘩に割って入って殴られたことがあるんだと思い出した。酒が入っている上に、匕首《あいくち》を振り回すような厄介な客だったのに、こいつは逃げなかった。殴る蹴るはされたけれど、そのあとも涼しい顔で働いていた。

「おれは福富屋なんてお店《たな》に覚えはなかったが」

しゅんと鼻を鳴らして、喜多次は続ける。

「吉松みたいな野郎がニヤニヤ笑いながら儲け話だって言うなら、ろくなことじゃねえだろうとは思った。で、うちの客の誰かがその話に釣《つ》られてもおかしかねえ」

湯屋の二階は上品なところではない。庶民の遊び場だ。他の場所ではあり得ないほどごっちゃに、まっとうなお店者《たなもの》や職人と、ごろつきや遊び人、博打うちが入りまじってしまう場所である。

そこへもってきて、長命湯はあのとおりのおんぼろで、耳が遠くて目がかすんでいる湯屋だ。後ろ暗いところのある奴らには居心地《いごこち》がいいから自然と寄り集まるようになり、それで客筋が悪くなると、堅気《かたぎ》の客はさらに足が遠のき、いっそう悪い奴らが溜まるようになる——という次第《しだい》で、さっき北一が思わず口にした「場末」という言葉は、いろいろな意味で的《まと》を射《い》ているのである。

「うちの爺さん婆さんたちに難が降りかかっちゃいけねえから、おれも用心していようと思った。もっとも、押し込みや人殺しをやらかす本物の悪党は、湯屋の二階でぺらぺらしゃべったりしねえから、そこまで案じたわけじゃねえが」

知らん顔を決め込み、だが、その後の吉松の出入りには注意を払っていた、と言う。

北一はぐいと突き刺すように訊《き》いた。

「吉松って遊び人は、ホントにおまえのことは誘わなかったのか。いい儲け話があるってさ」

自分では押し殺した声を出したつもりだが、ただのかすれた囁《ささや》きになった。

「北一さん」

喜多次の声音も佇《たたず》まいも落ち着いている。

「あんた、おれに会ったときどう思った？　こいつは薄らバカだと思ったろう。小汚いでくの坊で、うちの爺さん婆さんたちと同じくらい耳も遠けりゃ目もかすんでるって」

北一はたじろいでしまった。足を動かすと、またぬかるみで滑る。

「そ、そんなことは」

「思ったろ。それでいいんだ。おれはそんなふうにふるまってるんだから。うちの客たちにも、気のいい爺さん婆さんたちにも、牛みたいに働くだけの薄らバカに見えるように」

今は、人が違っているけれど。

「吉松の野郎もたいがいの間抜《まぬ》けだが、わざわざそんな薄らバカを選んで悪だくみを持ちかけるほど甘くはねえよ」

「……わかった」

喜多次は北一の顔を見ている。眼差《まなざ》しを感じて、北一はうつむいた。

「そうやって過ごしていたら、もう三日前になるのかな、深川冬木町、材木問屋の福富屋持ち長屋の差配人・勘右衛門、通称富勘という男が拐かされて行方知れずだっていう回状が番屋から回ってきたもんだから、おれはびっくりしたけど、ははんと膝も打った」

吉松はこの差配人を拐かす計画を立て、そのために人手《ひとで》を募《つの》っていたのか、と。

「大それたことをやらかしたもんだって、吉松を見直したというか、見損《みそこ》なったというか。まあ、そんなのはどっちでもいいや」

親指を立てて肩越しにくいっとやって、喜多次は北一を促《うなが》した。

「先を急ごう。暗いうちにやっつけちまった方が、何かと都合がいい」

やっつける？　何を？　混乱するばかりの北一だが、とにかく喜多次にくっついていかねばならないことだけはわかる。二人は前後になって、また夜の底を進み始めた。

「うちの爺さん婆さんたちは、字もろくに読めねえ。けど回状を放っておくわけにはいかねえから、当番の番人にいちいち読んでもらうんだ。で、拐かしなんてとんでもねえことだ、おっかねえと騒いでさ」

長命湯の爺婆は、福富屋のことも、富勘のことも知らなかった。ただ、正月明けに頓死《とんし》するまではこの深川を仕切っていた、文庫屋の千吉親分のことは覚えていた。

「こんな深川の外れでも、折々に顔を見せては様子を聞いてくれるいい親分だった、鉄砲に中毒《あた》って死ぬなんて残念だった、親分さえ達者《たっしゃ》でいるなら、こんな拐かしなんざあっという間に片付けてくださるのにって、歯のねえ口でふがふがしゃべり合っていたよ」

先を行く喜多次は早口で語りながら歩いて、北一の方は見向きもしない。

「おれも、あんたが焚き口でしゃべってたことを覚えていたから」

北一の方は、あのときあの場で喜多次にどんなことを言ってしまったのか、細かいことは忘れている。ただ、こいつはやっぱり狸寝入りしていやがったんだなと思うだけだ。

「あんたの言ってた『亡くなった親分』が千吉親分なんだろうと思ったし、あんたが住んでるのが富勘長屋なら、勘右衛門さんはあんたの知り合いなのかもしれねえと思った」

喜多次についていこうとすると息が切れる。北一は、はあはあしながら言った。

「おいらは富勘さんの店子《たなこ》だ。うんと世話になってる」

「そうか。当たっててよかった。恩のある差配さんを助け出して、拐かしの一味をお縄にして、あんたは大手柄を立てられる」

さっきもそんなことを言っていた。

「子分のあんたが名を上げりゃ、千吉親分も喜ぶだろう」

「おいらはただの文庫売りだよ。お上の御用なんぞ務めちゃいねえ」

「それでも、親分が手札をいただいていた旦那に顎で使われてるんだろう。だったら、ここでいいところを見せりゃ、晴れて十手持ちになれるんじゃねえのかい」

気がつけば横川《よこかわ》の土手下を歩いて、業平橋《なりひらばし》を渡っていた。喜多次の背中にくっついてきたから、どこをどう通ってきたのか、北一にはまるで覚えがない。ただ木戸や番屋をやり過ごし、上手《じょうず》に闇《やみ》に紛れてきたことは確かだ。まるで夜盗《やとう》や間者《かんじゃ》のように。

――こいつ、何者なんだ。

今さら思っても追いつかない。

「吉松はうちに入り浸《びた》っていたし、分別《ふんべつ》のねえおしゃべりだから、おれには奴の住居《やさ》も、奴が立ち寄りそうな店や女のいるところもだいたいわかってた」

回状を見たあとすぐに、焚き付け集めのふりをしてそのへんを回ってみたけれど、吉松の姿は見当たらなかった。

「確か、拐かしの起こる前の日にうちに顔を出していたけど、それっきりだ。勘右衛門さんを攫ってからは、拐かしの仲間と一緒に、今はどっかに潜んでるんだろう。『儲け話』と言ってたからには、勘右衛門さんの命をかたに、金か宝か何かしらを福富屋から強請《ゆす》り取ろうとしてるに違いねえ。幇間崩《ほうかんくず》れの遊び人のやりそうなことだ」

北一には、喜多次もおかみさんと同類の千里眼のように思えてきた。つい、ぽろりと漏《も》らしてしまった。

「三百両寄越せって投げ文があったんだ」

その後の顛末《てんまつ》をざっと聞かせると、喜多次は初めてくくっと笑った。

「お粗末な計略だね。でも、その八丁堀の旦那はなかなかやるな」

「吉松って奴は、もとは幇間だったのか」

「本人はそう言ってたよ。ご贔屓《ひいき》筋の旦那の情婦《いろ》に手を出して、新吉原《なか》や洲崎《すさき》には足を踏み入れられなくなったとか」

それなら、稲田屋の道楽息子の乙次郎と付き合いがあってもおかしくない。かたや旦那を裏切って追い出され、かたや放蕩が過ぎて勘当をくらった。はみ出し者の組み合わせだ。

「実を言うと、富勘が狙《ねら》われたのは、ただ金のためだけじゃねえんだ」

こうなったらもう、隠しておいたってまどろっこしいだけだ。北一は事の初めの貸席での大芝居から、これまでの経緯《いきさつ》を手早く説明した。気も急《せ》くし息も切れて、ぜいぜいしゃべっているうちに町家の並びが切れ、武家屋敷の大きな影も見当たらなくなって、あたりには田んぼや畑が広がってきた。

「もっとよく気をつけてなきゃいけなかった。油断したのがまずかった」

そのへんのことを思い出すと、北一は腹の底が冷たくなる。意趣返しがあるかもしれないと注意したら、富勘はこう言った。

――だったら、北さんが目を光らせておくれよ。頼りにしている。

なのに、そんなの無理だと、北一は逃げてしまった。

――ンじゃあ、空頼みか。悲しいねえ。

「そんな事情があったなら、ますますあんたの手で一味をお縄にしなくっちゃならねえな」

どうにも、喜多次はそこに拘《こだわ》っている。

「おまえさ、なんでおいらを担ぎ出すんだよ。そンだけご明察の釜焚きさんなら、とっとと番屋に届け出りゃ済むことなのに」

回状の拐かしには、長命湯の常連の吉松という男が絡《から》んでおります、お調べくださいと。

沢井の若旦那のお耳に入れれば、けっこうな手掛かりになったはずだ。

「そうさ」と、喜多次は言う。「けっこうな手掛かりだから、おれはあんたに報せようと思ったんだ」

北一の問いに答えているようでいて、答えていない。

「けど、欲も出てきちまった」

へ？

「欲って何の」

「吉松の居場所を突き止めたいって欲さ。勘右衛門さんが囚《とら》われている場所がわかった方が、あんたの手柄が大きくなるだろ」

一度じゃ足りずに、もういっぺん「へ？」だ。どうして、どこまでもおいらの手柄にしたがるんだよ、この野郎は。

「とはいえ、おれにできることは、さっきも言ったように、奴が現れそうなところをまめに窺《うかが》ってみるぐらいしかねえ」

「汚ねえ荷車を引いてな」

「回状を見てから今日の日暮れ前まで、どこを見て回ってもお茶をひくばっかりだった」

「釜焚きはずるけちゃいねえだろうな」

北一がいちいちまぜっ返しても、喜多次は取り合わない。

「このまんまぐずぐずしてちゃ、富勘さんを無事に取り戻せなくなるかもしれねえ。もう諦めて、やっぱりあんたに報せに行こうと思ってさ」

暮れ七ツ（午後四時）の鐘《かね》を聞きながらいったん長命湯に帰り、荷車と集めた焚き付けを片付けた。出かけるなら爺婆の誰かに断っていかなければならないから、表に回ってみると、「吉松の馴染みの〈提《さ》げ重《じゅう》の女〉が、入口のところでうちの婆さん女中と立ち話してたんだ」

提げ重というのは、酒と肴《さかな》を重箱《じゅうばこ》に詰めて、湯屋の二階のような遊興《ゆうきょう》場所や、博打場なんかへ持っていく仕出しの商いだ。これは女の仕事で、だから売るのは酒肴《しゅこう》だけじゃない。「吉松の馴染み」というのもそういう意味である。

「女が言うには、これから向島の先まで商いに行くんだって」

遠くまで精が出るねと、婆さん女中は提げ重の女にお愛想《あいそ》を言った。女も愛想笑いをして、

――ここんとこ毎日なんで、こちらにはご無沙汰《ぶさた》でごめんなさいね。また寄らせてもらいますから。

「それを聞いて、おっとと思った」

喜多次は「おっと」のところに軽く調子をつけて言った。

「こ、こ、こ、ここんとこ毎日、馴染みのこの女を向島の先まで呼び寄せてるのは、吉松じゃねえのかって」

だから、大きな重箱を提げてしゃなりしゃなりと歩く提げ重の女のあとを尾《つ》けたのだそうだ。

北一は呆《あき》れた。こいつは本物のバカだ。だけど勘と運はいい。ていうか何を考えてんだ？

同じ立場に置かれたら、おいらはどうするだろう？　やっぱり女を尾けるだろうか。陽《ひ》が傾《かたむ》くほどに長く延びてゆくその影を踏まないように気をつけて。

「女は少しも警戒《けいかい》してなかった。猫を追いかけ回す方が骨が折れるくらいだったぜ」

そして、行き着いたのが――

「あそこだ。木立《こだち》のあいだから灯《ともしび》が漏れてるな」

喜多次の指さす先には、田畑の広がるところにぽこんと一つ、お椀《わん》を伏せたような雑木林がうずくまっている。その奥には、確かにうっすらと黄色い明かりがまたたいていた。

雑木林のなかの藪《やぶ》に潜んで、二人はひそひそとやりとりを続けた。

「夕方、おれが様子を窺ったときには、なまっ白《ちろ》い若い男が一人と、女の手前か妙にめかしこんだ吉松と、おつむりの鈍《にぶ》そうな大男が一人いた。そいつの肩には分厚《ぶあつ》い担ぎ胼胝《だこ》があったから、きっと駕籠《かご》かきだ」

富勘を押し込んだ駕籠の担ぎ手の片割れに違いない。

「吉松に誘われて、金欲しさに手伝ったんだろうな。なまっ白い男が、乙次郎っていう菓子屋の道楽息子なんだろうけど、あんたは奴の顔を知ってるのかい？」

「知ってる。向こうもおいらの顔を覚えてると思う」

喜多次の言うとおり、掘っ立て小屋に毛が生えたような荒《あば》ら家の明かりは消えず、物音も人の声もしない。押し開け窓が一つ、棒をつっかえにして開けてあるが、そこから漏れる黄色い光のなかで、誰かが動く気配も見てとれなかった。

「あの灯《ひ》は裸蠟燭《はだかろうそく》だ。小皿も燭台《しょくだい》もなしに、蠟を垂らして立ててた」

ときどき明かりが派手に揺らめくのは、そのせいだろう。北一たちのいる側が風上なので、ゆるい夜風は二人の後ろから来て、藪をかすめて通り過ぎてゆく。

「提げ重の女は、吉松に頼まれてるのか、ひとしきり煮炊きしたり、燗《かん》をつけたりしていたよ。二間《ふたま》に土間がついてるだけの広さのところに、富勘さんの姿は見えなかったが、ばかに大きな長持《ながもち》が一つあって、その上になまっ白い男がずっと寝そべっていた」

「じゃ、そのなかだ」

暗い藪のなかで、喜多次はうなずく。

「うん。女が帰ったらすぐに、なまっ白い男が長持を開けて、五十がらみの男を引っ張り出したよ」

男は手足を縄でくくられ、着物は汚れてよれよれだったし、左目のまわりと口の端《はし》を腫《は》らしていた。

「顔はどんなだ？」

「顎が長くてしゃくれ気味だった」

富勘だ。

「そんな扱いを受けてても、けろっとしていてさ。なまっ白い男に向かって、ああして毎日通ってくるなんざいい女だ、もう少し駄賃をはずんでやってもいいんじゃないかって話しかけて」

——人質《ひとじち》のくせに余計なことを言うな。

「なまっ白い男にうるさがられてた」

ますます富勘で間違いない。

「担ぎ絣胝のある大男は、かなりまいっている様子だった。ホントに金をもらえるのか、朝になったら相棒を連れて戻るから、いっぺん帰らせてくれとか、半べそかいてごねていたからな」

一緒にうずくまっていても、北一はどうしても身動きしてしまい、藪がさわりと鳴る。だが喜多次はしゃべりながらも石みたいに身じろぎせず、枯れ葉一枚騒がせない。

「富勘さんは担ぎ絣胝の男の肩を持って、そうだよなあ、長丁場《ながちょうば》になって気の毒だ、私の顔に免《めん》じてこの人をいったん帰してやっておくれ、病《やまい》の女房と乳飲み子《ちのご》がいるんだろなんて言って、またうるさがられていたよ」

——口を閉じてねえと、長持に押し込めとくぞ。

——そりゃ勘弁しておくれ。あんたらは若いからいいが、あたしゃこの歳だ。腰がたまらないんだよ。

「おれは最初《はな》から、なんでこいつら人質を長持に閉じ込めっぱなしにしねえんだろうと訝《いぶか》っていたんだが、その理由《わけ》はすぐと知れた。吉松たちは、人質の勘右衛門さんに、身代金をとるための策をひねらせていたんだ」

富勘もまた親切に、あれこれ考えていたという。筆と紙を与えられ、いい案ができたら文に書く段取りで。

——百両にまで下げて、あんたらが取りに行っちゃどうかね。あたしの命は残金の二百両と引き換えだと言えば、確実に百両はとれる。

——こっちの顔を見られちゃまずい。

——お面をつけていきゃあいいさ。

——あとを尾《つ》けられたら、ここがバレるじゃないか。

——尾けられないように、帰りはくねくね遠回りするんだよ。どっかに絵図はないかい？わかりやすいように線を引いてやろう。

低くしゃべりながら、喜多次は目元だけで笑っていた。

「ああ、この様子なら人質の命が危なくなる気遣いはねえ。そう思ったから、おれはいったん引き揚げて、夜が更けたらあんたを連れてくることにしたってわけだ」

北一はいろいろな意味で呆れたり感嘆《かんたん》したりしていたので、すぐには言葉が出てこなかった。やっぱりおかみさんは見抜いておられたなあと感じ入る。口八丁の富勘、拐《かどわ》かし一味を丸め込んでた。

「連中、今は何をしてるのかな」

「呑んで食って寝てるんだろう。蠟燭がもったいねえな」

そこを気にするのか、こいつは。

「さあ、とっとと踏み込んで、勘右衛門さんを助けて三人をひっくくっちまおう。まるごとあんたの手柄になる」

喜多次はあっさり言う。「冗談《じょうだん》じゃねえ。相手が寝ていようが、三人いるのだ。うち一人は駕籠かきの大男である。北一にはそんな立ち回りのできる腕っ節《ぶし》はない。ここまでお膳立てしてもらっていて、自分が兵六玉《ひょうろくだま》なばっかりに、全てをぶち壊しにするのは嫌だ。

押し開け窓から漏れる黄色い灯《ひ》がきれいだ。最初に見たときより明るく感じる。

「おまえ、ここで見張っててくれよ。おいらは沢井の若旦那に報せてくる」

藪の闇のなかで、喜多次が北一を見た。

「そんな忠義の犬みたいなことをしなくても、今けりをつけられるのに」

「おいらには無理なんだよ」

「おれが助ける。手柄はあんた一人のものでいい」

おれはいなかったことにしてくれ。喜多次はむしろ頼むように言った。

「おれはこれからも、薄らバカの釜焚きだ」

だから、闇に紛れることができる夜のうちにやっつけるとか言っていたのか。

「何でバカのふりをしたがる？　何でおいらに手柄を立てさせようとする？」

「そのへんの話は長くなるから、あとにしよう」

しゃがんでいる足がしびれてきて、北一は藪を鳴らしてしまう。

「駄目だ。おいら一人じゃ、まずどうやってここを突き止めたのかってことさえ説明できねえ」

　初めて、喜多次が焦《じ》れたように溜息を吐いた。

「そんなの造作もねえ。さっき言ったろ。うちの湯には、千吉親分がときどき顔を出してくれてたんだ。うちみたいな湯屋には半端な悪い奴らが寄りつくし、そういう奴らの言うことややることに気をつけてれば、今度みたいに、いざって時に役に立つからだ」

　いい岡っ引きとはそういうものだ。平穏《へいおん》なときから悪さをしそうな奴らに目をつけておいて、何かしら事が起きたらそいつらをあたってゆく。

「だから、親分が死んだあとはあんたが同じことをやっていて、吉松のことを嗅《か》ぎつけたんだって言えば話は通るだろ。あんたが一人で吉松のあとを尾けて、ここにたどり着いたんだって。で、早く富勘さんを助けたかったから、そのまんま一人で乗り込んだ。それで万事丸く収まるさ」

　無理だ。そんな作り話では沢井の若旦那は納得《なっとく》しまい。仮に若旦那は騙《だま》せても、おかみさんには通用しない。

　北一は、小屋の窓の奥の黄色い灯に目をやった。明るさが増したように見える。気のせいだろうか。

「おいらにはそんな腕も頭もねえ。誰も信用してくれねえ」

「手柄は要《い》らねえのか」

「嘘は駄目だ。保《も》たねえよ。うちのおかみさんは千里眼だし」

「親分のおかみさんか。あんた、今はおかみさんに仕えてるのか?」

「おまえには関わりねえ。とにかく、おいらには無理なんだ」

喜多次は口をすぼめると、ひょっとこみたいな顔をした。藪を透《す》かして、うっすらとだがその表情が見える。それくらい東の空は明るくなっている。まだ夜明けじゃねえよな?

「あんた、欲がねえんだな」

「腰抜けなんだ。おいらのまわりの人たちにも、ところてんより頼りねえってバレてるから、そんな嘘は通用しな——」

北一の言を断ち切って、喜多次が藪を分けて立ち上がった。

「っと、こいつはしまった」

その身体を、場違いに明るい光が照らし出す。それで、何が起きているのか、北一も気づいた。

小屋のなかに灯がともっているのではなく、火が燃えている。

裸蠟燭は危ないんだよ。ちょっと倒したら、すぐこうなるんだから。

「火事だ!」

風上にいたし、やりとりに夢中で煙の臭いに気づくのが遅れた。それでも、気づいてからの動きは迅速《じんそく》だった。いや、北一ではなく喜多次に限っての話だが。

「あんたはここにいろ。おれが富勘さんを連れ出す」

言うが早いか、北一がまばたきする間に藪から飛び出して、蛇みたいにするりと小屋のなかに忍び込んだ。喜多次の姿が小屋のなかに消えると同時に、乙次郎か吉松か、誰かが「おい、火だ、燃えてるぞちくしょう！」とか喚きだし、その一声だけでぴたりと静かになった。

十《とお》数えるぐらいのあいだに、小屋のなかで「かたん」「とん」「ぱん」という音が三度した。掛《か》け値《ね》なしにその三度だけ。そして喜多次が富勘を肩に担いで外へ出てきた。

富勘はまだ手足をくくられたまま、今は手ぬぐいですっぽり顔を包まれ、ぐったりと喜多次にもたれかかっている。

「ここから離れて、暗がりに隠れてろ」

喜多次は富勘を北一の肩に移すと、小屋のなかへ戻っていった。火の手は広がり、押し開け窓から炎《ほのお》の舌がちろちろと覗く。今度は二十数えるあいだぐらいかかって、喜多次が一人で戻ってきた。

「なんだよ、離れろって言ったろ」

「だっておまえが」

「早くこっちへ」

二人で富勘を担ぎ、雑木林を抜け出して、その身体をあぜ道に寝かせた。北一が富勘の縄を解《ほど》こうとすると、

「ちょっと待て。あんた、本当に手柄は要らねえのか」

今までいちばん厳しい口調で、喜多次が問いかけてきた。

「要らねえ」

すると喜多次は一瞬だけ目をつぶり、自分で自分を納得させようとするみたいに、短くうなずいた。

「よし。そんなら縄はそのまんまだ」

言って、富勘の顔から手ぬぐいだけを取り去った。富勘は驚いたみたいに口を半開きに気絶している。

「ちょっと当て身をしただけだから、すぐ目が覚《さ》めるよ」

逃げるぞ——と促され、北一は驚いた。

「富勘さんを置いて？」

「コンだけ燃えてりゃ、おっつけ土地の連中が駆けつけて見つけてくれる。おれたちはその前に消えとかねえと」

「乙次郎たちは？」

「裏の方に引っ張り出しておいた」

顎の先で、喜多次は小屋の反対側の方を指し示した。

「あいつらの上に小屋が焼け落ちてきたら、おあいにくさまだ」

つまり、身動きできないようにしてきたってことだろう。

「殺しちゃいねえ。心配なら見てくるか？」

北一は走って小屋の反対側へ回った。

着物の裾がめくり上がり、臑《すね》が剝き出しの男が二人、鯉《こい》のぼりを並べたみたいに地べたに横たわっていた。派手な歌舞伎模様《かぶきもよう》の着物の方は知らない顔だ。こっちが吉松だろう。もう一人の「なまっ白い」方は、暮半のおしんを泣かせてにやにやしていたあの女たらしの乙次郎で間違いない。こいつは富勘と違って、悪い夢にうなされているかのように顔を歪《ゆが》ませて気を失っていた。

火の手が強まり、屋根にまで炎が達した。北一は慌てて喜多次と富勘のそばに戻った。

「駕籠かきはいなかったのかい？」

「いなかった。この人の取りなしで、いったん家に帰れたんだろう」

喜多次は、土の上で眠る富勘の顔を見おろしてそう言った。

「腹の据わってる漢《おとこ》だね」

「おまえに褒められても困るだろうけど」

まったくだ――と呟《つぶや》いて目を細め、喜多次は腰を上げた。

「行くぞ」

二人でまた前後になって闇に紛れ、いくらも走らないうちに、夜の田んぼのあいだにちらちらと明かりがつき、半鐘《はんしょう》の音が聞こえ始めた。近隣の人々が、火事に気づいて起き出したのだ。

「なあ」

喜多次の背中に、北一は問いかける。行きよりもさらに息が上がり、胸のなかではいろいろな疑問や思案が絡み合っていた。

「なんで火が出たんだろう」

「連中が、裸蠟燭をつけっぱなしにして、ごろ寝なんかするからだ」

「おいらたちのせいじゃねえよな」

喜多次はちらっと北一を振り返った。

「何でそんなふうに思うのかねえ。北一さんのせいのわけがあるか」

ありゃ天罰《てんばつ》だ、と言った。

「おかげで、あんたは作り話や嘘を吹く必要もなくなった。丸く収まったよな」

「……うん」

あとは、二人とも黙って走った。

新辻橋《しんつじばし》を渡って深川に入ると、喜多次はやっと歩を緩め、北一を振り返った。東の空に朝焼けの最初の一刷毛《ひとはけ》が走り、夜の裾が上がり始めている。痩せっぽちで猫背でごみと埃の臭いのする釜焚きは、初めて顔を合わせたときと同じ仏頂面《ぶっちょうづら》をしていた。

「あんたに、礼をしたかったんだ」

出し抜けにそう言った。

「あんたがおれの親父《おやじ》の骨を拾って、きれいに浄めてくれたから」

一晩のうちにびっくりの連続で、とどめのびっくりに、北一はしゃっくりが飛び出した。

「ヒック?」

「五本松のそばの屋敷の床下で死んでたのは、おれの親父なんだよ」

「ひっく?.」

「一緒に出てきた根付けの絵を見たら、すぐわかった。あれはおれの一族の家紋みたいなもんだから」

北一のしゃっくりは止まらない。一族の家紋？　こいつ、家紋なんか持ってる御家《おいえ》のお人なんですか？

しゃべるより先に、しゃっくりが出る。

「けくっ?.」

「前から、親父はどっかで野垂《のた》れ死《じ》にしてると覚悟してたし」

喜多次はちっとも悲しげではなく、深刻そうな口ぶりでもない。

「けど、地主の屋敷で親切に線香をあげてくれてるっていうから、おれは知らん顔しとこうと思った。引き取ったってどうしようもねえからな」

「ひ、ひっく」

「いつか地主が面倒《めんどう》になって、親父の骨を捨てちまってもかまわねえ。しばらく供養《くよう》してもらっただけで充分だ」

北一は喉《のど》をごくりとさせて、どうにかしゃべれそうになったのだが、何からどう言えばいいのか、こんがらがっている。

淡々と、喜多次は続ける。

「あんたにも、地主にも恩がある。おれはろくでもねえ野郎だけど、この恩がどんなにでっかいか、それはわかってる」

だから、おいらに手柄を立てさせようとしてくれたのかと、ようやく呑み込めた。

「何か困ったことがあったら――」

骨張《ほねば》った手を持ち上げて、喜多次は頭の横っちょをがりがり掻《か》きむしった。

「いつでもいい、おれに言ってくれ。恩返しに、必ず一働きしてみせる」

小汚い頭を掻き掻き言うのは、照れくさいからなのか。

「ただ、頼むから、このことは誰にも言わないでくれ。おれは薄らバカの釜焚きのまんまで、長命湯の爺さん婆さんたちのそばにいたいんだ」

そっちはそっちで、裏庭で行き倒れていた喜多次を拾ってくれた恩人たちなのだから。

そんなふうには見えないし、見せようともしていないけれど、こいつは長命湯の用心棒だったんだ。

まさに烏天狗《からすてんぐ》みたいに強くて身が軽くって、正体《しょうたい》の知れない奴。

北一は声を出した。「富勘を助けてもらっただけで、おいらには充分だ」

めったにないような、面白い一夜だった。

「おまえのことは黙ってる。約束するよ」

遠くの朝焼けが、喜多次の煤だらけで痩せこけた顔を茜色《あかねいろ》に照らしている。

「そんじゃな、北一さん」

言って、喜多次は消えた。もちろん歩いて立ち去ったのだが、音もなく素早くて、北一は最後の最後でまた手妻を見たような気分のまま、一人で取り残されてしまった。

富勘は、その日の昼過ぎに、迎えに行った沢井の若旦那の中間に連れられて帰ってきた。大した怪我もなく、突飛《とっぴ》な経験を積んで、むしろ意気軒昂《けんこう》というふうだった。

吉松と乙次郎は、燃え落ちる小屋の目と鼻の先で気絶しているところを見つけられた。吉松は右膝の、乙次郎は左足首の関節が外れており、自力では歩けない状態だった。

あの「かたん」「とん」という音がしたとき、喜多次がやったのだろう（富勘への当て身は、たぶん「ぱん」だ）。そして二人を小屋の外に引きずり出した。

――人の関節を外して、逃げられねえようにする技《わざ》ってどんなのかな。

北一は、詳《くわ》しく知りたいとは思わない。ぜんぜん、まったく思わない。思い出すのは、気絶しているときの乙次郎の歪んだ顔だ。よっぽど痛かったんだろう。くわばら、くわばら。

「私はどうやって火を逃《のが》れたか覚えてないんだ。ほかに人はいなかったんだから、あの二人が助けてくれたんだろうけど……。しかし、不思議なこともあったもんだ」

首をひねる富勘に、北一もみんなと一緒になって不思議がっておいた。

「富勘さん、毘沙門天《びしゃもんてん》様のお守りを持っていたのがよかったんだわ」

というのはおみつの説である。

吉松と乙次郎が白状したので、駕籠かきの二人もほどなくお縄になった。どっちも乙次郎の博打仲間で、かなりの借金をこしらえていた。担ぎ胼胝の男には確かに病身の女房と乳飲み子がおり、切実に金に困っていて、乙次郎に誘われるまま、拐かしの企《たくら》みに一枚嚙んでしまったようだ。

あの小屋は近くの地主の持ち物だが、だいぶ昔から空《あ》き家《や》になっていた。駕籠かきの一人が向島生まれだったので、知っていたのだろう。お化《ば》けが出るという噂もあるそうだ。

「私を助けてくれたのは、そのお化け様かもしれないね」

と、富勘は上機嫌《じょうきげん》で納得している。

富勘の動きを乙次郎たちに報せていた内通者がいたのかいなかったのか、いたとするなら誰なのか、結局はっきりしなかった。ただ、富勘が無事に戻ってきた明くる日に、福富屋に雇われている川並《かわなみ》（木場に浮かぶ材木を筏《いかだ》に縛《しば》る職人）が一人、身一つで逐電《ちくでん》した。そいつも博打好きの借金持ちだったから、まあ、推《お》して知るべしである。

北一は嘘が下手《へた》だ。自分でもよく承知している。だから、この件ではできるだけ口を開かないようにしていた。

「不思議ですよねえ」

「なんにせよ無事でよかった」

「天網恢々疎《てんもうかいかいそ》にして漏らさずってのはこういうことを言うんだよね」

しゃべったのは、せいぜいこれぐらいである。文庫売りの本業に精を出さないと干上《ひあ》がっちまう。万作・おたま夫婦とも、もうちょっとうまくやらないと——と、そっちの方で手一杯だというふりをして（これは笑い事じゃないほど本当だし）、日にちが経ってみんなの興奮が冷めてしまうまでやり過ごすことにした。

おいらがぼろを出さなきゃいいんだ。おかみさんの目だってごまかせる。ごまかそう。ごまかすしかない。

とりあえず今のところは、

――北さん、様子がおかしいね。

なんて質《ただ》されたりしてはいない。大丈夫、うまく蓋をしている。

そう、他の誰とも分かち合うことのできない、北一だけの手強《てごわ》い謎も、一人で胸の底に封じ込めている。

釜焚きの喜多次は何者なのか。

いつか、その正体を知る機会《とき》が巡《めぐ》ってくるかもしれないし、こないかもしれない。そんな機会は要らねえよって気もするし、やっぱり知りたいような気もする。自分でも自分の気持ちがわからない。

ただ、黙っていると約束したから、黙っている。そのくらいなら、おいらみたいなでくの坊にも難しいことじゃない。

第四話

冥《めい》土《ど》の花嫁

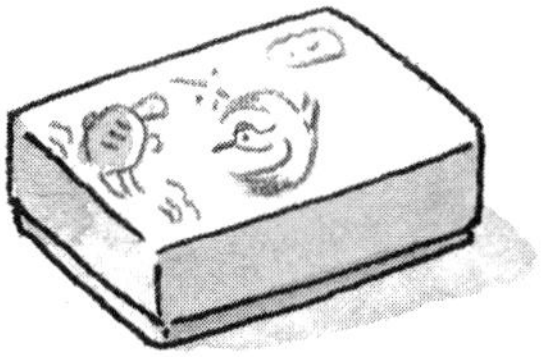

一

江戸の町に雨が降る。

そんなことは一年中いつだってあることだ。ただ、今は梅雨《つゆ》の最中《さなか》である。春と夏にある「〇〇梅雨」とは違う、本物の梅雨だ。梅雨の横綱《よこづな》である。

今年の梅雨は、まだ十六年しか生きていない北一《きたいち》の経験からしても、ずいぶんとしおらしい風情《ふぜい》だった。二、三日も霧のような小雨《こさめ》ばかりが続き、雲の切れ間から薄日《うすび》がさす一日が挟まったかと思うと、また霧雨《きりさめ》に戻る。

店子《たなこ》仲間のお秀《ひで》は、「まるでお通夜《つや》のお妾《めかけ》さんのような梅雨だわねえ」と言う。遠慮して陰でひっそりと泣き、故人の思い出話に笑《え》みを浮かべるときも控えめだから、と。

この言《げん》に、北一の隣に住むおしかが首をかしげた。旦那《だんな》の弔《とむら》いに乗り込んでくるくらいの妾なら、もっと大騒ぎして泣くものだ、と言うのである。

「今年の梅雨の細かい雨は、そういう図々《ずうずう》しい妾に乗り込んでこられた気の毒なおかみさんの涙だよう」

おしかとお秀は母娘《おやこ》ほどに歳《とし》が違うし、どちらも意地っ張りの女ではない。お秀は「そうね、そうかもしれませんね」とすぐに引き下がり、おしかもいつものぼんやりした愛想《あいそ》笑いに戻って、話は済んだ。

おしかは亭主の鹿蔵《しかぞう》と二人暮らしで、鹿蔵は青物《あおもの》を振り売りし、おしかは菜っ葉や根菜《こんさい》を漬《つけ》物《もの》にして売っている。北一と同じその日暮らしの、おとなしい夫婦だ。鹿蔵は口数少なく、おしかも無駄なおしゃべりはしない。だから、お秀の言におしかが自分から異を唱《とな》えたのは、まわりの人びとに珍しいという以上の驚きを与えた。

「あたし、よっぽど嫌味《いやみ》なことを言っちまったのかしら」

言っちまった当人のお秀が、ちょっぴり気に病《や》んだほどだから、そんなことはねえと、北一は取りなした。

「この霧雨がやけに芝居《しばい》がかっておしおと降るもんだから、何かひとこと言ってみたい気分になっただけですよ」

ところが、それから数日後、おしかはまた「富勘長屋《とみかん》」の店子仲間をびっくりさせた。商売ものの漬物に黴《かび》を浮かせてしまったのだ。この時季によく売れる夏大根《なつだいこん》と砂村《すなむら》の胡瓜《きゅうり》の浅漬けだ。

塩が甘かったようだと、おしかのかわりに鹿蔵が言い訳をして、丹念《たんねん》に水洗いした上で、店子仲間に無料《ただ》で配ってくれた。

「醤油《しょうゆ》をたらせば、おかずになるでな」

おしかの漬物には飯屋《めしや》や仕出屋《しだしや》のお得意さんがついているので、一晩で新しいのを作れる浅漬けでも、旬《しゅん》の売り物を切らすのは痛手《いたで》だろう。鹿蔵がちっとも怒らず、おしかもへこたれている様子がないのが、まあ、万事に控えめなこの夫婦らしいといえばそれだけのことだったが。

北一は、何でも小さい土鍋《どなべ》一つで煮炊《にた》きしてしまう一人暮らしだ。お裾分《すそわ》けの浅漬けもそれに容《い》れて、冬木町《ふゆきちょう》のおかみさんの住まいへとぶらぶら歩いた。その日は霧雨が休みの薄日の一日で、夕焼けが西の空に淡《あわ》くかかっている。

北一がもらってきた大根と胡瓜は、酢の物になって夕餉《ゆうげ》の膳《ぜん》に載《の》った。塩を抜き、ぎゅっと絞《しぼ》ってざっくり刻《きざ》んで、梅酢《うめず》で和《あ》えてあるのだという。

「これからの時季は、酢をとると身体《からだ》の疲れがとれるからね」

一人の膳は味気《あじけ》ないからと、おかみさんを上座に、北一と女中のおみつが下座に並んで、一緒に夕餉をとるのがならいである。

「二人とも、今日も一日よく働いたんだろう。たんとおあがり」

おかみさんの言葉に甘えなかったことのない北一である。もりもり飯を食いながら、このお裾分けにあずかった事情を話すと、おかみさんのすべすべの瞼《まぶた》と伏せた睫《まつげ》が、ちょっと震《ふる》えた。これは、目の見える人にとってのまばたきと似たような仕草《しぐさ》で、何かがおかみさんの注意を引いたか、おかみさんが何かに気づいたしるしである。果たせるかな、すぐにこう問いかけてきた。

「おしかさんってお人は、めったにそんなしくじりはしないんだろう？」

「はい。みんなびっくりしてました」

北一は今年の一月に富勘長屋に住みついて、四カ月である。だが他の店子仲間は古い。棒手振《ぼてふ》《り》の倅《せがれ》・太一《たいち》は十四歳、あの長屋の井戸で産湯《うぶゆ》をつかったという。そんな顔ぶれが驚いていたのだから、よっぽど珍しいことだったのだ。

「浅漬けを黴《か》びさせちまう前に、ほかにも何か珍しいことをしなかったかえ」

「……してました」

北一は飯をごくりと呑《の》み込んで、お秀の言におしかが言い返したやりとりを語った。

目の見えないおかみさんは、しかし千里眼《せんりがん》である。物知りで、物覚えもいい。この四カ月、何度か驚かされてきた北一だが、さてこれはどうなるのだろう。

しゃりしゃりといい音をさせて、おかみさんは胡瓜の酢の物を嚙《か》んだ。そしていったん箸《はし》を置くと、箱膳の右上の角《すみ》に置いてある麦湯《むぎゆ》の湯飲みを手で探り、取り上げた。

おかみさんの食事の膳は、女中のおみつが調《ととの》える。たいそうな工夫《くふう》は要《い》らない。魚は骨をとってほぐし、煮物は食べやすいように一口の大きさに切る。タレや醬油をつけるものは、その小皿《こざら》や小鉢《こばち》の位置を、手を添えて先に知らせておく。あとはおかみさんが自分でなさる。

「あたしも噂《うわさ》を小耳《こみみ》に挟んだだけで、確かな話じゃない。それと、噂の出どころは富勘さんじゃなくて、風に舞う塵《ちり》みたいにどっかから飛んできた切れっ端《ぱし》だから、そう承知しておくれよ」

前置きして、おかみさんは続けた。

「あのおしかさんという人は、いい家《うち》の生まれのようだ。大きな商家の娘さんでね。ただ、あの人のおとっつぁんが道楽で身代《しんだい》を損《そこ》ねて早や死にしたもんだから、おっかさんを抱《かか》えて苦労したらしい」

おしかは、花嫁修業のお稽古《けいこ》で、唄《うた》も踊りも三味線《しゃみせん》も、ひととおり心得ているらしい。

「ご亭主と添って、今の暮らしに落ち着くまでにどんなことがあったのか、詳《くわ》しいことはわからないけれど」

この季節のじめつく雨に、何か辛《つら》い思い出があるのかもしれないね、と言った。

「あるいは、旦那の弔いに乗り込んできて泣き喚《わめ》くいけ図々しい妾に、苦《にが》い思いをさせられたことがあるとか」

だから忍《しの》び雨に心が乱れ、らしくもなくお秀に言い返したり、商《あきな》い物に黴を浮かせてしまった――

おみつがちらりと北一の顔を見てから、言った。

「人は見た目じゃわかりませんね」

「そうだね。どんなお人がどんな苦労をしたり、どんな栄耀栄華《えいようえいが》を知っているのか、外側からはわからないものさ」

一緒に膳を囲んでいても、おみつはいつも、おかみさんが食べ終えるまでは自分の分に箸をつけない。おかみさんが食休みでくつろぎ始めると、手妻《てづま》みたいに見事な早さで平《たい》らげて、けろりとするのだ。

「北さん、おかわりは」

「あ、いただきます」

おみつがすいと手を伸ばし、北一の飯茶碗を受け取った。おかみさんのお好みなので、この家では夕餉に飯を炊き、朝餉《あさげ》では残り飯を湯漬けにしたり、雑炊《ぞうすい》にする。おひつに移された炊きたての飯には、甘い湯気がまだからんでいて、いくらでも食べられる。

「人の昔はわからない。詮索《せんさく》していいものでもないしね」

おかみさんはまた箸を取り、鰺《あじ》の干物《ひもの》のほぐしたのをつまんだ。北一はおかわりの飯を頬張《ほおば》る。

おしかの意外な昔を知ったばかりなのに、北一の頭には、別の人物の顔が浮かんでいた。しなびかけた冬瓜《とうがん》のようなしもぶくれのおしかの顔ではなく、痩《や》せこけて垢《あか》じみて薄汚《うすぎたな》く、ぼうぼうと伸ばした髪をうなじのところで一つにくくって、ぶっきらぼうな口をきく、「長命湯《ちょうめいゆ》」の釜焚《かまた》きの顔である。

人の昔はわからない。

北一に迷子の孤児だった過去があるように、あいつ――釜焚きの喜多次《きたじ》にも、あいつの歳の分の過去があるに決まっている。あいつの昔はどんなんだろう。

風のように速く動き、大の男を三人、さしたる物音もたてずに昏倒《こんとう》させてしまったあの身のこなし。よくまわる頭に、ぶっとい肝《きも》っ玉《たま》。

——五本松《ごほんまつ》のそばの屋敷の床下《ゆかした》で死んでたのは、おれの親父《おやじ》なんだよ。

夜の闇《やみ》の底で、そう言っていた。

——一緒に出てきた根付けの絵を見たら、すぐわかった。あれはおれの一族の家紋みたいなもんだから。

一族なんて言い回しも、家紋も、その日暮らしの文庫《ぶんこ》売りや湯屋《ゆや》の釜焚きには縁のないものだ。そう、あいつも自分と同じような身の上に決まっていると、北一は思い込んでいたのだが、まるっきり違うらしい。

喜多次は何者なんだろう。あいつの言うことを真《ま》に受けていいのだろうか。あれからこっち、何度となく考えてきたけれど、確かな答えはつかめないままだ。

親父の骨が世話になったから、おいらに恩を返したいと言っていた。長命湯の爺《じい》さん婆《ばあ》さんたちのそばにいたいから、自分はただの薄汚い釜焚きでいい、そっとしておいてくれと言っていた。

あいつが長命湯に拾われた経緯《いきさつ》だって、けっこう謎《なぞ》めいている。

——去年の暮れに、朝早く、うちの裏庭で行き倒れてたんだよ。

水溜《みずた》まりに薄氷《うすごおり》が張るような寒さだったのに、浴衣《ゆかた》一枚、髪はおどろ髪で、裸足《はだし》で凍《こご》えて動けなくなっていたと、湯屋の婆さん女中がふがふが話してくれた。身体に怪我《けが》はなかったが大熱を出していたので、放っておけずに世話してやることになった、と。

喜多次はそれを恩に着て、釜焚きをしながら長命湯の用心棒を務めている。いや、あいつの腕《うで》っ節《ぶし》とおつむりのよさを目《ま》の当たりにした北一だから、あれが用心棒だとわかるのであって、他の誰もそう思ってはいなかろうけれども。

ぼんやり考えていたら、箸が止まっていた。喜多次の顔を思い浮かべているだけでも、おかみさんには見抜かれてしまいそうな気がする。北一は慌《あわ》てて干物をつっついた。

「ねえ、北さん」

おかみさんの声にびくりとする。もう覚《さと》られちまったか。おまえさん、あたしに何か隠し事をしてるだろう――

「ひとつ相談事があるんだけどね」

おかみさんは湯飲みを両の手のひらで包み込み、背中を真《ま》っ直《す》ぐ伸ばして北一に顔を向けている。

「ごちそうさまでした。はい、何でしょう」

膳に手を合わせてぺこりとしてから、北一も座り直した。

「近ごろ、万作《まんさく》夫婦とはうまくいっているのかえ」

北一が振り歩いている〈朱房《しゅぶさ》の文庫〉は、千吉《せんきち》親分の商いを継いだ万作・おたまから卸《おろ》してもらっている品である。万作はともかく、女房のおたまはそれが気にくわない。北一のことを図々しい集《たか》り屋ぐらいに思っているし、世間にもそう吹聴《ふいちょう》して憚《はばか》らない。

北一も我慢《がまん》はしている。一応は親分の一の子分だった万作と争いたくない。だけど、このまま長くあの夫婦と付き合っていく気にはなれないし、ただ我慢していればいいのかという苛立《いらだ》ちも慕《つの》っていた。

「そこそことというくらいですけども」

北一が小声になると、おかみさんは薄い苦笑いを浮かべた。おみつといえば、聞こえないふりをして飯を食っている。

「北さんがいい加減《かげん》であの夫婦と手を切って、一人で文庫売りの商いをしたいというのなら、そうするといい。もちろん、朱房の文庫の名前はそのまんま使ってかまわない。親分も喜びこそすれ、怒ったりなさらないさ」

真っ直ぐに言われて、北一はすぐには返答ができない。

「あんたが我慢を続けているのは、残された子分のあいだで諍《いさか》いをして、親分の顔に泥を塗《ぬ》りたくないからだろう。だけど、もうそんな気遣《きづか》いはなしにしておくれ。あたしの暮らしをおもんぱかる必要もない。親分が残してくださった蓄《たくわ》えで、充分やっていけるからね」

親分が亡くなった直後の話し合いで、商いを継ぐ万作夫婦は、看板料としておかみさんに月ごとに一定の銭《ぜに》を払うという取り決めをした。

確かに、北一のなかには、おかみさんが北一の肩を持つことで万作夫婦とおかしくなり、毎月の看板料が入ってこなくなったらまずい、という思いがあった。万作がそこまで恩知らずとは思いたくないが、金に汚いおたまの存念は知れないからだ。

「そこでだ。要は北さんに商人《あきんど》としての才があるかどうかってことになってくる」

「へ？」

情けない声が出た。

「万作のところから卸してもらわなくても、北さん一人の裁量《さいりょう》で文庫をこしらえ、売ることができるかどうか」

文庫を作る職人――というほど大げさでなくても、材料の紙を仕入れるところと、作る技《わざ》と、朱房の文庫の意匠《いしょう》に必要な絵を描ける人を、自前で調達できるかどうか。

「頭で考えているだけじゃ、いつまで経《た》っても今のまんまだろう。いっぺん、思い切ってやってみないかえ」

飯を食い終えたおみつが、膳を下げてそっと場を離れる。おかみさんと二人きりで向き合って、北一は話の続きを伺《うかが》った。

これは、千吉親分と懇意《こんい》にしていた深川佐賀町《ふかがわさがちょう》の味噌問屋《みそどんや》「いわい屋」から持ち込まれた相談なのだという。

「いわい屋の跡取りの万太郎《まんたろう》さんが、嫁を迎えることになったそうでね」

ついては、今年の両国《りょうごく》川開きに花火船を仕立て、両家の親族と得意先の料理屋を招いて、お祝いをするのだという。

「花火船で祝言《しゅうげん》を挙《あ》げるんですか?」

川開きの花火を見物しながら酒肴《しゅこう》を味わう祝言となると、贅沢《ぜいたく》だが変わったやり方である。頭の固い年寄りの親戚筋《しんせきすじ》には、眉《まゆ》をひそめる向きもありそうだ。

「万太郎さんは再縁なのさ。後添《のちぞ》いなのに、先《せん》のときと同じ格式の祝言を挙げるのは憚られる」

万太郎は三十八歳。先妻とは十八のときに夫婦になり、一年ほどで赤子《あかご》を授《さず》かったのだが、運悪くこの子が流れてしまい、先妻も命を失ってしまった。

悲しみにうちひしがれた万太郎は、その後はずっと独《ひと》り身を通していたのだが、このたび、ようやく再縁することになった。後添いになる人は本所《ほんじょ》の蠟燭屋《ろうそくや》の長女で、歳は二十三。年増《としま》なのは、早世《そうせい》した母親に代わって家事を仕切っていたからだそうだ。昨年、跡取りの弟が嫁をもらい、ようやく自分の身の振り方を考えられるようになったので、万太郎との縁談を受けたのだとか。

こういう花嫁花婿《はなむこ》なので、むしろ花火見物の方が主で、祝いの宴《うたげ》はそのついでというわけである。

「だから内々で、お得意さんも招くのは二軒だけ。そのうちの一軒が仲人《なこうど》役を務めるんだそうだよ」

顔ぶれは、いわい屋の主人夫婦、花嫁の父親と弟夫婦、料理屋の主人夫婦が二組に、花婿・万太郎の叔父《おじ》夫婦。都合十一人に新郎新婦で十三名だ。

「いわい屋のおかみさんが、引き出物に朱房の文庫をご所望《しょもう》なんだ」

おかみは、当然のことだが、万作・おたまの文庫屋に話を持ちかけた。祝言の引き出物だから、文庫につけてほしい意匠は決まっている。いわい屋の屋号とお嫁さんの実家の屋号に、めでたい鶴亀《つるかめ》の絵柄をあしらう。記念にいわい屋の主人夫婦も一つほしいし、新夫婦にも与えてやりたい。だから数は七個になる。

この注文を受けて、おたまはえらくふっかけた。

「たった七つの文庫のために手間隙《てまひま》かかるし、この意匠では流用もできない。きりよく十両はずんでくれと」

言うに事欠いて、「ご祝儀《しゅうぎ》だと思ってくださいよ」とほざいたそうな。

「むしろこっちから、このたびはおめでとうございます、ご祝儀にいくらか値引きさせていただきますぐらいのことを言うもんじゃありませんかね」

北一が言うと、おかみさんは嬉《うれ》しそうに歯を見せて笑った。

「だろう？　こっちがそういうふうに出れば、いわい屋さんが喜んで、代金のほかにいくらか包んでくれて、結局は得になる。商いというのはそういうもんだとあたしも思うんだけど、おたまの考えは違うようだね」

いわい屋のおかみは呆《あき》れかえり、主人も機嫌《きげん》を損ねてしまって、この話はなしになった。で、腹が煮えたまんまのおかみが、

「こんなことを言いつけるのも何だけどと、あたしに知らせてくれたんだ」

今日の昼間のことだという。

「あたしは冷汗《ひやあせ》をかいて謝《あやま》ったよ。それで、ちっと時をくださいとお願いしたのさ。すぐさま、この話を北さんに振ってみようと思ったからね」

北一もじんわり汗をかいてきた。

七個ぐらいなら、見よう見まねで自分で作ることもできる――とは思う。だが祝言の引き出物だ。ちっとでも不具合があってはいけない。意匠に悩む必要はないが、北一には絵が描けない。一個一個手描きせず、切り貼りするにしても、もとの絵はどうしたって必要だ。記念の品物だから、子どもの落書きのような絵ではいけない。

しかも、ぐずぐずしている暇はない。両国川開きまで、あと半月を切っている。

「いわい屋さんには、三日の猶予《ゆうよ》をいただいておいた」と、おかみさんは言った。

「三日のあいだに、できるかできないか、北さん、やってみておくれ。それともこの場で断るかえ。それならそう返事をするけれど」

こいつは試練だ。しかし好機だ。

「三日いただきます」

気がついたら、へろへろ声でそう言っていた。あてなんかまるでないのに。

だが、やるしかない。この数カ月、腹の底に文句《もんく》を溜《た》めつつ、このままではいけないと思いながらも、万作・おたまに頼り切っていたツケを清算するときだ。

「おいらに任せてみようと思ってくださって、ありがとうございます」

手をついて頭を下げているので、顔には血が上る。

「しっかりおやり」

おかみさんは微笑《ほほえ》む。おみつもいつの間にか戻っていて、

「おたまさんの鼻を明かしてやってよ」と、焚《た》きつけるようなことを言う。

「北さんがこの注文をこなせたなら、朱房の文庫の証《あかし》になる印《いん》は、あたしがこしらえてあげよう。万作にもおたまにも、文句は言わせないよ」

この七つの文庫は、正真正銘、富勘長屋の北一の〈朱房の文庫〉の旗揚げになるのである。

二

猶予は三日間。引き出物にできる立派な文庫を七つ、都合できるか。

懸命に考えるうちに、北一は、まるっきりあてがないわけでもないと思いついた。実際にあたってみたら、こっちの勝手な恃《たの》みに終わってしまうかもしれないけれど、たぐってみてもいい糸があることはある。

千吉親分が亡くなったあと、万作夫婦が継いだ文庫屋から、住み込みの職人でいちばんの古株だった末三《すえぞう》という爺さんがお暇《ひま》をもらった。情けないが寄る年波で目がかすみ、指も震える、これ以上はお役に立てねえから――と、親分の四十九日が過ぎるとすぐに出ていったのだ。もっと達者《たっしゃ》だったころから、末三じいさんは耳が遠かった。

「うへえ、朝は冷えるねえ」

「わしはもう朝飯を食った」

「この物差し、ちょっと借りていいかい」

「物干し場には用はねえよ」

という調子で、愉快に話が嚙み合わないことがしょっちゅうあった。お店《たな》の連中はそれを面《めん》倒《どう》くさがって、爺さんのことを、作業部屋の隅《すみ》に座っているお地蔵様みたいに扱っていた。

でも、北一は返事がなかろうがやりとりがとんちんかんになろうがよく話しかけたし、一緒に湯屋に行って爺さんの背中を流した。みそっかすの北一とお地蔵様の爺さんは、何となくうまが合うような気がしたのだ。

末三じいさんがお暇をもらうと言い出したとき、北一は驚くよりも心配した。

「だって、今さらどこに行くのさ」

これも「どこにぃ、行く、の、さあ！」と一語一語大声で問いかけねばならなかったのだが、すると爺さんはにっこり笑った。

「娘夫婦のところだよ」

爺さんには娘がいて、亭主と二人で団扇屋《うちわや》を営《いとな》んでいるのだという。お店は田原町《たわらまち》三丁目にあり、だいぶ前から、おとっつぁん、そろそろ隠居してこっちへおいでなさい、あたしらに親孝行をさせてくださいと言われているのだという。

「親分がのうなってしもては、わしも張り合いがなくなったしなあ」

末三じいさんは、耳が遠くなる前からそもそも寡黙《かもく》な人だったらしく、お店の誰も爺さんの身の上話を聞いたことはない。北一も、娘のことなんか全然知らなかった。

だいぶ前からって――それらしい誰かが爺さんを訪ねてきたことがあったっけ？　おいらが気づいてなかっただけか。兄《あに》さんたちも、爺さんのことなんか気にしてなかったんだろうし。

北一は二度びっくりで、そのびっくりには、ちょっぴり羨《うらや》ましさもまじっていた。

――おいらと同じ、独りぼっちだとばっかり思ってたのに。

嫌《いや》な考えだ。自分で自分が恥《は》ずかしい。それを打ち消すためにも、いっそう大きな声で言った。

「そ、それじゃあ一も二もねえ、四《し》の五《ご》もねえよな。よかったなあ。きっと親分も喜んでいなさるよ」

爺さんが文庫屋を去る日には、田原町から当の娘が、小僧《こぞう》を連れて迎えにやってきた。北一はまた、そのときその場まで、頭のどこかで、

――爺さんの話、ホントなのかな。

と思っていた自分の心根《こころね》の卑《いや》しさに、口のなかが苦くなった。

いかにも働き者らしいきびきびした娘（といってもいい年増だけれど）は、北一なんかにも

「おとっつぁんがお世話になりました」と頭を下げてくれた。そして、文庫屋のご主人とおかみさんにもご挨拶《あいさつ》したいと言ったが、末三じいさんは首を横に振った。

「わしによくしてくれたんは、この北一さんだけじゃ。親分へのお別れは済んでるで、もうええ」

小僧が爺さんのちっぽけな風呂敷包《ふろしきづつ》みを背負い、娘が爺さんと連れだっていくのを、北一は新大橋《しんおおはし》のたもとまで見送った。

「うちは『丸屋《まるや》』と申します。まん丸の団扇の掛け看板を出していますから、お近くに来るこ

とがあったら、ぜひ寄ってくださいましい。おとっつぁんも喜びます」

爺さんの娘はそう言って、また深々と北一に頭を下げてくれた。

あのときの言葉に甘えよう。

材料を持ち込んでいって、末三じいさんに教えてもらいながら、北一が文庫をこしらえる。見よう見まねを抜け出して、この際、爺さんにしっかり仕込んでもらえれば、あとあとのためにもなる。

思い立ったが吉日《きちじつ》で、明くる日、北一はすぐに田原町を訪ねてみた。丸屋は行灯建て《あんどんだ》（粗末な造りの家）のこぢんまりした表店《おもてだな》で、末三じいさんはのんびりと店番をしていた。爺さんの傍《かたわ》らでは大きな笊《ざる》にすっぽり入った赤子がばぶばぶしており、娘夫婦は奥の板の間で団扇作りに励んでいる。

「おお、北さんが来た」

末三じいさんは喜んで迎えてくれた。

笊の赤子はほっぺたの赤い女の子で、爺さんにとっては三人目の孫だという。丸屋は娘夫婦と女中と小僧が一人ずつという所帯で、竹を切って割《さ》いたり曲げたりする作業と、それに紙を張って乾《かわ》かす作業と、乾かしたものの上に絵や文字を描いてきれいに仕上げる作業を分担している。手が回りきらない分は内職に出しているという。

そうだ、団扇も絵がついている物だ。そっちは教えてもらってすぐ覚えられるものではないが、とりあえず入用《いりよう》な引き出物用は、ここに頼んで描いてもらえるかもしれない。そんな胸算《むなざん》用《よう》をしながらしばらく見物させてもらってから、北一は用件を切り出した。

図々しいのは百も承知だから、頭《ず》を低くしてお願いするわけだが、相変わらず爺さんの耳が遠いので、どうしたって声が大きくなる。そのうちに娘夫婦も手を止めて寄ってきて、一緒に話を聞いてくれた。

「北さんが独り立ちするのは、うんとええことじゃ」

末三じいさんは、確かに指が震えている。座ってしゃべっていてもわかるほどだ。目も澄んではいるが涙目《なみだめ》で、今日も陽《ひ》ざしが眩《まぶ》しいような天気ではないのに、しょっちゅうしぱしぱまばたきしていた。

だが、頭はしゃっきりしている。

「わしは先からそう思っとった。万作のお店は、ちっともいい評判を聞かんからの。もう親分の文庫屋とは違うわい」

口には出さずとも、爺さんの腹のなかにも、代替わりした文庫屋に対していろいろ思うところがあったのだろう。

「わしはこのとおり指が利《き》かなくなってきとるが、教えるぐらいならなんぼでもできるよ」

娘夫婦もうんうんとうなずいている。丸屋の亭主は看板の団扇と同じような丸顔で、見事な福耳《ふくみみ》の持ち主だった。

「いつでもおいでなさい。うちでよけりゃ、場所はお貸しします」

「ありがてえ。恩に着ます」

だが、肝心要《かなめ》である絵のこととなると、亭主は首をひねった。

「立派な引き出物になるような絵は、うちの手には余ります。ここはやっぱり、本職の絵師に頼んだ方がよござんす」

せめて下絵だけでも本職に描いてもらわないと、恰好《かっこう》がつかないと言う。

「団扇につける絵柄は決まりきったものなんで、手前もちゃんと習ったわけじゃありませんからなあ」

「そうですか……」

「どのみち、北一さんの今後の商いのためにも、ちゃんとした絵師と繋《つな》がりを持っていた方がいいわけですしね」

すると、末三じいさんが歯の抜けた口をもごもごさせて言った。

「絵師のことなら、〈富勘〉さんに訊《き》いてみたらええ。あの人は顔が広かろう」

やっぱりそうなるよなあ。

「紙の仕入れ先は、うちが頼んでいる問屋を紹介しましょう。糊《のり》の作り方もお教えしますよ。絵師さえ伝手《つて》がつけば、あとは何とかなるということだ。北一さん、しっかり気張っておくんなさい」

丸屋夫婦が親切にしてくれるのは、北一と末三じいさんとのささやかな縁のおかげだけでなく、爺さんがはっきりと、万作・おたまの文庫屋にいい顔をしていないからだろう。むしろそっちの理由の方が大きいくらいじゃなかろうか。

それに励《はげ》まされるような、いい気味だというような、だけど亡くなった親分には申し訳ないような、上がったり下がったりする気分を噛みしめて、北一は田原町を後にした。

長い羽織《はおり》の紐《ひも》をぶらぶらさせて、糸の切れた凧《たこ》みたいにあちこちふらふらしている富勘が、こういうときに限ってつかまらない。その日は振り売りしているだけで終わってしまった。

翌朝、長屋を出る前に、店子仲間に昨日は富勘を見かけなかったかと尋《たず》ねてみた。するとお秀が、

「富勘さんなら、『福富屋《ふくとみや》』さんの用事で、二、三日留守《るす》にするって聞いてるけど」

「え！　どこに行ったんだろう」

「あたしらに教えると、お土産《みやげ》をねだられるから内緒《ないしょ》だって言ってた」

じゃあ物見遊山《ものみゆさん》なのか。まったく間の悪い差配《さはい》さんだよ。このあいだ命を助けてやった恩を忘れやがって——と思ってしまい、北一は慌ててその考えを打ち消した。富勘を助けたのは北一ではなく、喜多次だ。北一はそばにいてあわあわしていただけである。

さあ、困った。今日と明日の二日間で絵師のあてが見つからなかったら、せっかくおかみさんがいわい屋からもらってくださった猶予が無駄になってしまう。

朝のうちは曇り空だったのが、昼前になって雲が切れ、夏を思わせる陽ざしが降り注《そそ》ぐようになった。久々にお天道様《てんとさま》を拝んで、道行く人びとはせいせいとした顔をしている。

それさえも面憎《つらにく》いようで、北一は一人で嫌な汗をかく。

ともかくも、今日の日銭《ひぜに》を稼《かせ》がねばならない。天秤棒《てんびんぼう》を担《かつ》いで、仙台堀《せんだいぼり》を渡って歩いてゆく

と、道の片側に連《つら》なっている武家屋敷の土塀《どべい》の瓦《かわら》の上に、巻物《まきもの》や書物を広げて干してあるのが目に入った。虫干しだ。大川《おおかわ》の東側にあるのは下《しも》屋敷か抱え屋敷だから、こんな大雑把《おおざっぱ》なこともできるのである。

そのとき、北一は閃《ひらめ》いた。

書物。

富勘行方《ゆくえ》知れずの騒動のとき、高橋《たかばし》の碁会所《ごかいしょ》のそばで声をかけてきた、「村田屋《むらたや》」の主人。物干し竿《ざお》みたいなのっぽで、太い眉毛《まゆげ》と犬張り子《いぬはりこ》のようなまん丸目玉の男だった。

村田屋は、佐賀町にある貸本屋だと言っていた。貸本の草紙《そうし》や合巻本《ごうかんぼん》には絵がついている。本が傷《いた》めば新しい写しを作るのもあの商いのうちなのだから、村田屋なら絵師と付き合いがあって不思議はない。雇《やと》ってさえいるかもしれない。

「絵師」と、村田屋治兵衛《じへえ》は言った。

帳場《ちょうば》に座っていると、のっぽなのは目立たない。眉の太さと目玉の大きさは、北一の覚えていたとおりだった。ついでに言うなら顎《あご》も長い。

「絵師」と、もういっぺん言った。

貸本屋というのは埃《ほこり》っぽいところだとばかり思い込んでいたのだが、村田屋は掃除が行き届いており、薄暗くて静かだった。お客の姿は見当たらない。貸本屋は店商いではなく出《で》商いなのだ。そういえば、初めて出会ったときの治兵衛も、大きな荷を背負っていた。

「絵師ねえ」

三度目は、なぜか嚙みしめるように言った。

北一は心配になってきた。おいら、まずいことを言ったのかな。まさか、貸本屋にとって絵師は不倶戴天《ふぐたいてん》の敵だとか？

治兵衛が勧《すす》めてくれた円座《わろうだ》の上で、北一はもじもじと尻《しり》を動かした。

「あのぉ……何かいけませんか」

おずおずと尋ねる北一の前で、治兵衛は長々と嘆息《たんそく》した。

「苦労しているんですよ」

「はあ」

「お高くて」

「へ？」

「写本作りでそっくり写すだけならば、そこそこの腕前の人でも用は足りるんです。しかしうちは、他店《よそ》のどこでも借りられる有名どころの読み物だけじゃなく、世に知られぬ逸品《いっぴん》を掘り出すのを売りにしておりますからね」

そういう読み物には、パッと目を惹《ひ》く挿絵《さしえ》がついていることが肝心なのだという。

「それほどの絵をつけられる才と技のある絵師となると、お高いんですよ」

焼き海苔《のり》を切って貼《は》りつけたみたいな眉毛を下げて、治兵衛はまた溜息《ためいき》を吐《つ》いた。

「北一さんは、千吉親分の朱房の文庫を受け継いでいるんでしょう。あの評判の絵をつけている絵師に、なんぞあったんですか。それで代わりを探していると？」

「いえ、そういうわけじゃねえんです」

北一はバツが悪くなって頭を掻《か》いた。

「親分の文庫が、どこのどんな絵師に絵をつけてもらっていたのか、おいらは知りません。ただの振り売りなんで――いや、ただの振り売りだったから」

治兵衛がまん丸い目で北一の顔を見る。

「だった。これからは違うんですか」

「はい。あっちから卸してもらわずに、自分で商いをしたいと思っているんです」

治兵衛があんまり目を瞠《みは》るので、目玉がつるりと落っこちるのではないかと思った。

「それはようございました」

何だよ、褒《ほ》めてくれるのか。

「しかし、本物の絵師を雇うのは難しいと思いますよ。文庫の商いは、一つ一つのあがりが少ないでしょう。絵師の言うなりに金を払ったら、北一さんの儲《もう》けが残りやしません」

だったら、そこそこの腕の絵師でもかまわないのだと、北一は言いそうになった。それを封じるように、長い顎の先をちょっと持ち上げ、口元をへの字にして治兵衛は続けた。

「千吉親分は、その人柄と人望で、いい絵師を抱えることができていたんですよ。その繋がりが今はどうなっているのか、御足《おあし》のことで、跡を継いだ万作さんと絵師が揉《も》めているのかどうか、私も存じませんけどね」

存じませんという割には、逆のことをほのめかすような口調《くちょう》である。北一は（あれ？）と思った。万作・おたまの店も、文庫作りが親分のころのようには滑《なめ》らかにいかなくなってたりするのかな。

北一の考えを読んだように、治兵衛はゆるゆるとうなずいた。

「いい評判を聞きませんしね」

末三じいさんと同じことを言う。

「この際、北一さんが独り立ちするのはけっこうなことです。あなたみたいな若い人が、いつまでも泥船《どろぶね》に乗っていることはない」

泥船。そこまで言うのか。

「世間の噂の大半はあてになりませんが、こと、あるお店の商いが傾いているという噂だけは、当たっていることの方が多いんです。聞き流しちゃいけません」

北一は胸がざわざわした。親分の残したお店が傾いている――

「千吉親分のお名前を守るためにも、ここはいちばん、北一さんの踏ん張りどころです」

治兵衛はそう言って、懐手《ふところで》をした。

「けれども、この村田屋ではお役に立てません。そもそも値《ね》の高い絵師では北一さんの方で話にならない。まずまずのお人でも、うちが周旋《しゅうせん》したなら、必ずそれが噂になって、揉め事に繋がります」

またぞろ、北一は（あれ？）と思った。この人、万作・おたまと揉めるのが嫌なのか。この懐手は説教の仕草でなく、くわばらくわばらと身を守っているだけか。

はたして、治兵衛はひそひそ声で言った。

「私はおたまさんが苦手でして」

北一は笑い出しそうになり、慌てて嚙み殺した。

「あの人が得意な人はいませんよ」

「やっぱりねえ」

治兵衛は小さく笑い、何だかひどく悔《くや》しそうに、くしゃくしゃな顔をした。

「ああ、笙《しょう》さんがいたらなあ。きっと喜んで北一さんに手を貸したでしょうし、いい文庫を作るために、いろいろ知恵を絞ってくれたでしょう」

しょうさん？　誰のことだっけな。

「とにもかくにも、申し訳ありません。私が申し上げられるのは、気の利いた絵心《えごころ》のあるお武家様を探して、内職を頼むのがいちばんだということですよ。扶持米《ふちまい》だけでは暮らしの立たない御家人《ごけにん》でもいいし、もちろん浪人でもいいでしょう」

という助言はもらったものの、それで丸め込まれた感じで、北一は村田屋から追い出されてしまった。

北一の身近で、挨拶を交《か》わすくらいの間柄にある侍《さむらい》は二人だけである。一人は長屋の近所にある手習所《てならいじょ》の師匠《ししょう》で、もう一人は猿江《さるえ》の〈欅《けやき》屋敷〉の用人《ようにん》である青海新兵衛《おうみしんべえ》だ。

欅屋敷というのは北一が勝手にそう呼んでいるだけで、本当は小普請組支配組頭《こぶしんぐみくみがしら》・椿山勝元《つばきやまかつもと》様の別邸である。椿山家は旗本だから身分がずいぶん上だけれど、新兵衛なら、暮らしに困っている下役の御家人で絵心のある人に心当たりがあるかもしれない。

先にあたるならばそっちだと、北一は欅屋敷に向かった。新兵衛は襷《たすき》で袖《そで》をくくり、袴《はかま》の股立《ももだ》ちをとって、しゃがんで庭の草取りをしていた。こういう姿を見ると、用人というのは武士よりも奉公人《ほうこうにん》の方により近い感じがする。

「おお、しばらくぶりだな」

北一の顔を見ると、新兵衛は立ち上がり、う～んと空を仰《あお》いで腰を伸ばした。

「毎日、飽《あ》きもせずによう降ったものだ。北さんも商い物が湿気《しけ》て困《こう》じたのではないか」

欅屋敷の主人である若様はお出かけで、お女中であり新兵衛の上役でもある瀬戸《せと》殿もそのお供《とも》をしているそうだ。気楽な留守番の新兵衛は、北一を勝手口から屋敷のなかに招《しょう》じ入れてくれた。

思うところがあるから、北一は台所の土間《どま》に膝《ひざ》を揃《そろ》えて座った。

「青海様、おいら、今日はお願い事があって参りました」

両肌脱《もろはだぬ》ぎになって汗を拭《ふ》いていた新兵衛は、「おあ？」と、変な声を出して止まった。

「おいおい、いかがいたした」

実は――と切り出して、北一は最初のところからくまなく打ち明けた。新兵衛は上《あ》がり框《かまち》に腰かけ、手ぬぐいを首にかけて、神妙なんだか磊落《らいらく》なんだかわからないふうで北一のしゃべるのを聞いていたが、村田屋の溜息と絵師は高いから云々《うんぬん》のあたりでにやにやし始め、今日明日のうちに絵心があって高くはない手間賃《てまちん》で朱房の文庫作りに手を貸してくれそうな（北一にとって都合のいい）お方に渡りをつけなければならないのだ――というあたりまで話がいくと、

「あっはっは」

はじけるように笑い出した。

北一はちょっと傷ついた。「笑い事じゃねえんです」

「済まぬ、済まぬ」

手をあげて、新兵衛は宥《なだ》めるような仕草をした。

「北さん、大当たりを当てたぞ」

その件、この青海新兵衛が助太刀《すけだち》いたす。

「末三という爺さんのところへ、私も北さんと共に参ろう。文庫作りのいろはを習えば、私も作り手になれる上に、人を雇うときには教える側になることもできる」

何を言ってるんだ、このお方は。

「青海様が職人の真似事《まねごと》をなさるんで？」

「それがしは何でも屋だ」

両手を膝に、背中を伸ばして恰好をつける。

「北さんには、いつでも助っ人になると約束しておるしな」

こういう意味じゃなかったと思う。

「青海様さえよろしいなら、おいらは助かりますけれど」

難題は絵師の方なのである。

「青海様、絵心は――」

「ない」

そしてまた、あっはっはと笑う。

「そうがっかりするな。安心せい。そちらはそちらで立派なあてがある」

いつも朗《ほが》らかな新兵衛だが、今その顔には、手放しの喜色《きしょく》が満面に浮かんでいる。

「絵ならば、若に描いていただける。そこらの絵師に負けぬ腕前をお持ちだ」

北一は、まさにキツネにつままれたような気分であった。

三

いわい屋の引き出物の文庫を仕上げるまで、結局のところ、一から十まで青海新兵衛と欅屋敷のお世話になってしまった。

北一がぼんやりと思っていた以上に、新兵衛は物事の段取りが巧《うま》い人だった。「何でも屋」だというのは、けっして触れ込みだけではない。

新兵衛の人柄が大らかで偉《えら》ぶらないから、末三じいさんと丸屋の人びとはたちまち「青海様」に馴染《なじ》み、親しむようになった。手先も器用で（もしかすると北一よりも器用なくらい

で）、文庫作りの要領をさっくりと呑み込んだ。試作をいくつか重ね、習い始めてから四日目で、

「これなら、どこに出しても恥ずかしくねえぞ」

と、末三じいさんが太鼓判《たいこばん》を押してくれる文庫が出来たときには、

「新兵衛さん」

「新様」

なんて呼ばれるようになっていた。

懸案《けんあん》だった絵の方は、北一と新兵衛が文庫を作っているあいだに、いわい屋の注文どおりの意匠の下絵を三種類、欅屋敷の若様が描いてくださった。それを並べて末三じいさんとも相談し、一つに決めると、

「若も、文庫に直描《じかが》きして描《か》き損じては心苦しいとおっしゃっている。今回は切り貼りにしよう」

というわけで、七枚の絵が出来あがるのを待って、末三じいさんの指図《さしず》の下《もと》、北一と新兵衛が慎重に切り貼りの作業をした。仕上げに金箔《きんぱく》をあしらうのは、末三じいさんがやってくれた。作業のあいだは丸屋の夫婦も傍らにいて、固唾《かたず》を呑んで一部始終《しじゅう》を見守っていた。

「いい絵だなあ」

「意匠も洒落《しゃれ》ていますね」

「新兵衛さんの若様は、絵の修業をなさったことがおありなんですか。素人《しろうと》じゃこんなふうに

描けませんよ」

「これからうちの団扇にも絵を頂戴《ちょうだい》できませんか。下絵を描いていただくだけでもいいんです」

盛り上がること盛り上がること。

「今後のことは、まずは北さんがこの引き出物を無事に納めてから、あらためて相談しよう」

そう言いつつも、新兵衛自身はもう先のことまで考えており、

「近隣の農家で、内職として文庫作りをしてくれそうな者には声をかけてある。爺さん婆さんばっかりだが、目も手先も衰《おとろ》えていない者たちだ。末三が、いっぺんこっちまで出張《でば》って教えてもいいと言ってくれているから、場所は私が算段しておこう」

北一としては、「はあ、そうですか、ありがとうございます」しか言えない。

ここまでに至る流れの中で、北一は足繁《しげ》く欅屋敷に通ったのだが、若様には会えなかった——なんて言い方をしてはいけない。お目通りを許されなかった。瀬戸殿という関所に阻《はば》まれたからである。

これまでの感じでは、新兵衛は瀬戸殿の尻にしかれっぱなしで、日々やり込められたり叱られたり、こき使われているように思えた。実際に本人に会ってみたら、思っていた以上だった。

「青海殿！」

「青海殿？」

「お、う、み、どの」

どんな呼び方をされても、新兵衛はたちまち反応し、

「は、瀬戸殿、ご用でござるか」

「やや、これは瀬戸殿、申し訳ござらん」

「おお、瀬戸殿、かたじけない」

常に低姿勢である。でも、新兵衛がけっして瀬戸殿を嫌《きら》ってはいないことは、北一にも何となくわかった。

瀬戸殿は、有《あ》り体《てい》に申し上げるなら梅干しみたいな婆様である。しわくちゃで干《ひ》からびていて縮まっている。しかし声は朗々《ろうろう》と響《ひび》き、背筋は物差しが入っているみたいにピンと伸びている。ごま塩の髪は髱《かもじ》をたっぷり入れて御所髷《ごしょまげ》に結《ゆ》いあげ、江戸褄《えどづま》の裾《すそ》を御殿風《ごてんふう》に長く引き摺《ず》って着ていて、所作はあくまでも静かに、いっそ厳粛《げんしゅく》な雰囲気《ふんいき》をまとっている。

「私も一度しか見たことがないのだが、一朝有事《いっちょうゆうじ》の際には、あの出《い》で立ちで、瀬戸殿は恐ろしく速く走るのだ」

新兵衛は大真面目《おおまじめ》にそう言った。

「着物の裾をからげて、やや前かがみになってな。こう、すさささと風を切ってお走りになる」

ホントかよ。

「その一朝有事は、どんなことだったんですか」

「若がお小さいころ、木馬《もくば》から落ちられてな」

赤坂《あかさか》にある椿山家本邸の奥の間から、乗馬のお稽古用の木馬を据《す》えた庭先まで、当時五歳の若様の泣き声を聞きつけた瀬戸殿が駆けつけてきた。その様は、あたかも鬼神《きじん》が駆けるような眺《なが》めであったそうな。

ホントにホントなのかよ。

——というか、新兵衛さんは若様が小さいころからおそばに仕《つか》えているのか。本邸にもいたことがあるのか。

別邸雇いの用人ではなく、もともと椿山家の家臣なのか。だとしたら、こうして気安く付き合ってきたのは、とても無礼《ぶれい》なことだったのではなかろうか。

今さら気に病《や》んでも間に合わないが、北一は心の底に、恐縮の煮こごりがぷるんと溜《た》まるのを感じるのだった。

——おいら、新兵衛さんの勢いに流されっぱなしになってるけど、いいのかな。

そんな北一は、今までのところ瀬戸殿に名前を覚えてもらえていない。

初めてご挨拶に伺った折には、「下賤《げせん》の者」

二度目は「下郎《げろう》」

三度目はちょっと昇格して「そこの物売り」

四度目以降は「これ、文庫屋」

まあ、それで充分です。

瀬戸殿にしてみれば、北一のような身分の者が若様にお目通りするなど許しがたい無礼である。文庫のための絵を描いていただくのはあくまでも若様の「気散《きさん》じ」であり、商いなんぞのためのやりとりでは断じてない。

「おいらとしては、いい絵を頂戴できるなら、気散じでも気まぐれでも何でもいいんですけど、若様はお嫌じゃないんですよね？　ちっとは楽しんでくださっているんでしょうか」

北一の不安を、新兵衛は笑い飛ばした。

「案じなくても、若はこの内職を気に入っておられるよ」

「や、内職なんて言ったらまずいでしょ」

「うむ、瀬戸殿のお耳に入ったら、私は切腹《せっぷく》ものだな。北さんも成敗《せいばい》されるぞ」

だから重々注意して瀬戸殿の目を盗《ぬす》み、これぞという機会《しお》をとらえて若様に引き会わせてくれると言うのだった。

「若も、千吉親分の朱房の文庫をお気に召しておられた。その跡を継ごうとする北さんの器《うつわ》の程に興味を持っておられる」

器？　親分に比べたら、北一なんか、底が抜けた柄杓《ひしゃく》みたいなものだ。それも厠《かわや》の手水鉢《ちょうずばち》の柄杓である。

「おいらも若様にお礼を申し上げたい気持ちはやまやまですけど、命は一つしかありませんから、くれぐれも無茶しないでください」

「そうだな。我らは大事な商いの仲間になるのだから」

それもまた、ホントに本気にしちゃっていいのかどうか心許《こころもと》ないが、とにもかくにもいわい屋からの注文はこなせた。間に合ったぜ！

出来あがった七つの引き出物をまず冬木町へ持っていって、おかみさんにご披露《ひろう》。

「まあ、なんてきれいなんでしょう！」

おみつが歓声をあげ、文庫の作りをいちいち声に出して、おかみさんに説明する。おかみさんはうなずきながらそれを聞いて、

「よくやったね、北さん」

「ありがとうございます。この先、おいら一人で文庫を作って売る算段も、どうにかこうにかついてきました」

末三じいさんや青海新兵衛の助太刀のことも話すと、何を思ったのか、おかみさんは北一を手招きした。

「ちょっと近くへおいで」

北一はおそるおそる近づいた。

「手を出しなさい」

おかみさんは差し伸べた北一の手を取り、腕をたどって肩から頭の上へと手のひらを移していく。

そして、「いいこ、いいこ」をしてくれた。

「やっと髪が生《は》え揃ったね。もう、毛剃《けぞ》りの稽古台になるなんておやめよ」

北一は涙が出そうになった。

大事な引き出物は、それからいよいよ佐賀町のいわい屋へ。主人夫婦が待ち受けているところに運び込み、

「どうぞ、ご覧ください」

このご披露には、歓声に加えて手もきた。拍手《はくしゅ》してもらえたのだ。

「あんたにお願いしてよかった。千吉親分が元気だったころの、まさに朱房の文庫そのものの出来あがりだよ。ありがとう、ありがとう」

お代をいただき、お役御免《ごめん》になるはずの北一だったが、いわい屋のおかみが浮き浮きとした口調で言い出した。

「北一さん、当日うちの船が出る前に、挨拶においでなさいよ。引き出物を作ってくれたのはこの文庫屋さんだって、わたしが言い広めてあげましょう。川開きの日は、船宿《ふなやど》はどこも大賑《おおにぎ》わいだからね。きっといい宣伝になるでしょうよ」

「おまえ、引き出物をよそのお客に見せる気かい？」

「うちの分なら、いいじゃありませんか。待合《まちあい》に飾《かざ》って自慢しましょう」

北一は、有り難くこの申し出を受けることにした。

いわい屋の祝言のための屋形船《やかたぶね》は、浅草の山谷堀《さんやぼり》の船宿「銀柳《ぎんりゅう》」から出るという。

山谷堀にずらりと並ぶ船宿は、場所柄、普段はもっぱら猪牙《ちょき》で吉原《よしわら》に通う男たちを上客にしている。江戸市中にはお稲荷《いなり》さんと同じくらいの数の船宿があるのに、祝言の宴を、何でわざ

わざ山谷堀から出る船で？　と思わないでもなく話を聞いていたら、銀柳に決まるまでには、地べたを這《は》い回るような苦労があったそうな。

「うちみたいに初めての客が、にわかに思いついて花火船に乗ろうというんだからね。いい場所に停留できる船宿は、常連で満杯だ。皆さん、前の年から手付金《てつけきん》を打って約束しておくんだからね。そこへ割り込むのは、地獄の閻魔《えんま》様にお目こぼしを願うくらいに大変だったよ」

その大変を乗り越えたのは、それほどに、倅の万太郎がようやく後添いを迎えることになったのが嬉しいからだろう。彼の幸せを願うからである。いいおとっつぁんとおっかさんだ。羨ましいな。

――おいらも、自分の文庫屋でちゃんと食えるようになったら。そんだけ稼げるようになったなら。

おかみさんを花火船に乗せてあげたい。夜空を彩《いろど》る花火は見えなくても、音は聞こえる。夏の宵《よい》の大川の水の匂《にお》い、弾《はじ》ける花火の火薬の匂い、船端《ふなばた》を叩《たた》く水の音、見物人の歓声、そういうものを全《すべ》て、おかみさんに味わってもらいたい。

そんなことを思いながら富勘長屋に帰ったからだろう。木戸のところで顔を合わせた太一にからかわれた。

「北さん、何かいいことがあったね」

「え、わかる？」

「泳いでるみたいな歩き方だもん」

そして「あ」という顔をして、

「昼間、貸本屋の村田屋さんが来たよ。北一さんは商いに出てるだろうから、言伝《ことづて》だけしておくれって頼まれたんだ」

――ついでがあったら、うちに寄ってください。ちょっと相談したいことがある。

何だろう。今さら絵師の周旋かな。もう間に合ってますんですけど。

「そうか。ありがとう」

十六年の人生で、こんなにも大川の川開きが待ち遠しいことはなかった。

当日は挨拶に行くのだから、身なりをきちんとしないといけない。幸い、「困ったときの富勘」が今度はすぐにつかまったので、いつぞや貸席で大芝居に立ち会ったときの着物と帯、履《は》き物まで借りることができた。

「まだ口に閂《かんぬき》をしといてほしいんだけど、おいら、自分で商いを始めます」

北一が言うと、富勘は長い顎をつまんで科《しな》をつくり、

「主《ぬし》さん、こりゃまた思わせぶりなことをお言いだが、おかみさんはご存じかえ」

花魁《おいらん》の真似をしながら、にっと笑った。

「ご存じないわけがないな。まあ、気張《きば》ってお働きなさいよ」

雨が降らないといいが。あんまり風が強くなっても困る。空を仰いで気を揉んで、猿江の欅屋敷で新兵衛とこの先の相談をしていても、気もそぞろだった。肝心の振り売りでも浮《うわ》ついていて、おつりを間違えたのはご愛敬《あいきょう》である。

北一の願いが天に届いたのか、はたして、川開きの日は上天気だった。

いわい屋の一行は、暮れの七ツ（午後四時）に銀柳に入る。北一はそれより一足早く船宿に着いて、掛行灯《かけあんどん》の脇に控えていた。山谷堀は花火船に乗ろうという客と、吉原通いの客たちとで混み合い始めて、そこらじゅうから「いらっしゃいませ」「お着きでございま〜す」の声が聞こえてくる。

客たちだけでなく、それぞれの船宿には、出入りの仕出屋や魚屋、酒屋や油屋も入り乱れる。桟橋《さんばし》を渡って運び込まれる酒樽《さかだる》のなかに角樽《つのだる》がまじっているのは、いわい屋のほかにも祝い事で花火船に乗る客がいるからだろう。船宿の小僧が両脇に七輪《しちりん》を抱えてひょこひょこと桟橋を行く。あれで落っこちないんだから、うまいもんだな。

北一はまた、立ったまんま夢を見た。晴れ着を着たおかみさんの手をおみつが引いて、おいらも羽織を着てさ。ずっと世話になってるんだから、富勘も招くか。もちろん新兵衛さんと末三じいさんと丸屋の夫婦も。こうなったら大盤《おおばん》振る舞いだ、長屋のみんなもまるごと花火船に乗せてやっちゃうよ——

誰かに見られているような気がして、ふと我に返った。

行《ゆ》き交《か》う人びと、開《あ》け閉《た》てされる腰高障子《こしだかしょうじ》。川面《かわも》に居並ぶ船の舳先《へさき》がゆるやかに上下する。

水の匂いに潮《しお》の香《か》がかすかに含まれている。

気のせいか——と首を巡《めぐ》らせたとき、向かい側の川縁《かわべり》の柵《さく》のところに佇《たたず》んでいる若い女と目が合った。

おや？　と思うほどに強い眼差《まなざ》し。

女の方からつとその目をそらし、ついでに半身《はんみ》になってこちらに背中を向けた。黒繻子《くろじゆす》の襟《えり》をかけた玉紬《たまつむぎ》。島田髷の飾りには彩紙縮緬《いろがみちりめん》をかけているだけだ。地味《じみ》なふだん着姿だから、これから船宿に入ろうという客ではなかろう。でも、女中でもなさそうだ。足袋《たび》を履《は》き、下駄《げた》ではなく草履《ぞうり》を履いている。

片手に小さな巾着《きんちやく》を提《さ》げており、妙に力を入れてその紐を握りしめている。川端《かわばた》で思い詰めたような顔をしている若い女。身投げを疑っていいところだが、いくらなんでも本日ただ今の山谷堀でそれはない。

――器量よしだな。

ほっそりとして、うなじが白い。その肩が強《こわ》ばって力が入っているように見えるのは、気のせいだろうか。

「おや、文庫屋さん。早いね」

明るく声をかけられて、北一ははっとした。いわい屋の主人夫婦を先頭に、どやどやとひとかたまりの人びとがやってくる。内々とはいえ祝言だから、男たちは羽織を着ているし、女たちは盛装している。

万太郎らしき男とその花嫁になる女は、すぐ見分けがついた。万太郎は背格好《せかつこう》がいわい屋の主人にそっくりだし、目鼻立ちはおかみさんに似ている。その背後で、抑《おさ》えても抑えても溢《あふ》れて済みませんというくらいの笑みを口元に、つつましく目を伏せているのが花嫁だろう。二人

とも、総身《そうみ》が幸せに輝いている。

頭のなかで、北一は挨拶の口上《こうじょう》をおさらいした。花婿は万太郎、花嫁はお夏《なつ》。名前を間違っちゃいかんぞ。いわい屋さんと、お嫁さんの生家は、えっと、屋号は何だっけ。

自分の商いの旗揚げに、精魂《せいこん》込めた七つの文庫のお披露目《ひろめ》だ。おいら、あがってる。富勘がいつも大家《おおや》や商家の旦那衆にそうしているように、足を踏ん張り、両手を膝頭《ひざがしら》の上に、背中は丸めずに身を折って頭を下げる。文庫屋の北一でございます、皆様、本日はおめでとうございます——

「万太郎さん！」

女の甲高《かんだか》い声が、場の賑わいを切り裂《さ》いた。

山谷堀のこの一角だけ、時が止まったようになった。客も商人も船頭も、男も女も老人も子どもも、歩いている者も、荷物を運んでいる者も、笑っている者も、汗を拭《ぬぐ》っている者も、みんながみんな、万太郎に呼びかけた声の主の方に引きつけられる。

それほどに、その声音《こわね》は切羽《せっぱ》詰まっていた。

柵のそばに立っていた、あの若い女だった。片手は巾着の紐を握り、片手は拳《こぶし》にして胸の前にあてている。白い顔の頬《ほお》に血が上り、目がうるんでいる。

草履の片足が、半歩前に出た。若い女がひたと見つめる先には、当の万太郎がいる。

「あたし、お菊《きく》でございます」

くちびるを震わせ、そう続けた。

「あなたの妻のお菊です」

声がうわずり、涙が一滴、頬を伝う。

「ごめんなさい。信じられないでしょうけれど、あたしはお菊なんです」

いわい屋ご一行は唖然《あぜん》として固まっている。北一も、頭を半分だけ下げた姿勢のまんま、若い女を見つめた。

――あなたの妻の、お菊？

二十年前に万太郎と夫婦になり、授かった赤子が流れたときに、一緒に命を失ってしまった先妻は、確かにお菊という名前だ。先日、いわい屋の主人夫婦がそう言っていた。

――万太郎もお菊を忘れたわけじゃない。強《し》いて忘れる必要もない。ただ、新しい幸せをつかんだ方が、きっとお菊も浮かばれる。

――心根《こころね》の優《やさ》しい嫁でした。お菊も、あの世で喜んでくれるでしょう。

北一の覚え間違いじゃない。これはいったい、どういうことだ。

「万太郎さん！」

お菊と名乗る若い女の呼びかけは、懇願《こんがん》のようによじれて、悲痛にかすれる。

「あたし、生まれ変わってきたんです」

もう一度あなたと添うために。

「冥土《めいど》から戻って参りました。どうかお願いです、またあたしと夫婦《めおと》になってください！」

四

「――胡散臭《うさんくさ》い話だね」

長い煙管《キセル》を手にして、冬木町のおかみさんは呟《つぶや》いた。おかみさんが好きな刻《きざ》みは、ほのかに山椒《さんしょう》のような匂いがする。

「へえ、何とも面妖《めんよう》です」

ぺこりとする北一の、左目のまわりにくるりと痣《あざ》ができている。

昨夜の川開きの花火は盛大だった。しかし、いわい屋の一行は船に乗れなかったし、万太郎とお夏の祝言もお流れとなった。もちろん、亡き妻・お菊の生まれ変わりだという女が押しかけてきたせいである。

船宿の前で呼びかけてきたときは一人きりだったが、件《くだん》の女には連れがいた。これが女の実の両親《ふたおや》だというから畏《おそ》れ入る。三人がかりですがりつかれ、万太郎のまことの妻は今でもお菊だ、蘇《よみがえ》ってきたからには復縁するのが筋《すじ》だとわあわあ騒ぎ立てられて、いわい屋一同は混乱するばかり。花嫁のお夏は気丈《きじょう》にしていたけれど、お菊を名乗る女が万太郎に抱きついて離れず、引き離そうとするいわい屋の主人や叔父夫婦と女の両親が取っ組み合いを始めたあたりで、とうとう気を失って倒れてしまった。

唖然としていた北一も、お夏のその血の気《け》の失《う》せた顔を見て、やっと我に返った。取っ組み合いのなかに割って入って、一発くらったおみやげが、左目のまわりの痣だ。大混乱だったから、誰の拳が当たったのかよく覚えていない。

「まったく気にくわない話だ」

おかみさんが怒ると、閉じた瞼《まぶた》の震えが激しくなる。

「物事には順序ってものがある。もしも本当にその女がお菊さんの生まれ変わりだとしても、それをいわい屋さんに打ち明けていろいろ相談するには、これまでいくらだって日にちがあったろう。わざわざ後添いさんと祝言を挙げようってその日に押しかけてくるなんざ、性質《たち》が悪すぎるよ」

「それもおっしゃるとおりですが、あちらさんはいろいろと言い訳を並べてました」

昨日はともかくお夏の身体が心配だったから、花嫁側の親族には早々に引き取ってもらって、残った面々で話し合いを行った。押しかけてきた一家三人を、バカなことをお言いでないよと追い返すだけでは、いわい屋側としても収まらなかったのだ。とりわけ、万太郎は詳しい話を聞きたがった。

話し合いには、花火船の客たちが出払って、空いた銀柳の座敷を一間《ひとま》借り受けたのだが、一同が落ち着くまでのあいだに、北一は女将《おかみ》に頼んで使いを走らせ、富勘に報《しら》せてもらった。長い羽織の紐をぶらぶらさせて富勘が駆けつけてくるころには、泣いたり喚いたりしていた生まれ変わりお菊もどうにか落ち着いて、両親と並んでしょんぼりと頭《こうべ》を垂《た》れていた。

「あい済みません。万太郎さんが後添いをもらって幸せになるならば、あたしが本当はお菊であると名乗らずに黙《だま》っていようと思い決めておりました」

いわい屋が、川開きの日に花火船で華やかに祝言を挙げるという噂は聞いていた。それも万太郎のために喜ぶべきことだと思っていた。しかし、当日になったらどうにも我慢ができない。このまま身を引いてしまったら、後悔が残るだけだと、いてもたってもいられなくなってしまった云々《うんぬん》かんぬん。

「言い訳を聞かされても、おいらは腹が立つだけでしたけど、さすがに富勘さんは老練で、上手《じょうず》に話を聞き出してくれました」

お菊の生まれ変わりだという女は、名をお咲《さき》という。歳は十七。両親は駒形町《こまがたちょう》で小さな飯屋を営み、お咲は自慢の看板娘だそうな。

父親の又吉《またきち》と母親のおかつは上州《じょうしゅう》の小作農家の子で、幼なじみの間柄《あいだがら》だった。物心つくと二人とも出稼ぎで江戸に出てきたが、又吉が下谷《したや》の仕出屋に奉公口を見つけたのをきっかけに、そのまま居着いて所帯を持った。子供は四人生まれたが、無事に育ち上がったのは末娘のお咲一人だけだった。

又吉もおかつもやたらと饒舌《じょうぜつ》で、夫婦して仕出屋で働きづめに働き、今の飯屋を開くまでは苦労に苦労を重ねてきたけれど、そのなかでもお咲を愛《いと》おしみ、宝物のように大事に育ててきたと、しゃべりにしゃべった。

そんな愛娘《まなむすめ》が「どうもおかしい」と気づいたのは、お咲が十二、三のころだという。

「折に触れて、うちのような貧乏所帯では口に入るはずがない食べ物の話や、芝居見物の思い出なんぞを語るようになったんです」

上方《かみがた》から取り寄せてもらった正月の晴れ着のこと、季節ごとに名所を彩る桜や藤の美しさ、手習所の厳しい女師匠《おっしょ》さんにお習字を褒められたことなども語り、さらには、

――教えてもいないし、習ってもいない踊りをきれいに舞ったり、三味線の弾《ひ》き方を知っていたりで。

どれもこれも、又吉とおかつの暮らしには無縁の事柄ばかりだった。

そして、十六になった年の暮れ、ちらちらと舞い散る雪を仰ぎながら、お咲はとうとうこんなことを言い出した。

――おとっつぁん、おっかさん。あたし、本当の名前はお菊というの。あたしのうちは、深川佐賀町の「津野屋《つのや》」といって、菜種油《なたねあぶら》とお醬油を売るお店なの。お隣はいわい屋さんていう味噌問屋でね、あたしはそこの万太郎さんと幼なじみで、万太郎さんのお嫁さんになったんだけど、早くに死んでしまったのよ。

万太郎が恋しい一心で、こうして生まれ変わってきた。自分が本当はお菊であることは、小さいときにはぼんやりとおぼろで思い出せなかったのだけれど、今では日に日にはっきりしてきている。

――万太郎さんとあたしの祝言の日も、こんなふうに小雪が舞っていたの。二月の初めで、庭の紅梅《こうばい》に降りかかる雪がとてもきれいでね、いわい屋のお義父《とう》さんが、こういう雪は吉兆《きっちょう》だって喜んでいらしたわ。

――だけどあたし、お腹《なか》の赤子が流れてしまって、一緒に命を落としてしまったのよ。万太郎さんとは一年ほどしか夫婦《めおと》として暮らせなくって、お別れするのが寂しくて辛くてたまらなかった。

又吉とおかつも、娘の言うことを鵜呑《うの》みにしたわけではない。そのころはようやく今の店を開き、暮らしにもゆとりが出てきていたので、少しばかりの銭と人手《ひとで》を使って、娘の言うことが本当なのか調べてみた。

すると、深川佐賀町には確かにいわい屋という味噌問屋があった。その隣は紙問屋と布団屋《ふとんや》だが、紙問屋の方は昔は菜種油と醤油を売る津野屋という店だった。

「いわい屋には確かに万太郎さんという息子がいて、津野屋の娘さんをもらって夫婦になったのに、一年ほどで死に別れていたということもわかりました」

その後、津野屋は商いをたたんで他所《よそ》に移り、空《あ》いた貸家に紙問屋が入った――

「そのへんまで聞いたところで、いわい屋さん夫婦と万太郎さんが真《ま》っ青《さお》になっちまって」

とりわけ万太郎は取り乱し、両親が止めるのも聞かずに、次から次へとお咲に問いかけた。

隣同士のお店のあいだにあった大きな銀杏《いちょう》の木を覚えているか。二人で銀杏《ぎんなん》を拾って、どこに埋めたか覚えているか。お月見の宵《よい》、必ず二人で近所のお稲荷さんを拝んで、お願いしたことを覚えているか。

「矢継《やつ》ぎ早《ばや》の問いかけに、お咲もぽんぽん答えるんですよ。銀杏を埋めたのは、いわい屋の裏庭の蛙《かえる》の形をした石のそばだった。お稲荷さんには、ゆくゆく二人が夫婦になれますように、子どもは女の子二人と男の子三人ぐらい恵まれますようにと願掛《がんか》けをしたって」

　問われる以上に、お咲の方からももっと言った。万太郎さんの左手の人差し指に切り傷の痕《あと》があるのは、十三のときに小刀《こがたな》をいじっていて深く切ってしまったからだ。自分は女師匠の女の子だけの手習所に通わされたけれど、万太郎さんと同じ手習所に行きたくて、こっそりついていってほかの習子《ならいご》たちにまじっていてこっぴどく叱られたことがある。万太郎さんは柿が好きだけれど食べるとお腹をくだしてしまう。長吉《ちようきち》という手間大工《てまだいく》の倅と仲良しで、その子の住まいの裏長屋に遊びに行って、店子の鋳掛《いか》け屋さんの障子を破ってしまって叱られたことがある。その障子を張り直すときは一緒に手伝いに行って、あたしが鋳掛け屋さんにべっぴんのお嬢ちゃんだと褒められたら、万太郎さんは顔を真っ赤にしていた――

「そこまで聞かされると、万太郎さんは水を浴びたみたいに冷汗だくだくになっちまって」

　この人は本当にお菊の生まれ変わりなのかもしれない、と言い出した。

「鋳掛け屋の障子を破っちまったことは、おとっつぁんにもおっかさんにも内緒にしてたんです。お菊しか知らないことなんだ！」

　お稲荷さんへの願掛けも、

「ふ、ふ、二人だけで、い、い、いつか夫婦になりたいって、可愛《かわい》い子どもに、め、め、恵まれるようにって、誰にも、な、内緒で」

　逆上《のぼ》せてうわずり、涙ぐむ始末だ。その場の人びとはみんな呑まれたみたいになってしまって、言葉が出てこなかった。

「富勘さんも黙ってたのかえ」

「はい。長い顎をひねくり回して」

おかみさんはふふんと笑うと、煙管の頭を長火鉢《ながひばち》の縁《ふち》にぽんとぶつけた。

「それで？　ほかにはどんな話が出てきたんだい」

細かいやりとりなら、赤の他人の北一にはとうてい覚えきれないほどたくさんあった。ただ、傍目《はため》からも、万太郎といわい屋夫婦にとって決定的と思われたのは、お咲が〈みかり様〉という神様にまつわる思い出話を語ったことである。

「みかり様？」

「おいらもよくわからなかったんで、あとで富勘さんに噛《か》み砕《くだ》いて教えてもらったんですけど、屋敷神っていうんですか？　津野屋さんが内々で拝《おが》んでいた守り神なんです」

津野屋はもともと近江《おうみ》の出で、本家は故郷の村では名字帯刀《みようじたいとう》を許された旧家であり、村の鎮守《ちんじゆ》様の禰宜《ねぎ》も務めていた。分家の一つが江戸に出てくるとき、その鎮守様を分祀《ぶんし》していただき、家の守り神として大事に祀《まつ》るようにした。おかげで商いが繁盛《はんじよう》し、お菊と一家は季節ごとに物見遊山に繰《く》り出せるほど裕福な暮らしをしていたわけである。

「みかり様っていうのは、その鎮守の森にある古木《こぼく》がご神体《しんたい》なんだそうです。分祀するには、その古木の根っこのところの土を掘って、小さい瓶《かめ》に詰めて、お札《ふだ》で封《ふう》をする」

津野屋でも、神棚には深川の産土神《うぶすながみ》様のお札や大黒様の木像を祀って拝んでいたが、みかり様のこの小さな瓶に限っては一家の仏壇の扉の奥に祀り、家族だけで直々《じきじき》に世話をして、奉公人たちを近づけないようにしていたらしい。

「だけど、万太郎さんはみかり様の瓶を拝んだことがあるんだっていうんです」

それは万太郎が十二歳、お菊が十一歳の夏のこと。深川一帯で疱瘡《ほうそう》が流行《はや》り、人びとが恐れおののいていたときだった。

「その場には津野屋のおかみさん、お菊さんのおっかさんですね。この人も一緒で、仏壇からみかり様の小さな瓶を取り出して、それを二人のおでこにあててくれたそうです」

――こうしておけば、みかり様の御力《みりき》があんたたちを疱瘡から守ってくださる。

実際、二人はそのとき悪疫《あくえき》を免《まぬか》れた。万太郎はお菊と共にみかり様の御力を畏れ尊《たっと》び、自分の両親にもこのことは口外《こうがい》しなかった。

「二十六年も昔の出来事で、私だって、今ここで言われるまでは忘れていたくらいです」

感極《かんきわ》まって涙を落としながら、万太郎はそう言った。

「お菊を亡くしてからは、昔の楽しい思い出も、胸に浮かんでくれれば辛いだけでした。だから強いて押し殺して、忘れるように努めてきたのに」

みかり様のことを知っており、昨日のことのようにありありと語り得るお咲というこの女は、本当にお菊の生まれ変わりなのだ。それ以外に考えようがない！

「万太郎さんとお咲が手を取りあって泣くもんで、いわい屋のおかみさんも泣いちまってました。旦那さんは蠅《はえ》打ちで顔を撫《な》でられたみたいな顔をしなすってましたけど」

おかみさんは口元を浅くへの字にして、また煙管の頭に刻みを詰め始めた。

ちょっとでも早くおかみさんに昨日の顚末《てんまつ》を報告し、意見を聞きたかったから、本日の振り売りを始める前に、冬木町まで馳《は》せ参じた北一である。おかみさん、普段は昼間は刻みを吸わないって聞いてたのに、よっぽど苛々《いらいら》してるのか。

「済みません。おいらの文庫のお披露目になるはずだったのに、へんてこな騒動に巻き込まれちまって」

梅雨明け十日ぐらいは続けて油照《あぶらで》りになるのが江戸の夏だ。今朝《けさ》も既《すで》に陽ざしは強い。長火鉢の向こう側に座るおかみさんは、顔いっぱいに夏の朝日を受けているのに、何だか暗い顔つきに見える。

「北さんが悪いんじゃない」

声を低くして、おかみさんは言った。

「七つの文庫はどうなったのさ。いわい屋さんが持って帰ったんだろうか」

「はい。それは間違いなく」

お代はきっちりいただいているから、品物はもういわい屋のものだ。持ち帰るために包み直すときは、北一が手伝った。

銀柳の店先であんな騒動が起きてしまったから、待合に飾っておいた分を、他の客たちに見てもらえたかどうかはわからない。揉め事を面白《おもしろ》がって眺めている客もおれば、ああいうのには関《かか》わりたくない、早く船を出してくれと船頭をせき立てる客もいた。居合わせた人びとみんな、ちっぽけな文庫なんかに気をとめるひまはなかったろう。

「もしも万太郎さんとお夏さんの話が破談になれば、引き出物には用がなくなる」

北一が考えたくないことを、おかみさんはずばりと言う。

「そうならなくても、縁起物《えんぎもの》としてはもうケチがついている。いわい屋さんに捨てられちまったら嫌だから、あたしが買い取ろう。千吉親分の名前を出してあたしから頼めば、先様《さきさま》も否《いな》とは言うまいよ。あとでおみつを遣《や》るから、北さん、いわい屋さんにそのように挨拶しておいておくれ」

「でも、それじゃおかみさんに、払わなくていい銭を払わせることになります」

「何を寝ぼけておいでだね。これが払わなくていい銭のわけがない。せっかくの船出の文庫を捨てられちまったら、青海様や末三じいさんたちにも合わせる顔がないじゃないか」

それはおっしゃるとおりなんですが。

「破談になるでしょうか。おかみさんだって、さっき、胡散臭い話だっておっしゃってたじゃないですか」

おかみさんは北一の方に顔を向けると、手にしていた煙管をそっと脇に置いた。

「こういう話をすんなり怪しむことができるのは、あたしらが赤の他人だからさ」

当事者たちは、そうはいかないのだ。

「万太郎さんは、お咲って女の話をすっかり信じているようだね。いわい屋のおかみさんは倅の思うとおりにしてやりたいんだろうし、旦那さんも、何だか怪しい騙《かた》り臭いと思っても、おいそれとは口に出せないんだろう」

騙り臭い、か。

「おかみさんは、人が生まれ変わるなんて本当にあると思いますか」

「そんなこと知るもんか」

わからないよ。ぶっきらぼうに、おかみさんは答えた。

「世間は広いからね。不思議なことがいっぱいあるだろうさ。ひょっとして生まれ変わりもあるかもしれない。だけど、このお咲って女の話が信用できるかどうかってことなら」

おかみさんは、ゆっくりと首を左右に振った。信用できない。

「富勘さんはどう言ってた？」

「騙りだって言ってました」

昨夜の帰り道、くたびれたように首筋をさすりながら、

——また手の込んだ騙りがあったもんだよ。

まあ、これからどっちに転《ころ》ぶのか、あたしらはしばらく様子を見ているしかないから、北さんも軽挙妄動《けいきょもうどう》はいけないよ。

——ケイキョモウドウって何ですか。

——下帯《したおび》を締《し》めずに股引《ももひき》をはいちまうみたいに、慌ててうっかり動き回ることさ。

「さすがは富勘さんだ」

おかみさんは吹き出して、やっと楽しげな声音になった。

「いわい屋さんのあたりは、福富屋さんの地所だろう。二十年近く前のことだと、帳面は残っ

ていないかもしれないが、富勘さんには少し労をとってもらって、津野屋さんの移り先がわかるといいだろうね。お菊さんの両親に会えたら、いちばん話が早いから」

「それは……実の親なら、お咲が本当にお菊さんの生まれ変わりなのか、正しく見抜けるからってことですか？」

「いいや。そうとは限らないさ。だけど、正直な気持ちを聞けるじゃないか」

亡き愛娘が、実の親のもとではなく、縁もゆかりもない赤の他人の夫婦のところへ生まれ変わってきたのをどう思うかと。

「あたしだったら腹が立つね」

おかみさんは巻き舌《じた》で言い切った。

「冗談《じょうだん》じゃないよ。親子の絆《きずな》ってもんをバカにしている」

なるほど、言われてみればそのとおりだ。

「百歩譲《ゆず》って、嫁に出した先のいわい屋さんの縁者に生まれ変わってくるならまだしも、あさっての場所にある飯屋なんてさ」

そういうふうには考えていなかったから、北一は驚いた。

「お菊さんが亡くなったのが十九年前。で、お咲は今十七なんだろ？　なか二年ほど空いてるけれど、これもなぜなんだろうね」

おかみさんの口調に棘《とげ》がまじる。ちくちく、ちくちくと突っつきまくる。

「誰にも内緒にしておいたはずの子ども時代の話を、お咲が知ってるから信用できるって？

その程度でころりと転がされちまうようじゃ、万太郎さんもおめでたいねえ。いわい屋の先が思いやられるよ」

内緒にしようね、ここだけの話だよなんて約束は、大人同士のあいだでだって守られたためしがない。ましてや子どものあいだで、絶対に二人だけの秘密なんてあるものか。

「万太郎さんは、昔の出来事そのものを忘れていたんだろ？　だったら、当時誰かにしゃべったことも忘れてたって不思議じゃない」

そして、昔話というものは、思いのほか掘り出しやすいものなのだ。人は昔を懐《なつ》かしみ、いいことや楽しいことはもちろん、腹の立つ出来事でも、心底《しんそこ》恐ろしかったという思い出でも、蒸し返しては語りたがるのだから。

お咲たち一家三人に、お菊の生まれ変わりだと騙るだけの理由があるならば。

「旨味《うまみ》とか、儲けがあるのならね」

昔のことはいくらだって調べようがある。お菊になりすますという目的がはっきりしている以上、狙《ねら》いも定めやすい。

「まあ、いわい屋の旦那さんは万太郎さんほど逆上《のぼ》せちゃいないようだから、富勘さんの言うとおり、様子を見ているしかないね」

それより北さんは、文庫屋の商いだ。おかみさんは、北一の痩せた尻を叩く。

「お披露目には味噌がついちまったけれど、腐《くさ》っちゃいけないよ。ああ、いわい屋さんが味噌問屋なのがいけなかったね」

つまらない地口《じぐち》だが、北一は笑って気を取り直した。言われたとおりいわい屋に挨拶を通しておくと、その日のうちにおみつが引き出物の文庫を買い取りに行ってくれたことも嬉しかった。

お夏の心情を思いやると気が揉めるが、横合いからはどうすることもできない。青海新兵衛と今後の商いの支度《したく》をしつつ、今はまだ縁切りできない万作・おたま夫婦の機嫌を取りつつ、仕入れと振り売りに励んで小銭を貯《た》めて、北一はこつこつと暮らした。

そして――大川の川開きから、ちょうど半月。

事件が起こった。

五

昔、いわい屋の万太郎には、おとしという乳母《うば》がいた。いわい屋の奉公人ではなく、近所の長屋に住んでいた駕籠《かご》かきの女房《にょうぼう》だった。

いわい屋のおかみは、万太郎を産んだあと身体が弱り、おっぱいの出も悪くて困っていた。おとしは、おかみよりも半月前に常吉《つねきち》という男の子を産んだばかりで、こちらは溢れるほどに乳《ちち》が出た。そこで当時の差配人（富勘の先達《せんだつ》だ）の紹介で、万太郎はおとしからもらい乳をすることになったのだ。

おとしはいわい屋に手厚く遇《ぐう》されて、豊かな乳で万太郎と常吉を育てた。乳兄弟《ちきょうだい》となった二人の赤子は、乳離れをするころにはすっかりまことの兄弟のようになり、おとしもまたいわい屋のおかみに頼られ、信を置かれるようになっていた。

おとしの亭主は酒好き女好き博打《ばくち》好きで、自分の稼ぎだけでは足らず、女房がいわい屋からもらう月々の手当まで散財するようなろくでなしだったが、それでも夫婦の情があるのか、おとしは辛抱《しんぼう》強く添っていた。ところが常吉が三つになった年の夏、亭主は賭場《とば》の刃傷《にんじよう》沙汰《ざた》に巻き込まれて、あっけなく死んでしまった。

寡婦《かふ》になったおとしを、いわい屋は放っておかれない。万太郎の子守《こもり》と、おかみの身の回りの世話をする女中として、住み込みで雇い入れた。もちろん常吉も一緒である。

おとしはいわい屋に恩返しするべくまめまめしく働き、万太郎と常吉は仲良く育った。しかし、乳兄弟はあくまでも乳兄弟であって、血縁ではない。いわい屋の主人は、常吉が物心ついてくると、このままおとしと母子《おやこ》でいわい屋に住まわせるよりも、きちんとけじめをつけた方がいいと考えるようになった。

常吉は十歳になると、大伝馬町《おおでんまちよう》の南、新材木町《しんざいもくちよう》にある建具屋《たてぐや》に奉公に出た。これには、倅の手に職をつけさせたいというおとしの願いもあった。

幸い、常吉はろくでなしの父親ではなく働き者の母親の方に似て、腰を落ち着けて建具職人の修業を続けていった。

おとしの方はずっといわい屋で働き続け、万太郎が十八歳でお菊を嫁にもらうと、古参の女中として若夫婦の世話をするようになった。だから、お菊が赤子もろとも亡くなってしまった悲しみのときも、おとしは傍らに付き添っていた。

悲嘆《ひたん》にくれる万太郎といわい屋の主人夫婦に、おとしはよく仕えた。しかし、人の気持ちというのは自分でもままならないところがあり、それも不幸のときには抑えがきかなくなる。いわい屋の主人夫婦――とりわけおかみの方が、だんだんとおとしを疎《うと》んじるようになった。万太郎は新妻を失い、赤子も失い、おかみは可愛い孫を亡くしたのに、おとしには常吉がいる。もちろん奉公人の身分だから、おとしが好きなとき好きなように常吉に会いに行くことはできないが、しかし元気に生きているのだ。これから常吉が嫁をもらえば、孫もできるだろう。

日々、自分の傍らにいて世話を焼いてくれる女中は幸せで、先々の希望もあるのに、そんな幸せの礎《いしずえ》を築いてやった自分の方は、悲嘆にくれた万太郎が新妻と赤子の後を追ったりせぬよう、必死に支えてやるだけの毎日なのだ。こんな理不尽《りふじん》なことがあろうか。いわい屋のおかみは、おとしに辛くあたるようになっていった。

おとしは聡《さと》い女なので、そうした事情をすぐ呑み込んで、暇乞《いとまご》いをしていわい屋を去った。このとき万太郎と常吉は二十歳《はたち》だったから、十八年前の話である。

その当時、常吉はまだ住み込みの職人だったのだが、おとしがいわい屋を出たのを機会《しお》に、親方の許しを得てお店の近くの裏長屋に、母子二人で暮らし始めた。おとしは掘割沿いの商人宿で女中として働き、常吉は建具職人の修業を続けた。そしてようよう一人前になった二十五歳のときに嫁をもらい、赤子も次々と生まれた。

おとしは自分とよく似た働き者の倅と、おとなしい嫁と、三人の孫と共に暮らして幸せだった。一家はやがて裏長屋から小さな貸家《かしや》に移り、一本立ちの建具職人になった常吉はいい稼ぎをするようになった。それでも、婆様になっても達者なおとしは、商人宿の女中奉公を続けていた。

いわい屋の方は、かつての乳母と乳兄弟のことなどもう忘れている。音信も切れて久しい。しかし、おとしの方は忘れなかった。とりわけ、万太郎が妻子の喪《も》に服したまま独り身で歳を重ねてゆくことを案じていた。佐賀町と新材木町、場所は離れていても、いわい屋の様子と万太郎の暮らしぶりを何かと気にかけて、噂に耳をそばだてていた。

こういう事情があったから、万太郎とお夏の縁談がまとまったと聞きつけたとき、おとしは大いに喜んだ。新材木町近辺には商人宿がたくさんあるが、そのなかにたまたまお夏の生家・蠟燭屋《ろうそくや》の「木野屋《このや》」と付き合いのあるところがあって、めでたい話はそっちの側からおとしの耳に入ったのだ。これが今年の正月明けのことである。

おとしは常吉と、頃合《ころあ》いを見計《みはか》らってお祝いに伺おうと相談していた。ようやく万太郎が再縁し、また幸せになろうというのだから、おとしのいわい屋への遠慮も、もうしまい込んでいいだろう。

——あたしだって、いつまでも達者でいられるわけはない。今のうちに、いわい屋の旦那さんとおかみさんに、もういっぺんきちんとお礼を申し上げておきたいんだよ。

還暦《かんれき》まであと数年というおとしは、そんなことを言って笑い、万太郎の祝言を楽しみにしていたという。

ところが、人の運命はわからないものだ。春先、風邪《かぜ》で大熱を出したことをきっかけに、おとしはみるみる弱り始めた。足腰が立たなくなり、ボケが始まって、市中の桜が散りきるころには、家族の顔や名前も覚束《おぼつか》なくなってしまった。

――残念だが、これじゃあおふくろをいわい屋さんへ連れていくわけにはいかねえ。俺《おれ》がしっかり挨拶に伺うことにしよう。

今では親方になり、住み込みの弟子《でし》と女中もいる暮らしをしている常吉は、嫁とそんな相談をして、羽織を新調した。

そんなところへ、川開きの夕べ、万太郎とお夏の祝いの花火船に、お菊の生まれ変わりだと称する女が押しかけてきた――という椿事《ちんじ》の一報が飛び込んできたのである。木野屋と付き合いのあるところではみんな大騒ぎで、お夏の心情をおもんぱかって憤《いきどお》った。常吉もその一人だが、驚いたことに、すっかり寝たきりでボケていたおとしが、この報せを聞くとにわかに正《しょう》気《き》づいて、誰よりも激しく憤慨《ふんがい》し始めた。

今頃になって、それもそんな不躾《ぶしつけ》なやり方で万太郎さんの幸せに水をさそうとするなど、その女は騙《かた》りに決まっている。亡くなったお菊さんは優しい人で、心から万太郎さんを想《おも》っていた。今さら万太郎さんを迷わせ、苦しめたりするものか。回らぬ口で、おおよそこんなことをまくしたてて怒るので、まわりの連中は肝《きも》を冷やしたという。

――何なら、あたしがその女に会ってやろう。会って偽《にせ》ものだと暴《あば》いてやろう。あたしは亡くなる直前までお菊さんのおそばにいて世話をしていたんだ。けっして騙《だま》されたりしないよ。

きりきり言い張るのを、赤の他人が口出ししていいことじゃねえんだから、ともかく様子を見ているしかないと、常吉と嫁の二人がかりで懸命に宥めていたそうだ。

そうして、あの椿事から半月後の明け方のことである。

万太郎の一大事に、いったんは正気に戻ったものの、それで若返ったわけではないから、おとしはまた少しずつボケが戻っていた。いっときの興奮がよくなかったのか、身体の方はむしろ衰弱《すいじゃく》の度合いに拍車《はくしゃ》がかかって、それまでは寝たり起きたりしていたのが、ほぼ寝たきりになってしまった。常吉はそんな母親が心配で、毎朝起き抜けにおとしの顔を見るようにしていた。

雨戸を開けてみれば、その日は鮮《あざ》やかな晴天で、おとしが寝起きしている奥の一間へ続く短い廊下《ろうか》に、早くも強い朝日がさしかけていた。

と、常吉はおとしの声を聞きつけた。何かしゃべっている。

——あたしが悪うございました。本当にお菊さんが戻っていらしたなら、あたしなんぞが出しゃばって文句を言うことじゃございませんのに。

謝っている？　誰か、おとしのそばにいるのだろうか。

——お許しください。二度と出すぎたことは申しません。このとおりお詫《わ》びいたします。

おとしの声音が切羽詰まっている。常吉はぎょっとした。ついその場で固まっていると、

——お許しください、痛い、痛い。ああ、お許しください、みかり様！

おとしの声が悲鳴にかわり、ぎゃっと千切《ちぎ》ったような叫《さけ》びが上がったかと思うと、静まりか

えった。

常吉はおとしの寝間《ねま》に駆け込んだ。はたして、おとしは布団の上に仰向《あおむ》けになり、目を大きく見開いたまま事切れていた。その額《ひたい》には、差し渡し二寸《すん》ほどの丸い痣がついていた。ちょうどそれぐらいの大きさの壺《つぼ》か瓶を強く押し当てられたか、それで叩かれたかのように。


「——という経緯《いきさつ》なんですよ」

今日も今日とて、北一は冬木町のおかみさんの前に座っている。

おかみさんは煙草盆《タバコ》を前にして、お気に入りの煙管を指でもてあそんでいる。その隣にはおみつが控えていて、丸いお盆を抱きしめて目をきらきらさせている。

「北さん、誰からこの話を聞いたの？」

おかみさんが渋面《じゅうめん》で黙ったままなので、おみつが話の口を切った。

「富勘さんだよ。おとしさんが死んだのは昨日の朝なんだけど」

常吉がひどく興奮し、

——うちのおふくろがみかり様のお怒りを買いました。この件を、どうしても佐賀町のいわい屋さんにお報せしなくちゃなりません。

そう言い張ったものだから、新材木町の番屋からこっちの差配人の富勘に報せがきたのである。で、富勘がいわい屋にご注進。

いわい屋では、主人もおかみも万太郎も、おとしと常吉の名前を聞いて驚いた。疎んじて遠ざけた乳母と乳兄弟のことではあるが、忘れてはいなかったのだ。

「それで、いわい屋の旦那さんと万太郎さんに富勘さんが付き添って、三人で新材木町まで行って、おとしさんの亡骸《なきがら》に対面したんだ」

おとしの額には、確かに丸い痣があった。

「お菊さんの実家の津野屋が拝んでいた、みかり様のご神体が、ちょうどそれぐらいの小さい瓶だったから──」

いわい屋の二人は震え上がったそうな。

「みかり様のお怒りねえ」

渋い表情のまま、おかみさんが低く呟いた。おみつはますます身を乗り出す。

「それって、おとしさんが、お咲っていう飯屋の娘がお菊さんの生まれ変わりだって言い張ってるのは騙りだ、お咲は偽ものだって怒ったから、みかり様のバチが当たったってことよね？」

つまりお咲はホントにお菊さんの生まれ変わりなのよね、みかり様のお墨《すみ》付《つ》きなんだものね！

「そうだけど、おみつさん、何であんたがみかり様の話を知ってんだい？」

おみつは正直にぺろりと舌を出した。「あら、それはね、えっと」

先日の話を盗み聞きしていたのか。しょうがねえなあ。

「だってさ、焦《こ》がれ合う男女が生まれ変わってまた巡り逢《あ》うなんて素敵《すてき》だから。あたしもついつい──」

おかみさんは煙管をくるりと回して、「あたしも、何で知っているのか気になるね」

「済みません。でもホントに聞こえちゃっただけなんですよ、おかみさん」

「あんたじゃないよ。常吉さんだ」

おかみさんは北一の方に顔を向ける。今日は伏せた瞼《まぶた》の縁《ふち》の線まで歪《ゆが》んでいる。よほど不愉快に思っているのだろう。

「なぜ常吉さんがみかり様のことを知ってるんだえ？」

「おとしさんから聞いていたんですよ」

おとしは常吉に、しばしばいわい屋にいたころの思い出を語っていたのだそうだ。

「それも妙だよ。なぜおとしさんが知っているのさ。津野屋の守り神のみかり様のことを知っているのは、いわい屋さんでは家族だけのはずだろう」

「いや、ですからそれは、おかみさんの先のご推察のとおりだったんです」

――万太郎さんは、昔の出来事そのものを忘れていたんだろ？　だったら、当時誰かにしゃべったことも忘れてたって不思議じゃない。

「万太郎さんは、みかり様のことをおとしさんにしゃべってたんですよ。赤ん坊のころから世話になってる乳母ですからね。子どもの内緒話で打ち明けていたんです」

そしてその内緒話を、おとしは思い出として大切にして、倅の常吉に語っていたと。

――万太郎さんとお菊さんは、みかり様という津野屋の家神様《いえがみさま》に愛《め》でられたお二人だったんだ。本当にお雛様《ひなさま》のような美しいご夫婦で、仲睦《なかむつ》まじかったんだよ。

「だから常吉さんも、おとしさんがみかり様に謝ってるのを聞いて、すぐと事情がわかったっていうわけです」

北一は言って、首に巻いていた手ぬぐいで顔を拭った。冷汗が出てくる。今日のおかみさんの不機嫌は、今まで見たことがないくらいのものだ。すげえ、お怒りだよ。

「――とうとう人死《ひとじ》にまで出るなんて」

おかみさんは煙管を握りしめる。

「ああ、情けない。親分が元気だったら、こんなことになる前に事を収めてくださったろうに」

千吉親分がいたならば。この台詞《せりふ》は、いつ聞いても北一の耳に痛い。

「事を収めるって、お咲さんをすんなりお菊さんの生まれ変わりだって認めて、万太郎さんと添わせてあげるってことですよね？」

おみつはあっけらかんと問う。おかみさんが煙管をへし折りそうになっているので、北一は慌てた。

「そうかなあ。おいらは、どっちかっていうと親分も富勘さんと一緒で、こういう話には眉に唾《つば》をつけてかかる方だったたと思うよ」

「そんなことないわよ。親分は、想い合う男と女には優しかったんだから」

いや、この場合、万太郎とお咲は普通に想い合っている男女ではないのだからして。

「おみつ、お使いに行っとくれ」

おかみさんが鋭《するど》く言った。

「『三徳屋《さんとくや》』さんに、いつもの刻みを。二包みだよ」

三徳屋はおかみさん贔屓《ひいき》の煙草屋だ。

「おかみさん、喉《のど》がひりひりするから、少し刻みを控えるっておっしゃっていませんでした？」

「いいから、行っておいで！」

その剣幕《けんまく》に、さすがにおみつも恐れをなしたのか、すぐ出かけていった。

北一と二人になると、おかみさんは手にした煙管を煙草盆に載《の》せようとして、しくじった。煙管は畳《たたみ》の上に転がる。普段はこんなことはない。やっぱり、おかみさんは怒っているし取り乱している。

「――あい済みません」

北一は頭を下げ、そっと煙管を拾い上げて、煙草盆の上に戻した。

残念ながら、十九年前の不幸のあと、津野屋が移った先は、調べてみてもわからなかった。まずいわい屋に訊いてみると、愛娘《まなむすめ》とその腹にいた赤子の死に打ちのめされた津野屋夫婦は、当時、本家を頼って生まれ故郷の近江に帰ったはずだという。

津野屋の夫婦は、もともと、一人娘のお菊をいわい屋に嫁《とつ》がせ、無事に孫の顔を見たら、故郷に引っ込んで隠居《いんきょ》しようと考えていたらしい。その際、いわい屋の方にその気があるなら、醤油と菜種油の商いを譲ってもいいと話し合っていたそうだ。

十九年の歳月《さいげつ》と江戸と近江の距離を隔《へだ》てているのだから、津野屋夫婦の消息探しはほとんどお手上げである。富勘がその広い顔を活《い》かし、今でも津野屋夫婦と繋がりを持っている人がいないか問い合わせているが（振り売りのついでに、北一もそれを助けている）、これという成果はあがっていない。

いわい屋では、川開きの夕べからこっち、万太郎はとり逆上《のぼ》せたまんまである。すっかりお咲をお菊だと思い込み、おみつの言じゃないが「想い合う男と女」になってしまっている。

恋しさと懐かしさに急《せ》かされるまま、毎日のようにお咲と会って、昔話を持ち出しては、手を取りあって笑ったり泣いたりしている。北一はその様を直《じか》に目にしてはいないが、富勘はいくどかいわい屋に通って、そのたびに長い顎をひねくり回しながら引き揚げてくる。

富勘が言うに、これまでのところ、お咲が「ぼろを出した」ことはない。実によく昔のことを覚えているし、万太郎とのやりとりにまごついたり、詰まったりすることもない。

「それでも富勘さんは、やっぱりお咲は騙りだと思ってるんですかい？」

「うむ。あんまり上手すぎて、余計に騙りにしか見えないねえ」

「何だ、そりゃ」

「こういうのは勘で、理屈じゃないんだよ。北さんにはまだわかるまい」

いわい屋の主人は万太郎よりはずっと冷静で、いきなりお夏との縁談をひるがえしては木野屋に申し訳が立たない、大人《おとな》らしくよく考えろと、倅を説きつけている。

だが、おかみの方はいけない。ずっと寂しい独り身を通してきた倅の心情を思いやりすぎて

いるのか、

「木野屋さんには何としてでもわたしがお詫びします。お夏さんにはもっといい縁談をお世話しますから、どうかここは万太郎のために、お咲を後添えに迎えてやってください。いえ、後添えじゃない、お菊が戻ってくるだけの話なんですから」

なんてかき口説《くど》いて、旦那の背中を後ろから打つ始末《しまつ》である。

花火船の宴席に連なるはずだった万太郎の叔父夫婦や得意先は、だいたいは主人の側についているが、万太郎に、どうにかもう一度お菊と添わせてくれと泣きつかれると、ぐらぐらと体勢が崩《くず》れておかみの側に靡《なび》く。頼りにならないことはなはだしい。

ただ、面白いことに、この人たちはみんなお咲とその両親を好《この》ましく思ってはいないのだ。冬木町のおかみさんと同じく、万太郎とお夏の祝言の当日になって乗り込んできたその図々しさを憎んでいる。それでもぐらぐらしてしまうのは、ひとえに万太郎の一途《いちず》に亡き妻を恋しがる心情が哀《あわ》れだからである。

いちばん怒ってしかるべき木野屋とお夏は、しばらくはこの成り行きに茫然《ぼうぜん》としていたが、いちばんまともにやるべきことをやった。お咲一家の身上を疑って調べたのだ。ここでも富勘の顔が広いのが幸いして、駒形町界隈《かいわい》を仕切っている岡っ引きや町役人《ちょうやくにん》に話が通り、お咲とその両親が本人たちが述べているとおりの飯屋の夫婦と看板娘であるのか、悪い噂はないのか、お咲に他に男はいないのか――と洗い出してくれた。

万太郎の側から言うなら、お咲たちの言うことに嘘《うそ》はなかった。一つだけ言うならば、お咲がなかなか多情な娘で、飯屋の看板娘をいいことに、若い男客に誘われるまま物見遊山に出かけたり、芝居見物をしたり、高価な簪《かんざし》や身の回りのものをもらったりしている、ということがある。ただ、色恋沙汰《いろこいざた》を起こしたことはないし、お咲をちやほやしている男たちも、本気で口説いて所帯を持とうというのではなく、まあ遊んでいるだけなのだ。

お咲の両親は、昔っからそこで飯屋をしているのではなく、五、六年前にふらりと現れて店を開き、居着いた他所者《よそもの》だった。父親はいわゆる「流れ板」、包丁《ほうちょう》一本を帯に挟んであちこち渡り歩く板前で、母親もそんな亭主にくっついて暮らしてきた。この夫婦が今の飯屋を始めたころにはお咲はいなかったという話もあり、これは聞き捨てならないからよく調べてみると、流れ暮らしをやめてひとところに落ち着こうと決めたこの夫婦の後ろ盾《だて》になっているのは四谷《よつや》塩町《しおちょう》にある古い料理屋「山之井《やまのい》」の隠居だとわかった。夫婦の飯屋が落ち着くまで、お咲は一年ばかりその手元に預けられていたのだった。

この隠居は一昨年《おととし》亡くなっているが、お咲の両親は山之井の板前と仲居《なかい》としてよく働いており、悪い評判は残っていない。だからこそ、隠居も夫婦の飯屋の後押しをしてくれたのだろう。

名主《なぬし》のような旧家は別として、江戸八百八町《はっぴゃくやちょう》に押し合いへし合いして暮らす商人、職人、素《す》っ町人の大方は、そもそも名もなく根っこもない人びとである。今度の騒動にたまたま立ち会ってしまった北一だって、迷子《まいご》だか捨て子だかさえ定かでない身の上だ。お咲たちのこういう身上を怪しんだら、バチが当たりそうなものである。

お咲一家に大きな難も嘘もないとなると、木野屋とお夏は打つ手が尽きた。万太郎にすがってその心を動かそうにも、あちらはとっくのとうにお咲に首ったけだ。木野屋夫婦はお店の面子《メンツ》もあるからまだ引き下がらないが、花嫁になるはずだったお夏はもう折れてしまって、「万太郎さんとはご縁がなかったんだと思います」と言い出している。

というわけで、現状、お咲をお菊として迎え入れることにはっきり反対しているのは、いわい屋の主人だけである。

「おとしさんが死んだことを、いわい屋の旦那はどう受け止めていらっしゃるんだろう」

すべすべした瞼を震わせて、おかみさんは呟く。

「お咲を受け入れたい側にとっては、おとしさんの怪死は恰好の材料だ。津野屋の守り神が、反対する者にバチを与えるほどなんだから、お咲はお菊の生まれ変わりに間違いないってね」

手ぬぐいの端を引っ張りながら、北一はうなずいた。

「実際、そんな風が吹いているようです。まだ昨日の今日の出来事だし、いわい屋さんとしたら、常吉さんに会うことからして久しぶりなんだから、いろいろ慌てているとは思いますけど」

おかみさんは口元をへの字に曲げると、鼻からふんと息を吐《は》き出した。

「北さん、よく目を開いて、耳をそばだてていておくれ。あたしは、いわい屋の旦那の身が案じられて仕方がない」

とても、とてもきな臭い――

北一は、精一杯目を開き、耳をそばだてていた。文庫を仕入れて振り歩き、その傍ら新兵衛のいる猿江に通って自分の商いのための支度を進めながらの見張り番で、覚束ないし足りないことは自分でもわかっていたが、できる限りは努めたつもりだ。

だが、しかし。おとしの死からたった四日で、次の目が出た。それも悪い方に。

今度は、いわい屋のおかみだった。

六

冬木町のおかみさんの案じようがただならないので、北一はとるものもとりあえず佐賀町のいわい屋へ走った。そこには既に、本所深川方同心《どうしん》の沢井蓮太郎《さわいれんたろう》が着いていた。

「沢井様、お役目ご苦労様でございます」

男前《おとこまえ》の沢井の若旦那はちょうどいわい屋の奥から出てきたところで、すぐ後ろに富勘がくっついている。

「おや、北さん。やっと来たかい」

富勘は言って、大げさに苦い顔をした。

「いくら駆け出しの岡っ引きでも、千吉親分の跡継ぎになろうってお人が、差配人の私に遅れをとっちゃいけないよ。仏《ほとけ》さんはもうそこの番屋に移して、検視のお役人が来るのを待っている。あんたも用が済んだらおいで」

――え？　何言ってンだよ富勘さん。

北一が呆気《あっけ》にとられているうちに、若旦那と富勘は通りへ出ていってしまった。通りしな、長身でいい男の沢井様はちらりと北一を見おろし、小首《こくび》をかしげたようだった。

急を聞いて飛んで参りました、まったくとんでもないことで、お悔《く》やみ申し上げます、お手伝いできることはありませんか。そう挨拶して、北一はいわい屋にあげてもらった。

驚いたことに、住まいの奥ではお咲が顔を青くして泣き濡《ぬ》れていて、万太郎がその肩を抱きしめていた。二人は揃って浴衣を着ている。いわい屋ぐらいの構えの商家で、昼間っから女子どもが浴衣を着て過ごしているはずはないから、これはつまり起き抜けの寝間着《ねまき》姿なのである。

お咲は既に万太郎の内々の妻になり、一つ屋根の下で暮らしているのか。

「おかみさんが……おかみさんが……」

お咲はしゃくりあげながら泣き続け、万太郎も涙で頬を濡らしている。万太郎が歳の割に若々しいので、どっからどう見ても仲睦まじい（そして、どうにも小面憎《こづらにく》いがお似合《にあ》いの）若夫婦の姿である。

いわい屋の主人は、亡骸《なきがら》について番屋に行ってしまったらしい。主人夫婦のいないお店《たな》のなかには不穏《ふおん》なざわめきが満ちていた。奉公人たちが揃って怖《こわ》がり、首を縮めている理由は単純で、急死したおかみの額には、元乳母のおとしのそれと同じような丸い痣がついていたのだということ。

「み、みかり様のお仕置きだ！」

「みかり様のお怒りが、今度はおかみさんに向いたんだよ」

そんなバカなと、北一は思った。いわい屋のおかみは、今回の事が起こった始めのころから、万太郎のために、お咲をお菊の生まれ変わりとして受け入れようとしていた。先に「みかり様のお怒りを買って打ち殺された」おとしとは正反対の立場なのだ。

しかし、よく話を聞いてみると、まさにそのおとしの怪死を境にして、おかみは考えを改め始めていたのだという。

——おとしが今も万太郎のためを想ってくれていたことは間違いないのに、それを咎《とが》めて打ち殺すなんて。

みかり様は、あまりにも狭量で容赦《ようしゃ》がない。そもそも津野屋の守り神であるみかり様は、お咲という津野屋の縁者の味方ではあっても、いわい屋の守り神にはなってくださらないのではなかろうか。

お咲を「津野屋の縁者」と言ってしまうところなどはまだ寝ぼけているが、おかみは目が覚めつつあったのだ。おかみがかつておとしを疎んじて追い払ったことを思うなら、「おとしが今も万太郎のためを想ってくれていた」という言葉には、いっそうの重みが加わってくる。

おとしとの昔のあれこれを思い出したことが、おかみにとってはいい方に効《き》いたのだ。それをいわい屋の主人も喜んでおり、近々、夫婦できっちり万太郎と話し合おうとしていたらしい。

一方、皮肉なことに、お咲がいわい屋で暮らし始めたのも、おとしの怪死がきっかけだったという。本人が「おかみさんと万太郎さんのおそばにいて慰《なぐさ》めたい」と言い出し、万太郎が大喜びで受け入れてしまったのだ。

しかし、いわい屋の主人はもちろん、おかみもこれにはいい顔をしなかった。だからお咲は客間を与えられ、逗留《とうりゅう》客《きゃく》として遇されているという。

——そンでも、ああやって万太郎さんとべったりくっついてるんだからな。

せっかく奥へあげてもらえたのだから、この機会《しお》を活かさない手はない。北一はいわい屋の奉公人たちから事情を聞き、家の内外を歩き、おかみの寝間を見せてもらった。

今朝おかみがいつまでも起きてこないので、様子を見に行って亡骸を見つけたという端女《はした》中は、北一と同じくらいの歳だ。話を聞いているうちに泣き出してしまったが、涙を呑み込みながら、おかみは寝床《ねどこ》の上で仰向けになって息絶えており、寝所《しんじょ》に乱れた様子はなかったと話してくれた。

「ほんの四日前、万太郎さんの乳母だったおとしさんて人が死んだことは、あんたも知ってるかい？」

「はい。みかり様のバチが当たって……。だから、おかみさんと同じ死に方だったって」

「同じかどうかはまだわからねえ。ただ、おとしさんは死ぬ直前に、あたしが悪うございましたお許しくださいと謝ったり、怖がって叫んでいたりしたらしいんだけど」

いわい屋のおかみには、そんなことはなかった、あってたまるかと、女中は憤る。

「もしもそんな怪しいやりとりが聞こえたなら、あたしなんかお店じゅうに聞こえるくらいの大声を出して、みんなを呼び寄せて、おかみさんを助けに行きましたよ」

女中が両手を握りしめて語るのに、北一はうんうんと納得《なっとく》した。

昨夜床《とこ》に就《つ》くまで、いわい屋のおかみはぴんぴんしていた。どこか具合の悪い様子も、変わったことがあるようにも見えなかった。お咲がお菊の生まれ変わりだと名乗りを上げてきてからこっち、おかみには心労が絶えなかったはずだし、おとしの怪死でいっそう思うところが嵩《かさ》んだはずだが、それによってひどく弱ってしまっているふうはなかった。

いわい屋の主人夫婦が寝所を分けているのは、主人がしばしば夜なべで帳面付けをするからで、昨日今日始まったことではない。今般のいざこざで考えは分かれていたが、もともと落ち着いたいい夫婦で、色をなして言い合うようなことは一度もなかった。

北一は、千吉親分が存命でこの件に関わるとしたら、まずどんなことを知りたがるだろう――と考えながら動き回った。おかみの寝所への出入口はいくつあるか。雨戸や障子戸の立て付け、戸締まりの具合はどうか。

不審な足跡や、建具や家具についた傷跡の類《たぐ》いは見当たらなかった。壊《こわ》れたもの、失《な》くなったものも（少なくとも端女中がすぐ気づくほどのものは）ない。寝所の畳に染《し》みはなく、気になる臭《にお》いもない。

ひととおり検分し終えてから、番屋に向かった。検視は済んでおり、沢井の若旦那の姿も消えていて、富勘だけが北一を待っていてくれた。

「ちゃんと見てきたな？　誰かが無理に押し入った様子はなかっただろう」

いきなりそう問われて、北一はうなずいた。

「神罰が当たったのなら、何の跡も残ってるわけがねえ」

「本気でそんなことを言ってるのかい。岡っ引きらしくもない」

「おふざけはよしてくださいよ。おいらはただの文庫売りです」

ぽんぽんとやりとりして、同時に黙った。富勘がくいと親指を立て、肩越しに番小屋のなかをさした。

「奥に、まだ亡骸を寝かせてある」

いわい屋の主人が支度を調《ととの》え、迎えに来るのを待っているという。北一はまたすれ違ってしまったわけだ。だらしない話だが、会えずに済んでほっとした。だってさ、あんまり辛すぎる。

「おかみの顔を見てごらん」

北一は履き物を脱ぐと、書役《かきやく》に挨拶してするりと上《あ》がり框《かまち》にあがった。いわい屋のおかみはせんべい布団《ぶとん》に寝かされて、顔にも身体にも白布《しろぬの》をかけられていた。

合掌《がっしょう》してから、北一は顔の布をめくった。

額に丸い痣がある。みかり様のお怒りのしるし。その部分の肌《はだ》に赤みはなく、浅く窪《くぼ》んだようになっている。

「右の口元をごらん」

そろりと後ろについてきて、富勘が言う。

「唾が泡《あわ》みたいになってこびりついているだろう。これは、無理矢理息を止められて死んだ証だそうだ。検視の栗山《くりやま》様がそうおっしゃっていた」

検視一筋の手練《てだ》れの与力《よりき》だから、その眼力《がんりき》に誤りはないと言う。

「首を絞められたなら首筋に痕《あと》が残るが、これはそうじゃなくて、何かを顔にぐいぐい押し当てられたんじゃないかというお見立てだった」

「それじゃあ、やられる方も苦しがって暴れるでしょうに」

寝所には、乱れた様子はなかった。

「力の強い男なら、一人でもそのくらいやってのけるだろう。あとで手早く片付けたのかもしれないしな。とはいえ、下手人《げしゅにん》が一人じゃないってことも頭に置いておいた方がいいだろうね」

ぼそぼそ吐き出す富勘のしゃくれ顎を見ながら、北一は、千吉親分なら次にどんなことを尋ねるだろうかと考えた。

「新材木町のおとしさんは、どんな死に方だったんですかい」

富勘がフンと鼻を鳴らした。北一の耳には、それは（福引きに当たったとかの）嬉しいときの鼻息に聞こえた。よくぞ訊いてくれました、ということか。

「やっぱり寝間に乱れた様子はなかったし、失《う》せ物も壊れ物もなかった。おとしの口元には、唾はこびりついていなかった。ただ、痩せこけた胸に、手で強く押されたみたいな痕があったんだ」

おとしは、胸をどんと突かれて押し倒されたか。それなら、泣いたり謝ったり、怯《おび》えて叫んでいたというのは、どの段階だったんだろう。

「いわい屋のおかみよりもっとずっと老いて弱っていて、枯《か》れ木みたいな婆さんだったからな。暴れるほどの力もなく、下手人の方からしたら、息の根を止めるのに手間はかからなかったろう」

で、二人とも額には丸い痣。

「この痣は、この形のもので殴《なぐ》られてできたんじゃないんですかね」

「それだったら、もっとくっきり青黒くなるそうだ」

ちょうど血豆《ちまめ》みたいに。

「こういう痣ってのは、生きてるときじゃないとつかないものですか。それとも、死んですぐにならつけられるもんですか」

北一が問うと、富勘は口元をほころばせた。

「いいことに気がつくね。栗山様のお話じゃ、死人の身体が冷えてしまってからは、外側から何をしようが痣や痕はつかないそうだ。だが息が絶えてすぐ、身体が温《ぬく》いうちならば、生きているときと同じように痣も痕も残る」

ふうん。北一は髪の薄い頭を掻いた。下手人は、おとしといわい屋のおかみの息の根を止め、寝床のまわりを何事もなかったように整え、二人の額にこのくらいの大きさの瓶か壺を強く押しつけて痣を残すと、煙《けむり》のように立ち去った——と。

神罰なんかを持ち出さなくても、人にも充分できる所業だ。

それなのに。

「いわい屋じゃ、またみかり様のお怒りだって、奉公人たちが騒いでますよ」

富勘がもう一度鼻を鳴らした。今度は明らかに腹を立てている。

「肝心要の旦那の心まで折れかけてる。さっきここで検視の様子を見守りながら、こう言ってたよ」

——私が最初からお咲をすんなり受け入れておれば、こんなことにはならなかったんでございましょうか。

「化《ば》かされちまってる」

「ああ、そうだ。狐狸《こり》に化かされているのと同じだな」

だが、キツネやタヌキはこんなふうに人の命を奪ったりはしない。人を殺すのは人の手だ。

そして、そこには必ず目的がある。

冬木町のおかみさんは、歯がみせんばかりに怒った。

「この悪だくみを、どうやって潰《つぶ》してやればいいだろう」

もうこれ以上、誰も殺されぬように守らねばならない。そして、この大騙《おおかた》りを仕掛けているキツネもどきとタヌキもどきを、一匹も逃《のが》さず捕《と》らえなければならない。

冬木町の貸家の屋根の下、おかみさんと富勘と、北一と女中のおみつ。あれからこんこんとおかみさんに説かれても、まだいくらかは、「生まれ変わり」とか「みかり様の罰《ばつ》」とかに心を残していたらしきおみつだが、おかみさんの怒りを目の当《ま》たりにして、このあいだみたいな寝言は言わなくなっている。

ただ、やっぱり「大騙り」の筋書きはよく見えていないようで、

「あの、よかったら、あたしにもわかるように絵解《えと》きをしてやってください」

悪だくみの絵解きである。

「なぁに、難しい話じゃない」長い顎をひねりながら、富勘が応じた。「要は、お咲が亡くなったお菊さんの生まれ変わりだなんて話は嘘八百だということさ」

お咲とその両親、飯屋の又吉とおかつの一家三人がぐるになってそんな嘘を吹いているのは、何が何でもお咲をいわい屋の万太郎に嫁がせるためだ。

「しがない飯屋にとっちゃ、いわい屋の身代は大金星《だいきんぼし》だからな。狙って獲《と》りにいくだけの価値はあろうってもんだ」

「娘を万太郎さんの嫁にして、ゆくゆくはお店をそっくり乗っ取ろうってことですか」

「両家を比べたら、お咲たち一家の方が歳が若いからね」

おかみさんが言って、口の片端《かたはし》をちょっと歪めた。

「なにしろ、お咲と万太郎さんよりも、おかつと万太郎さんの方が歳が近いくらいなんだ。後添いだって、こういう縁組は喜ばれるものじゃない」

そもそも、いわい屋と又吉・おかつの飯屋は、当たり前に縁談が成り立つような組み合わせではない。商家としての格が違いすぎる。

「その無理をひっくり返せるのは、万太郎さんがぜひにとお咲を妻に望んだ場合だけだ」

おみつは目をぱちぱちさせた。「でも、そんならお咲は、ごく普通に色仕掛けで万太郎さんに迫れば済んだんじゃありません？　今だって、蕩《とろ》かされちまってるんでしょ」

おかみさんはすべすべした瞼《まぶた》を震わせ、富勘は顎の先を掻き掻き苦笑い。

「普通の色仕掛けじゃ難しいから、別の仕掛けが要ったんだよ。物堅《ものがた》い万太郎さんがあっさり骨抜きになったのは、お咲がただ若いべっぴんだったからじゃなく、亡くなったお菊さんの生まれ変わりだと言ってきて、それらしくふるまったからさ」

そんなもんかしら……と、おみつは呟く。本人は独り言《ごと》のつもりだったのだろうが、おかみさんはこう続けた。

「人の情というのは、そんなもんなんだ。この先のあんたの人生に、恋しい男を亡くすという悲しみがあってほしくはないけれど、もしもそういう目に遭《あ》うことがあれば、きっと骨身《ほねみ》に染みてわかるだろうよ」

この言葉にはっとしたのは、おみつだけではない。富勘も、北一も胸を突かれた。

亡き妻のお菊を忘れられず、寂《さび》しさに閉ざされていた万太郎の心。そのかたちは、千吉親分を亡くしたおかみさんの心のかたちとそっくりなんだろう。

「もしも万に一つ、千吉親分の生まれ変わりだという男が現れて、あたしがどれだけ試《ため》しても返答を間違えることなく、かつて親分がそうしてくれたようにあたしに心を尽くしてくれたなら、あたしもその男を信じてしまうかもしれない」

　それくらい人は弱いのさ——と、おかみさんは言った。

「当の親分自身が、生まれ変わりなんて都合のいい話を信じやしなかったことを、あたしはよく知っている。それでも、上手に騙られたらひとたまりもないかもしれない」

だって、また会えたら嬉しいものね。

「千吉親分は、こういう話をまともにはとらなかったんですか」

　北一が問うと、おかみさんはうなずいた。

「実は、この手の騙りは、けっして珍《めずら》しい手口じゃない」

亡くした人にまた会いたいというのは、どうしようもない人の性《さが》だから。

「親分のところに相談を持ち込まれた話だけでも、夫婦、親子、許婚《いいなずけ》同士と組み合わせを違《たが》えて、三度あったかね」

　三つとも、親分が丁寧《ていねい》に「生まれ変わりだ」と言い張っている側の裏を調べ、言い分を突き崩していったという。今回と同じく、死人《しびと》も出た嫌な騒動だった。

「ただ、三つ目のだけは金目当てじゃなく、相手への横恋慕《よこれんぼ》が募ったあまりの狂言だったから」

　親分の説教で済んで、十手《じって》捕《と》り縄《なわ》の出番はなかったそうだ。

「三度とも円《まる》く解決できてよかったけれど、あとで親分は言っていた」

──騙されていた側は、まだ心のどっかで惜《お》しんでいる。

「親分自身も、いろいろ調べているうちに、この生まれ変わり話が真実《ほんとう》ならいいんだがと思うことがあったんだって。それなら、生き残った者と死に別れた者とがまた会って、もういっぺん幸せになれるんだから」

しかし残念ながら、真実の生まれ変わりにぶつかることはなかったし、そんな例を耳にすることもなかった。

「人の死だけは、どうやったって取り返しがつかないし、埋め合わせもできない」

──だから地獄や極楽《ごくらく》があるんだ。現世《うつしよ》の者と、逝《い》っちまった者とをきっちり隔てるためにな。諦《あきら》めきれねえ現世の者を、諦めさせるための知恵だよ。

「親分が語っていたことを、あたしもわかっていたつもりだったけれど、まさかこんなに早く親分を亡くして得心《とくしん》する羽目《はめ》になるとは思ってもいなかった。あたしの方が先に逝《ゆ》くつもりだったしねえ」

おかみさんは口元に微笑《びしょう》を浮かべ、穏《おだ》やかに語っている。その閉《と》じた瞼がうっすらと紅潮《こうちょう》しているように見えるのは、北一の気のせいだろうか。

と、何か水っぽいものが漏《も》れるような音がたった。ぐじゅぐじゅじゅ。

おみつだった。いきなり盛大に泣いていて、涙と洟《はなみず》で顔がたいへんなことになっている。

「お、おがみざん、あいずみばせん。あだしのかんがえが、あざくって」

富勘が、えぐえぐするおみつに懐紙《かいし》を渡してやる。ほらほら、洟《はな》をかめ。

「私はね、お咲があんまり自信満々で、ちっとも慌てたりする様子がないところが、最初《はな》から気にくわなかったのさ」

富勘も当初から、あれは騙りだと言い切っていたもんなあ。

「誰かの生まれ変わりだなんて、当の本人にとっても、その親にとっても、めでたいばっかりじゃないでしょう。畏れ多くもあり、薄気味《うすきみ》悪くもあるはずだ。なのにあの女にも飯屋の夫婦にも一片の日陰もなくて、物思いを乗り越えてきたふうがなかった」

だから胡散臭《うさんくさ》くて、とうてい信用できなかったんだと富勘は言う。

北一は、山谷堀の柵に身を寄せて、一人で佇んでいたお咲を思い出してみる。確かに、ちっと心細そうに見えたのはあのときだけだった。いざ「あたしはお菊でございます」と名乗りをあげてからは、ぐいぐい押しながらしなだれかかるという感じで、遠慮も慎《つつし》みもあったもんじゃなかった。

「ただ、飯屋一家の三人だけじゃ、この企《たくら》みには役者が足りない」

相方《あいかた》が要る――と、おかみさんは続けた。

「それは、ここまでの筋書きから推《お》して、おとしの倅の常吉しかいない」

この四人で、今回の悪だくみの絵図を描いたのだろう。

「ここから先は、あたしが頭で考えているだけの話だけれど、まずひととおり言ってみるから聞いておくれ」

北一、富勘、泣きぶくれた顔のおみつを前に、おかみさんの細面《ほそおもて》の顔がきりりと引き締まる。

「万太郎さんの乳母だったおとしは、これまでの年月のなかで、万太郎さんと乳兄弟だった常吉と、よく思い出話をしていたんだろう。それ自体はおかしなことじゃない」

おとしと常吉の側からしたら、それらの昔話はひた隠しにしなくてはならない事柄ではないから、自然とまわりの人びとに話すこともあったろう。佐賀町のいわい屋さんには恩があるんですよ。へえ、建具屋の常さんには乳兄弟がいたの？

「飯屋の方がそこに目をつけたんだと、あたしは思う」

おとしと常吉の思い出話は、飯屋のお咲をお菊の生まれ変わりに仕立て上げるために使える材料だ、と。

「けど、常吉と又吉・おかつの夫婦はどうやって繋がりますかね。常吉が飯屋の客だったとか？」

北一の問いに、おかみさんはすぐに応じた。

「いろいろ考えられるけれど、常吉は建具職人だろう。又吉とおかつが五、六年前に今の飯屋を開いたときに仕事を請《う》け負ったのかもしれないし――」

富勘がぽんと手を打って、割り込んだ。

「それ以前には、あの夫婦は四谷塩町にある料理屋山之井で働いてた。料理屋じゃ、座敷の建具替えがちょくちょくある。北さん、こいつは調べてみにゃあ」

北一は身体の奥で肝がきゅんとするような気がした。こういうの、悃っ引きらしいぜ。

「この企みは確かにあくどいけれど、そう根の深いものではないような気がする。最初のうちはただの思いつきで、いわい屋さんが本気にしてくれればめっけもの——ぐらいの軽いものだったんじゃないだろうか」

だって薄っぺらい筋書きだもの。

「お咲をお菊さんの生まれ変わりに仕立てあげるならば、もっと何年も前からそれらしく装《よそお》って、少しずついわい屋さんに近づいていけばよかったはずだよ。じっくり時をかけていわい屋さんの信を得れば、生まれ変わりなんて話はあくまでもきっかけだけで、穏やかに後添いの縁組をまとめることもできたかもしれないのに」

そうではなく、万太郎とお夏の祝言の場にいきなり乗り込んでくるような荒事《あらごと》にしたのは、しゃにむに企みの実行を急いでしまったからだろう。

ぐすんと洟をすすり直して、おみつが口を開いた。「ひょっとしたら、企みをあっためているうちに、万太郎さんとお夏さんとの縁談が決まっちまったんで、焦《あせ》ったんじゃありませんかね？」

それは大いにありそうなことだ。

「お咲が器量よしで男好きする娘だから、無理押しでもいけると踏んだのかね」

「実際、万太郎さんはぐずぐずに骨抜きにされちまってますから」

北一に責めるつもりはなかったが、

「十九年前にお菊さんと死に別れて以来、女っ気のなかったお人だからねえ」

富勘は万太郎をかばうのだった。

派手な荒事で世間を騒がせ、鮮やかに登場したお咲は見事に万太郎を蕩かしたし、倅の心情を思うおかみも味方につけることができた。しかし、いわい屋の主人の疑いは、けっこう手強《てごわ》い難関として残った。お咲をいわい屋に押し込むには、どうにかしてこれを陥落《かんらく》させなくてはならない。

「さらにまずいことに」おかみさんは声を低くする。「おとしが、この件を知って怒り出してしまった」

一味からすれば、この常吉の母親は勘定《かんじょう》外だった。老いて身体が弱り、頭もボケている。いわい屋とお咲の一件を耳にして、まともに怒ったり、自分がお咲に会って偽《いつわ》りを暴いてやるとまで言い出すとは――そんなまともなふるまいができるとは、まったく考えていなかった。

驚いたろうし、慌てたろう。それでなくても急ぎの悪事は乱暴になりやすい。

「だから、おとしさんの口を塞《ふさ》いじまったってことですか」

目をまん丸にして、おみつが問いかける。

「そんなひどいこと……。常吉さんからしたら、おっかさん殺しじゃありませんか」

場が冷えた。おかみさんがゆるゆると首を横に振る。「さすがに、常吉が手を下してはいないと思いたいね。だけど、おとしさんが寝所でみかり様にお詫びしていたとか、お許しくださいと叫んでいたなんていうのは、常吉の作り話だろうよ」

あたしが悪うございました――などというおとしの声を聞いたのは、常吉だけなのだ。常吉がそう言っているだけなのだ。

「お咲と万太郎の邪魔《じゃま》をするおとしに怒って、みかり様がバチを当てたという筋書きも、お咲の側にばっかり都合がよすぎますしね」

富勘は懐手《ふところで》をして苦り切る。

「いわい屋のおかみの検視のとき、沢井の若旦那がおっしゃっていたんですが」

――うちの父が足の裏のあかぎれに塗《ぬ》っている膏薬《こうやく》が、ちょうどあれくらいの大きさの瓶に入ってる。

適当に使えそうな瓶が、どこでも手に入るという意味だろう。

検視と聞いて、北一は思い出したことがある。「おとしさんの寝間も、いわい屋のおかみさんの寝間も、荒らされたり乱されたり、戸締まりを破られた様子はなかった。これって、どっちの場合も、下手人を引き入れる者が家のなかにいたからすんなりいったんでしょうね」

おとしの場合は倅の常吉、いわい屋のおかみの場合はお咲だ。お咲は、四日前のおとしの怪死を口実に、いわい屋に入り込んで寝泊まりしていた。こうしてみると、実に怪しい符合《ふごう》ではないか。

「それに、あの日おいらがいわい屋で見かけたとき、お咲は尋常《じんじょう》な泣きようじゃありませんでした。万太郎さんに慰められてましたけど、顔から血の気が失せていて」

それは（いくら悪だくみの一味だとしても）小娘のお咲が、自分が人殺しに加担したことに戦《おのの》いていたからではなかろうか。新材木町のおとしの場合とは違い、いわい屋のおかみの殺しはお咲のそばで（もしかしたらお咲の見ている目の前で）なされた非道なのだから。

「お咲って、そんなたまかしら」

おみつは辛辣《しんらつ》だが、べつだんお咲に味方する気はなくても、あの泣き顔を思い浮かべると、北一にはそう思えるのだった。

おかみさんが、眉を寄せて額に皺《しわ》を刻んだ。

「企みでは、二番目にみかり様のバチをくらうのは、やっぱりいわい屋の旦那さんだったんだろう」

おとしを取り除いた勢いで、「みかり様のお怒りだ！」を振りかざし、こっちもやっつけてしまえば、もう邪魔者はいない。万太郎は一人息子だし、おかみはお咲を認めている。

急げ、急げ。一人殺すも二人殺すも、大した違いがあるもんか。

「その手引きのために、お咲はいわい屋に入り込んだ。だけど皮肉なことに、おとしの無惨《むざん》な死がきっかけで、おかみの気持ちが変わり始めた――」

だから、二番目のバチはおかみの方に当てることになったのだ。

「いわい屋の旦那さんにしてみれば、倅の味方をしていたおかみが、やっと自分の考えに耳を貸してくれるようになった途端にみかり様のお怒りを買ってしまったと、心が折れるのも無理はない。いや、旦那さんにそう思い込ませるためにも、ここでおかみの命をとらねばならなかった」

おいら、手が冷たい。北一は手のひらをこすりあわせた。そしたら、身体も冷えていることに気がついた。今日も外はカンカン照りだっていうのに。

いわい屋の身代？　確かに一財産だろう。どんぶり飯とお菜《さい》で日銭を稼ぐ飯屋には、羨ましく思えたろう。昔いわい屋から体《てい》よく追い出された常吉にとっても、身代の乗っ取りは、いちばん心地《ここち》よい仕返しになるだろう。

だが、せっかく辛抱強く修業して一人前の建具職人になり、所帯を持ち、弟子に教えるようにまでなってなお、常吉は何が不満だったんだろう。母親のおとしはいわい屋の恩を覚えていたのに、常吉の心には恨みしか残っていなかったのか。おふくろはいい乳母だったのに、俺は万太郎と乳兄弟だったのに、追い出され見捨てられ、忘れられていると。

だからって人を殺す理由になるか。

北一は千吉親分の顔を思い浮かべる。親分、どう思いますか。親分ならこいつらをどうします？　おいらはこいつらの所業を思うだけで血が冷えちまって、寒くてしょうがねえや。

そしてふと、気がついた。

――親分も、揉め事や事件にぶつかるたびに、一人じゃ胸が重たくって、こんなふうにおかみさんと話し合っていたんだな。

その様子が目に浮かんでくる。長火鉢を挟んで向き合う親分とおかみさん。おかみさんの煙管の先に火をつけてやる親分。親分が何か言うとおかみさんがうなずいたり、閉じた瞼を震わせたり、それは違うとかぶりを振ったり、二人で笑ったりする。

それだから、おかみさんは、文庫屋の千吉親分の犯科帳をみんなご存じなんだよ。

「お咲は、本当に万太郎さんに惚《ほ》れてるんでしょうか」

おみつの尖《とが》った声に、北一は我に返った。

「それも芝居で、首尾よくいわい屋を乗っ取ってしまったら、万太郎さんも殺してしまうんでしょうか」

富勘は返事をしない。北一はどう答えていいかわからない。

「そんなことにはならないよ。もう悪だくみはおしまいだから」

おかみさんがきりりと言った。瞼が張り詰めている。その裏で、仁王《におう》のようにかっと目を見開いているのだ。

「あたしは、こいつらを慌てさせ、ぎゃふんと言わせてやりたい。赤っ恥《ぱじ》をかかせて、世間様の前で洗いざらい白状させ、そしてお縄にしてやりたい」

そうしなかったら、こいつらの大騙りにはまっている人びとの目も覚《さ》めない。

「おかみを殺されて、いわい屋の旦那も、まわりの親しい人たちも怯えている。もう誰も、みかり様の御力《みりき》に逆らえない。悪い奴《やつ》らはしてやったりと思っていることだろう」

ところがどっこい、そうはいくもんか。

「この深川には、あたしがいる」

文庫屋の千吉親分の寡婦《かふ》、松葉《まつば》というこの女が。

「これからあたしは、深川ばかりか、市中にくまなく聞こえるくらいの大きな声で呼ばわってやるよ。お咲は亡くなったお菊さんの生まれ変わりなんぞじゃない、全ては騙りで、みかり様のお怒り云々《うんぬん》なんぞ、嘘の皮で張った太鼓《たいこ》さ」

ばかに景気よく大きな音をたてる嘘の太鼓だ。どどんがどん。

「いわい屋さんはお咲を後妻に入れちゃいけない。そんなことはお天道様が許さない」

たとえお天道様が許そうが、この深川を縄張《しま》にしていた千吉親分の亡魂《ぼうこん》は許さない。

「親分の名誉にかけて、あたしも勘弁しないと言いふらしてやる。いわい屋さんに日参して、いくらでも騒《さわ》いでやろうじゃないか」

それじゃあ、松葉さん、今度はあなたがみかり様のお怒りを買いますよって？　上等じゃないか、やってごらんよ。

「あたしはこの家で待っててやる。バチを当てられるもんなら当ててみりゃいいんだ」

富勘が、手練れの差配人らしくもなく、おかみさんの語気に気圧《けお》されている。

「それはつまり……おかみさんはご自分が囮《おとり》になって、下手人を誘い出そうっておつもりなんですかい」

それ以外の案であるはずがない。

「それなら、人でなしの人殺しどもの首根っこを押さえてやれるだろう？」

「いけませんよ！」と、おみつが叫んだ。「危なすぎます」

「あら、どうしてさ。うちには北さんがいるんだし、福富屋さんも男衆《おとこし》を貸してくださるだろう。あたしだって、自分の身ぐらいは自分で守れるしね」

駄目ダメ、それはいただけない。北一も、思いはおみつと同じだ。おかみさんにそんな危ない橋を渡らせることはできない。

それに、必ずこっちの思惑《おもわく》どおりに、おかみさんが狙われるとは限らない。いつ狙われるかも読めない。

ほかに、何か手はないか。

慌てさせて、ぎゃふんと言わせて、連中の方から泣いて済みませんでしたと白状したくなるように仕向けてやる。

みかり様のお怒り。みかり様の罰。

罰には罰を。

そっか。やり返してやりゃあいい。

北一の脳裏《のうり》に、小汚《こぎたな》い釜焚きの姿が浮かんだ。あいつの声が聞こえてきた。

——いつでもいい、おれに言ってくれ。恩返しに、必ず一働きしてみせる。

「おかみさん」

北一は、腹の底から嬉しくなって、つい笑ってしまった。

「策があります。ここは一つ、おいらに任せてくださいますか」

七

明くる朝のことである。

佐賀町のいわい屋にしぶとく居座《いすわ》っているお咲の起き抜けに、着替えを手伝いに来た女中がきゃっと叫んで逃げ出した。

「嫌だわ、どうしたっていうのよ」

お咲の額には、おとしやいわい屋のおかみの亡骸《なきがら》の額にあったのとそっくり同じ、丸い痣が浮かび上がっていたのだった。

これはお咲ばかりではない。駒形町の飯屋では、やはり起き抜けの寝ぼけ顔の又吉とおかつの夫婦が、互いの額に痣を見つけて叫んでいた。

新材木町の常吉の住まいでは、このごろ寝酒をするようになったせいで酒臭く、だらしない朝寝が習い性《しょう》になってしまった亭主を揺り起こそうとした女房が、その額に丸い痣を見つけて叫んでいた。

みかり様のお怒りのしるし。そんなものが、なぜこの四人の額に現れたのか。

噂はたちまち広まった。もしもこの噂が風をはらんでいたならば、油照りの深川一帯をこの日一日、うんとしのぎよくしてくれただろう。

みかり様はお怒りだ。

その噂で深川じゅうを、数ある掘割《ほりわり》の一本一本までをも満たして、一夜明け、さあ、冬木町のおかみさんの出番である。

北一は、おかみさんの晴れ着姿を初めて見た。墨色の絽《ろ》の裾模様《すそもよう》には鬼灯《ほおずき》の柄。葉と茎《くき》は手描きで、赤い実は刺繍《ししゅう》という凝《こ》ったものだ。汗取りの襦袢《じゅばん》の上に茜色《あかねいろ》の鮫小紋《さめこもん》の内着《うちぎ》を重ね、黒繻子《くろじゅす》の襟が艶《あで》やかだ。普段はゆるく巻いているだけの髪も燈籠鬢《とうろうびん》に結《ゆ》い、櫛《くし》・笄《こうがい》は、千吉親分が何年もかけて一つずつ買い揃えてくれたという、おっそろしく上等な鼈甲《べっこう》だ。冬木町の貸家へ呼ばれた髪結いが、これほどのものには十年に一度ぐらいしかお目にかからないと感じ入っていた。

しかし、この身支度の「決め」は、何といっても、更紗《さらさ》の帯に挟んだ千吉親分の十手である。親分が沢井のご隠居から特別に賜《たまわ》った朱房もちゃんとついている。これは、富勘から今般《こんぱん》の段取りを聞いたご隠居が、いったんはおかみさんが返納した朱房の十手を、わざわざ貸し出してくださったのだ。

この堂々たる出《い》で立《た》ちで、富勘に手をとらせ、北一を後ろに従えて、おかみさんはいわい屋へ乗り込んだ。

「旦那さんと万太郎さんはおいでだろうか」

昨日の今日で、いわい屋に誰が来ているか、こればかりは北一たちも読みかねていた。お咲だけがいるか、お咲も駒形町へ逃げ帰っているか、逆に飯屋の二人がいわい屋に押しかけているか。何だかんだ言い訳をしに、常吉も来ていたら面白い。役者が四人揃っている場合のために、富勘が沢井の若旦那にお願いし（こういうときは根回しという言葉を使うんだよ、北さん）、福富屋からも男手《おとこで》を借りて、何かあったら飛び込んできてもらえるように手はずは整えてある。

が、蓋《ふた》を開けてみたら、お咲が一人。よっぽど万太郎のそばを離れたくないのか。額の丸い痣の下半分ほどがすりむけて血がにじみ、けっこうひどい傷になっている。しゃにむに指でこ

すったか、爪《つめ》を立てたのだろう。

その傷から、お咲の弱さもにじんでいた。北一は一瞬、むかつくような哀れみを覚えた。こっちの策はいけると確信した。

いわい屋父子とお咲の前で、盛装したおかみさんは、朱房の十手に手をかけながら、おもむろに絵解きを始めた。冬木町の家で話し合ったあの筋書きだ。又吉・おかつ・お咲の一家三人と常吉の密《ひそ》かな繋がり。悪辣《あくらつ》な企みと非道な人殺し。あのとき、おかみさん自身が「頭で考えているだけ」と前置きしたあの説を、堂々と開陳《かいちん》してみせた。

富勘は、あとで北一にこう言った。

「あんな面白い見世物《みせもの》はなかったな。だが、二度と見たくねえ見世物でもあった」

おかみさんの言葉に打たれて、お咲は鬼みたいに赤くなったり、幽霊《ゆうれい》みたいに青くなったり、根も葉もない罪をなすりつけられた善人ぶって言い訳を並べたり、それがしどろもどろで宙《ちゅう》ぶらりんになったり、挙げ句には「やめてやめて」と悲鳴をあげて耳を覆《おお》ってしまうというていたらく。

いわい屋の主人と万太郎は、最初は血の気を失って死人さながらになり、おかみさんの絵解きが進むにつれて生き返ってきて、話が終わると完全に顔色を取り戻した。

「違います、言いがかりよ、違うのよ」

木偶《でく》のように頭を上下させ、ただそう繰り返すだけのお咲に、万太郎はもう手を触れようともしなかった。

おかみさんは、朱房の十手を帯から抜き放った。鈍《にぶ》い銀色の光を湛《たた》えた十手の先を、あやまたずにお咲の額へ向ける。

「真実は、そこに浮かび上がっている」

みかり様はお怒りだ！

これが目の見える人の所作《しょさ》でも、充分な迫力があったろう。ましてやおかみさんの瞼《まぶた》は閉じている。なのに、十手の先はぴたりとお咲に向けられている。

これは手妻か、はたまた心眼《しんがん》か。どっちでもなく、ただおかみさんは耳と勘がいいのだと承知している北一でさえ、一瞬だけ背中がぞわりとした。

年若いお咲は、しぶとく立ち回っているように見えても、この悪だくみの一味の鎖《くさり》のなかではいちばん弱い輪だ。この大芝居は、お咲にぶつけるのがいちばん効き目がある。それが北一の読みだった。いっぺん、あの真っ青な泣き顔を見ていたから。面と向かって、おまえは人殺しの人でなしだよと言われたら、お咲は持ちこたえられまい。

果たせるかな、お咲は十手の前にがくがくとくずおれ、爪で額の痣をむしろうとしながら、どっとばかりに白状した。

「ごめんなさい、ごめんなさい、あたしは、人を、殺《あや》めるなんて、思わなかった！　おとっつあんとおっかさんの、言いなりに、なっただけなんです」

亡き千吉親分の名代《みょうだい》である寡婦の松葉が、親分の十手を掲《かか》げて聞き取った白状だ。

すぐと富勘が番屋に報せ、沢井の若旦那が動いてくださって、又吉・おかつ、常吉はそれぞれの住処《すみか》で、額にまん丸い痣を浮かべたまんま、お縄を頂戴することになった。

お上《かみ》に捕らわれてしまったら、お咲に続いて常吉があっさり折れた。吟味《ぎんみ》のなかでわかってきたことで、北一たちがああだこうだと考えたこと、おかみさんの推量から外《はず》れていたことは、一つだけ。飯屋の夫婦と常吉が繫がったきっかけである。これは拍子《ひようし》抜けするようなことだった。

又吉と常吉は賭場で知り合った博打仲間で、もう十年も前から、気まぐれにあちこちの中《ちゆう》間《げん》部屋や湯屋の二階で顔を合わせ、たまには一献傾《いっこんかたむ》ける間柄だったというのである。ただ、駒形町の飯屋を開くときには、又吉が知り合いのよしみで常吉に仕事を頼み、けっこう値切《ねぎ》って渋《しぶ》られて、そのとき、

――こんな小金《こがね》で揉める暮らしはもうたくさんだ。どっかに一攫千金《いっかくせんきん》の種はねえもんかな。

そんなふうにうそぶいたことが、今回の企みの根っこにあったような気がすると、常吉は白状したという。

おとしの口を塞いで殺したのは又吉で、いわい屋のおかみの鼻と口に濡れ手ぬぐいを押しつけて殺したのは常吉だった。おとしがみかり様に謝っていたという、あのもっともらしいやりとりは、読本《よみほん》や黄表紙《きびようし》が好きなおかつがひねり出し、こうこう言えと常吉に教えたものだった。

生まれ変わり役のお咲が、本当のところ万太郎をどう思っているのかは、まだしかとはわか

らない。殺しと騙《かた》りの吟味には、あんまり必要のない事柄だから、吟味方のお役人は、わざわざ手間をかけてお咲に問うたりしないかもしれない。

木野屋のお夏は万太郎を案じながらも、人を介して正式に破談の申し入れをした。

「けじめをつけるべきだと思います。わたしどもは縁がございませんでした」

いわい屋の側もごねることなく、その申し入れを容れた。万太郎は魂《たましい》が抜けたようになってしまっているらしい。

北一が両家のために作った文庫は、これで全《まった》くお蔵入《くらい》りとあいなった。とうに承知の上ではあったが、やっぱりがっかりだ。

しかし、北一の落胆《らくたん》なんぞ比べものにならないほど、この騒動でいちばん迷惑を被《こうむ》ったのは、四谷塩町の山之井である。かつて又吉とおかつを働かせていたこの古い料理屋は、気持ちが悪い、験《げん》が悪いと、遡《さかのぼ》って悪評を一手に引き受ける恰好になってしまったのだ。夫婦を可愛がり、一時はお咲を手元に引き取って育てていたという山之井の隠居が存命でなくって、まだよかった。

常吉が建具を手がけたお店や家屋敷もケチがついたのに、こっちは件数が多すぎるので、いちいち取り沙汰されずに済んでしまった。建具は食い物と違い、口に入らないのも幸いしたのかもしれない。

事件というものは、解決した後にも、何かしらすっきりしないものを残す。

千吉親分の生前はもちろん、死後もひっそりと世間から隠れていた冬木町のおかみさんは、今度の大芝居で一気に人びとの耳目《じもく》を集めた。実のところ深川には、千吉親分の世話になり、長いこと付き合いを続けていながら、親分に目の見えないおかみさんがいることを知らない者が多かった。おかみさんには会ったことがないという者も多かった。「松葉」という珍しい名前を知らない者も多かった。

「親分もあたしも、その方がよかったからさ」

一時《いっとき》のこの注目も、頭を低くして静かにしていれば通り過ぎるさ。おかみさんはそう言うけれど、北一の読みは違う。あれだけ切れのいい口上をされちまうとなあ。ごひいき筋がついちまってもしょうがない。

もう一つ、おかみさんの芝居上手に絡《から》んで、北一の方にも椿事《ちんじ》が起こった。

おかみさんがいわい屋に乗り込み、一件落着を見てから三日経《つ》って、早朝、北一が本日の振り売りの文庫を万作のところに仕入れに行くと、おたまが目を吊り上げて待ちかまえていたのである。

「あんた、いったいどういう了見《りょうけん》でいるんだい？」

おっかないというより、思いがけない。

「何の話ですかい」

「とぼけるんじゃないよ。あんた、おかみさんの家に入り浸《びた》って、あの一件にも嚙んでたんだろ」

「あの一件って？」

おたまは歯を剝《む》き出し、唾を飛ばす。

「おかみさんが佐賀町で、親分の朱房の十手をひけらかしたときさ。あんたもその場にいたんだってね。どうしてうちには知らせてこなかったのさ」

へ？　今ごろ何だよ。遅いなあ。

「おかみさんが何をなさろうと、おたまさんには関わり――」

ないでしょうと言い終える前に平手《ひらて》で頰を張られて、北一は黙った。おたまは北一を叩いた手を引っ込めるどころか、胸《むな》ぐらをつかんできた。

「千吉親分の跡目《あとめ》を継いだのは、うちの人だよ！　うちの人を差し置いて、あんたみたいなろくでなしが、なんでおかみさんにくっついて一丁前《いっちょうまえ》の顔してるんだよ」

叫ぶおたまとたじたじの北一を、文庫屋の奉公人たちが遠巻きに見ている。

おや、板の間の奥の廊下には、万作もいるじゃないか。何とかしてくれよと思ったら、こそこそと逃げてしまった。

「ちょいとあんた、何をにやにやしてるんだい？」

北一はにやにやなんぞしていないが、おたまの勢いは止まらない。

「まるっきり蚊帳《かや》の外に置かれて、うちの人は面子《メンツ》丸つぶれだ。あれからどこでも物笑いの種だよ。いったいどうしてくれるんだよ、ええ？」

そんなの、言いがかりだ。誰も万作を笑ったりしてねえよ。おみつの言葉を真似するならば、万作がそんなたまじゃねえのは、わかってるもん。町のみんなが笑顔で噂してるのは、おかみさんがどんなに凄《すご》かったかってことだけだ。

それともあんた、久々に親分の十手が派手《はで》に世の中に出たもんで、惜しくなったのかい？

「何とか言ったらどうだい、この根性《こんじょう》曲がりが！」

北一を揺さぶりながらきいきい叫ぶうちに、おたまは聞き捨てならないことを口にした。

「おかみさんを食わせているのは、うちの稼ぎなんだよ。大きなお荷物のくせして、感謝の一つもないもんかね」

北一の胸の底で、何か重たいものがずううううんと鳴ったような気がした。

胸ぐらをつかんでいるおたまの手をつかみ返すと、そのまま突っ放した。着物の襟を直し、しゃっきりと立つ。

おたまの顔は真っ赤だ。目尻をひくひくさせ、口元に唾を溜めている。

「それがてめえの本心か」

北一はわざとゆっくり言った。早口に怒鳴ると、声が裏返ってみっともない。心《しん》の臓《ぞう》がどくんどくんとして気が逸《はや》るが、ここはいちばん、落ち着かなければ。

「おかみさんを貶《おとし》めるなら、てめえはおいらの敵だ。今日を限りに縁を切る」

おたまはちょっとだけ怯《ひる》んだが、すぐに口の端をひん曲げてせせら笑った。

「縁切りだって？　上等じゃないか、やってごらんよ。あんたなんか、うちから文庫を仕入れられなきゃ、すぐにも日銭に困るくせに。物乞《ものご》いみたいなもんじゃないか。それを何だい、生《なま》

だけどな。口汚《くちぎたね》え。おたまってこんな女だったかな。いいところも、優しいところもあったはずなん
意気《いき》な」

「仕入れには困らないさ。自分で何とかできるから」

北一は言って、着物の前をはたいて見えない塵《ちり》を払った。

「さっきの一言は死んでも許せねえけど、今日までここの文庫で食わせてもらったことは確かだからな。世話になりました」

川開きの夕べ、山谷堀の銀柳の前でいわい屋一行を迎えたときのように、北一は丁重《ていちょう》なお辞儀をしてみせた。

「これから、あんたらとおいらは商売敵《がたき》だ」

「ふん、寝言《ねごと》ばっかり言って」

おたまはまだせせら笑っている。

「この店とおいら、どっちが朱房の文庫の名にふさわしいかは、世間様《せけんさま》に決めてもらおう。言っとくが、おいらは手加減《てかげん》しねえぞ」

北一が睨《にら》みつけると、おたまの顔から笑みが剝《は》がれた。「何だって？　もういっぺん言ってごらんよ、疫病神《やくびょうがみ》が」

北一は踵《きびす》を返し、おたまを置き去りに外へ出た。夏の眩《まぶ》しい朝日が目に飛び込んでくる。

本当は、この夏を越してから、ちゃんと手切れにするつもりでいた。富勘に相談し、立ち会

いを頼もうとも思っていた。勢いでこんなことになっちまったけど、まあいいや。北一の文庫を作って売る。欅屋敷の青海新兵衛と末三じいさんのおかげで、支度はできているのだ。けど、売りものをもっと増やさないとな。

ふんぎりがついたんだ。これでよかったと、北一は思った。

深川の東の端っこ、おんぼろ湯屋の「長命湯」。釜焚き口に積み上げられた、焚き付けにする薪《まき》と板きれとごみの山。ぷんぷん臭う。何べん訪ねてきても、なかなかこれには慣れられない。

北一が来たとき、喜多次は空《から》の荷車《にぐるま》を引いて出かけるところだった。足の先は猿江御材木蔵《おざいもくぐら》の方へ向いている。きたがきたがきたはきたへ行くところだった、とつまらない地口《じぐち》が頭に浮かんだ。

「何だ」と、喜多次は言った。「喧嘩《けんか》でもしたかげ。」

「何でわかるんだい？」

「誰かに平手で叩かれたような顔だ」

北一は、おたまに引っぱたかれた頰をさすってみた。

「何でもねえんだ。ちょっとついでがあったから」

これは嘘だ。おたまとやりあって、くさくさして、歩いているうちに扇橋《おうぎばし》を目指していた。喜多次に会ったら、気分が変わるような気がした。

「このあいだは世話になった」

「あんなの、何度も礼を言われるほどのことじゃねえ」

そうなんだろう、こいつには。

いわい屋の客間で寝ているお咲と、駒形町の飯屋の奥で寝ている又吉・おかつ夫婦と、新材木町の貸家の奥で寝酒でつぶれて大鼾《おおいびき》をかいている常吉。夜の闇に紛《まぎ》れてその四人の枕元《まくらもと》に忍び寄り、騒がれないようにちょっくら気絶させ、額に丸い痣をこしらえて、幽霊みたいに音もなく立ち去る。

それぐらい朝飯前《あさめしまえ》なんだ、こいつには。

富勘を助け出してくれたときの、あの手際《てぎわ》。あの身のこなし。喜多次は、ちょいと腕っ節が強いというくらいの男じゃない。ただ者じゃない。

だから、北一もあてにできた。

「あのちっちゃい瓶、ちゃんと返してくれたかい？」

痣をつけるのに、この湯屋の女中の婆さんがもぐさを入れている木蓋のついた瓶がちょうどいい大きさだったから、拝借《はいしゃく》したのだ。

「返した」

「おいら、今度もぐさを手土産《てみやげ》に持ってくる。今日は手ぶらで済まなかった」

簾《すだれ》のような前髪の向こうで、喜多次は目を細めた。こいつは顔と身体を洗い、一つにくくっているだけの蓬髪《ほうはつ》をちゃんとしたら、役者のようないい男になるはずだ。

「あの件は片付いたんだろ」

「うん」

これも割って焚き付けにするのだろう、そばに小さな古樽《ふるだる》が転がっていたから、それを借り地面に据えて、北一は腰をおろした。

喜多次は荷車の引き棒にもたれかかる。

「じゃあ、あんたが叩かれたのは別件か」

おたまの力じゃ、大して痛くもなかった。なのに、触《さわ》るとひりつくのはなぜだろう。

「女のね、いいところが思い出せないんだ。あったはずなのに」

「あんたの女か」

「まさか！」

「じゃあ、ほっとけ」

湯殿《ゆどの》の方から人の声が聞こえてくる。ここの爺さん婆さんが、助け合って掃除をしているのだろう。

「おいら、ろくでなしとか疫病神とか罵《のの》しられちまった」

「ふうん」

「ひでえよな」

喜多次は骨張《ほねば》った肩をすくめる。「あんたがろくでなしや疫病神なのかどうか、おれにはわからん」

「え」

「わかってるのは、あんたがおれの親父《おやじ》の骨を拾ってくれた恩人だってことだけだ」

だから北一の頼みを聞いて、一働きしてくれたのだ。

「おかしな頼みだったけど、あれで人殺しをお縄にすることができた」

ありがとうと、北一は言った。

「おいら、独り立ちの文庫屋になるんだ」

「へえ」喜多次が目をしばたたく。

「岡っ引きの方は真似事しかできねえけど、うちのおかみさんは凄い知恵者だから、おいらでも手伝えることがあるなら、何でもやりたい」

「ふうん」

「おまえのことも、またあてにしてもいいのかな」

「言ったろ。あんたには恩がある」

「ていうか、おれはおまえにも――」

もっとこう……ぱっきりしたやりとりができねえもんかな。自分がもどかしくて、北一は地面を見る。

喜多次のことを、おかみさんたちには打ち明けていない。お咲たち一味の額に痣をつけてやるのに、手を貸してくれる助っ人《すけと》のあてがある、だからおいらに任せてくださいと言っただけだ。

おかみさんは、北一の「助っ人」を、青海新兵衛のことだと思ったようだ。北一も、おかみさんがそう勘違いするような言い方をしていたらしい——らしい、らしいなんて卑怯《ひきょう》だ、はい、そういうふうにごまかした言い方をしました。

で、おかみさんがすぐと承知してくれたから、北一は扇橋の長命湯に走り、かくかくしかじかと喜多次に頼んで、その夜のうちに喜多次がちゃちゃっと片付けてくれたから、明くる日の大芝居へすんなり繋がったという次第である。

地面を見ながら、北一はうまく伝わりそうな言葉を考える。おいらおまえと一緒に、岡っ引きの真似事、岡っ引きの修業みたいなことをしてみたいんだけども。

はっきり言ったら、「嫌だ」と蹴飛《けと》ばされちまうかも。恩返しは恩返し、それとこれとは別だって。

「悪い奴を見定めてとっつかまえるのは、こんなもんだろうなと思っていたより、ずっといい気分だったよ」

そう言って顔を上げてみたら、喜多次は荷車の引き棒に寄りかかって目をつぶっていた。

「寝るなよ！」

こっちは一生懸命考えてンのに。

「喜多次さあ」

返事はない。本当に寝てるのか。

「こんなこと訊いていいかどうかわかんなくて、黙ってたんだけどさ」

おまえと、骨になっていた親父さん、同じ深川の外れの猿江と扇橋で、ばかに近くにいたんだけど、それってたまたまだったのか？

「おまえはここの爺さん婆さんに拾われて、助けてもらったんだろ。その前はどっか別のとこにいて、そこから逃げてきたのか」

喜多次はぴくりともしない。

「おまえの親父さんが地主さんの離れの床下なんかで死んでたのもさ、逃げたおまえを捜して、捜しあぐねてくたびれて、あそこで動けなくなっちまったからじゃねえのかな」

おまえと親父さん、烏天狗《からすてんぐ》のしるしを持つ一族。お侍なんだろ。何かあって、追われてんのか。親父さんだって、ホントはあんなとこで野垂《のた》れ死《じ》ぬような身分の人じゃなかったんじゃねえの？

湯殿の掃除が終わったのか、爺さん婆さんの声は聞こえなくなった。蟬《せみ》の声がそこらじゅうから降ってくる。ここは臭いけど、日陰が多いからわりと涼《すず》しい。

「たまたまじゃねえ」

喜多次が唐突《とうとつ》に声を出し、死人が生き返ったみたいに身を起こす。

「おれの親父は、江戸市中じゃ、この深川ってところに馴染みがあった――まあ、馴染みっていうほどじゃねえんだけど」

ちょっとためらってから、「親しみがあった」と言い直した。

「だから、落ち着き場所を探してるうちに、何となくこっちの方に流れ着いて、間抜《まぬ》けだから行き倒れちまったんだろう」

「親父さんのことを、間抜けなんて言うなよ」

「じゃ、甲斐性《かいしょう》なしって言うか」

きつい言葉だ。わざと突っ放しているように、北一には聞こえた。

「いろいろあって、お互いに居所《いどころ》がわからなくなっちまったあと、むしろおれが親父を捜してた。だから、親父が親しんでたこのあたりに、おれの方が追っかけてきたんだ」

「親父さん、こっちに知り合いがいるのかい？」

喜多次は首を振る。「もういない。ずっと昔の話なんだ。親父の親父の兄さんが、深川に住んでたことがあるってだけだ」

それも人生の一時期で、長い間ではなかったそうな。

「おれなんか、系図の上でしか知らないご先祖様だよ」

「おまえの祖父《じい》さんの兄さんなら、やっぱり烏天狗の一族のお侍だろ。こっちに屋敷があったとか」

「侍じゃねえ。そのころはもう、身分を捨ててたからな」

自ら捨てるほどの身分を持っている。それだけでもう、北一とは大違いだ。

「で、食い物屋をやってた」と喜多次は続けた。

「はあ？」

北一の膝がかくりとした。意外すぎる。

「知らねえのか。他国者《よそもの》が江戸で身過ぎ世過ぎするには、食い物屋が手っ取り早いんだよ。って も、立派な店じゃねえ。屋台を引っ張って、深川のどっかの掘割にかかる橋のたもとで、こぢんまり商いしてたんだって」

屋台か。蕎麦《そば》や寿司《すし》や天ぷら。いいなあ。屋台のものなら北一でも何とかなるし、富勘におごってもらえることもある。

「もともと料理好きの人だったそうだし」

喜多次の親父さんは、その人（親父さんから見れば伯父《おじ》さんだ）がこしらえた料理を食べたことがあると話していたそうだ。

「そういうの、数寄者《すき》っていうんじゃねえの」

「さあ、そんな大したものだったのかどうか知らねえ。言ったろ、おれは会ったこともねえんだから」

一瞬だけ、喜多次は遠くにあるものを眺めるような眼差しになった。

「親父は、伯父上のいなり寿司が旨《うま》かったって言ってたが、あれはおれたちの国許《くにもと》の名物だったしな」

伯父上ときた。でも、そりゃ嘘だぁ。北一は口を尖らせた。

「いなり寿司がどっかの名物であるもんか。あれは江戸の食い物だ。ていうか、おきつねさんのお供《そな》えだぞ」

驚いたことに、喜多次が笑った。「江戸を出たこともねえくせに。あんたが知らねえだけだよ」

　そうか？　そうなのか。喜多次と烏天狗の一族は、ますます謎だらけだ。いろいろあって。居所がわからなくなって。うん、謎だ。

「名物だったって、おまえの国はもうないのかい。御家《おいえ》はどうなったんだ」

　北一は真面目に問うているのに、喜多次はその場で猫みたいに伸びをして、大あくびをかましてくれた。

「おれはあんたほど暇《ひま》じゃねえんだよ、独り立ちの文庫屋さん。そろそろ出かけねえと、いつもの刻限《こくげん》に湯を沸《わ》かせねえ」

「お、おいらだって仕事が」

「こんなところで油を売ってちゃ駄目だろ、独り立ちの文庫屋さん。紙が陽に焼けて、糊が乾いちまうぜ」

　素《そ》っ気《け》ないが、声音は冷たくない。空の荷車を引っ張って、喜多次はがたぴしと通りへ出てゆく。

　その後ろ姿に、北一は声をかけた。

「そんならまた来るよ、喜多さん」

　喜多次は驚いたように振り返り、北一を見た。煤《すす》けた顔に、汗が一筋。

「いつもきたさんって呼ばれてるけど、呼んでみるのは初めてだ。いい名前だな」

　いったんやんでいた蝉の声が、またそこらじゅうからわいてくる。

「おいらも商いを始めるぜ！」

負けじと、北一も声を張り上げた。

初出

本書は、月刊文庫『文蔵』二〇一八年六月号〜二〇二〇年四月号の連載に、加筆・修正したものです。

〈著者略歴〉
宮部みゆき（みやべ　みゆき）
1960年、東京生まれ。87年、「我らが隣人の犯罪」でオール讀物推理小説新人賞、92年、『龍は眠る』で日本推理作家協会賞、『本所深川ふしぎ草紙』で吉川英治文学新人賞、93年、『火車』で山本周五郎賞、97年、『蒲生邸事件』で日本SF大賞、99年、『理由』で直木賞、2001年、『模倣犯』で毎日出版文化賞特別賞、02年に同書で司馬遼太郎賞、07年、『名もなき毒』で吉川英治文学賞を受賞。
他の作品に、『桜ほうさら』『〈完本〉初ものがたり』『あかんべえ』『この世の春』『荒神』『小暮写眞館』『ソロモンの偽証』、「三島屋変調百物語」「ぼんくら」シリーズなどがある。

きたきた捕物帖

2020年6月11日　第1版第1刷発行

著者　宮部みゆき
発行者　後藤淳一
発行所　株式会社ＰＨＰ研究所
東京本部　〒135-8137　江東区豊洲5-6-52
第三制作部文藝課　☎03-3520-9620（編集）
普及部　☎03-3520-9630（販売）
京都本部　〒601-8411　京都市南区西九条北ノ内町11
PHP INTERFACE　https://www.php.co.jp/
組版　朝日メディアインターナショナル株式会社
印刷所
製本所　図書印刷株式会社

ISBN978-4-569-84694-1

PHP文芸文庫

〈完本〉初ものがたり

宮部みゆき　著

岡っ引き・茂七親分が、季節を彩る「初もの」が絡んだ難事件に挑む江戸人情捕物話。文庫未収録の三篇にイラスト多数を添えた完全版。

PHP文芸文庫

あかんべえ

宮部みゆき 著

「ふね屋」に化物が現れた。娘おりんが屋敷にまつわる因縁を解きほぐしていくと……。宮部ワールド全開の時代サスペンス・ファンタジー。

PHP文芸文庫

桜ほうさら（上・下）

宮部みゆき　著

父の汚名を晴らすため江戸に住む笙之介の前に、桜の精のような少女が現れ……。人生のせつなさ、長屋の人々の温かさが心に沁みる物語。